LES NUITS DE MALIBU

DU MÊME AUTEUR

L'Ombre du destin, Belfond, 1999 ; Pocket, 2001
Les Pièges du passé, Belfond, 2001 ; Pocket, 2003
À cœur perdu, Belfond, 2002 ; Pocket, 2004
Un été en Toscane, Belfond, 2004 ; Pocket, 2007
Hôtel Riviera, Belfond, 2005 ; Pocket, 2008
Une maison à Amalfi, Belfond, 2006 ; Pocket, 2009
Voyage à Capri, Belfond, 2007 ; Pocket, 2010
Rendez-vous à Venise, Belfond, 2009

Vous pouvez consulter le site de l'auteur à l'adresse suivante :
www.elizabethadler.com

ELIZABETH ADLER

LES NUITS
DE MALIBU

*Traduit de l'anglais
par Agnès Jaubert*

belfond
12, avenue d'Italie
75013 Paris

Titre original :
ONE OF THOSE MALIBU NIGHTS
publié par St. Martin's Press, New York

Si vous souhaitez recevoir notre catalogue
et être tenu au courant de nos publications,
vous pouvez consulter notre site internet :
www.belfond.fr
ou envoyer vos nom et adresse, en citant ce livre,
aux Éditions Belfond,
12, avenue d'Italie, 75013 Paris.
Et, pour le Canada,
à Interforum Canada Inc.,
1055, bd René-Lévesque-Est,
Bureau 1100,
Montréal, Québec, H2L 4S5.

ISBN : 978-2-7144-4640-4

Pour mon adorable Tante Bebe Sell qui, à quatre-vingt-douze ans, aime encore tant lire

1

Ce soir-là, à Malibu, dans la pénombre veloutée de la nuit, les vagues frangées d'écume venaient mourir sur le sable, portées par une brise aussi douce qu'un souffle d'ange. Difficile d'imaginer, dans un tel cadre, entendre crier une femme. Et pourtant...

Accompagné de son chien, Mac Reilly marchait sur la plage déserte de la célèbre Malibu Colony, un quartier de Los Angeles où nombre de stars de cinéma, magnats du show-biz et milliardaires possédaient des résidences secondaires sur le front de mer.

La Colony était une propriété privée ; seule l'entrée en était gardée. Certes, le rivage était libre d'accès, mais tout inconnu surpris à y traîner la nuit risquait d'être soumis à un interrogatoire approfondi par les agents de sécurité. Aussi, rares étaient ceux qui s'étonnaient de la simplicité des villas côté océan, le prix astronomique du mètre carré expliquant l'exiguïté des terrasses à touche-touche.

Des années auparavant, la crise de l'immobilier avait permis à Mac Reilly, simple détective privé, d'acquérir pour une somme fort raisonnable une construction d'après-guerre plutôt modeste en pareil endroit. Le bruit courait qu'elle avait appartenu à une vedette des années 50, Norma Shearer. Ou bien Norma Jean, alias Marilyn Monroe ? Norma Shearer, Marilyn... De toute façon, pour lui, une bicoque restait une bicoque.

Outre l'adresse prestigieuse et la vue splendide, l'atout de la villa était sa petite véranda en bois dont l'escalier menait à la plage. En hiver, quand la tempête faisait rage, la mer grondait en contrebas. Les vagues s'écrasaient sur les pilotis et balayaient la balustrade, si bien que Mac avait l'impression d'être sur un bateau. Il aimait ce frisson d'excitation, l'illusion du danger. Il était heureux à Malibu. Même la plus alléchante des offres n'aurait pas pu l'en faire partir.

Sauf, peut-être, pour une semaine ou deux à Rome, avec la femme de sa vie… mais, à la suite d'un léger « désaccord » concernant leur avenir, Sunny Alvarez s'était envolée seule pour l'Italie. Mac poussa un soupir, résigné : ce n'était jamais qu'un nouveau rebondissement dans leur histoire.

Mac, la quarantaine, avait le physique idéal du détective privé : un mètre quatre-vingt-dix, d'épais cheveux bruns plutôt longs, des yeux bleu indigo marqués par de fines pattes d'oie, conséquence d'innombrables journées au soleil de Californie et des nuits de sa jeunesse passées à traîner dans les bars. Pas de barbe : cela ne plaisait pas à Sunny. S'il n'avait jamais été un sportif assidu, il devait son corps mince et athlétique à ses balades sur la plage en compagnie de Pirate, son chien borgne qui, malgré une patte folle, courait plutôt vite quand il avait le vent dans le dos.

Le bâtard plein d'entrain était son meilleur copain. Avec ses longues pattes grêles et dégarnies, ses poils d'un marron grisâtre et son rictus perpétuel dévoilant ses crocs du bas, il aurait remporté haut la main le concours du chien le plus laid de Malibu.

Sunny adorait Pirate. À condition qu'il se tienne à distance respectueuse de Tesoro, sa chienne chihuahua d'un kilo cinq cents grammes mille fois plus rusée que le bâtard, toujours prête à griffer et à mordre. Pour Sunny, l'animosité entre leurs chiens empêchait Mac de la demander en mariage. Celui-ci en doutait. Pourquoi gâcher une belle relation ? Sunny et lui s'entendait bien ainsi, sans être mari et femme.

Le jeudi soir, Mac animait « Les Mystères de Mac Reilly à Malibu », une émission télévisée visant à rouvrir l'enquête sur de vieux crimes de Hollywood, où les affaires non élucidées étaient nombreuses. Il apparaissait sur le petit écran, toujours vêtu de la même veste en cuir noir, un cadeau de Sunny.

Quand elle lui avait annoncé qu'il s'agissait d'une Dolce & Gabbana, il avait cru qu'elle faisait allusion à une marque de glace italienne. Si la mode n'était pas son domaine, il avait vite compris que jamais il n'avait possédé un vêtement aussi glamour. D'une douceur et d'une souplesse incomparables, la veste était désormais indissociable de son image. Mais, lorsqu'il remontait Malibu Road d'un pas nonchalant pour aller prendre son petit déjeuner au café Coogies, ou pour acheter ses packs de bière et les croquettes de Pirate au supermarché Ralphs, il choisissait une tenue plus décontractée : jogging ou short et tee-shirt…

Malgré sa notoriété d'animateur télévisé, il gardait la tête froide. À Hollywood, tout le monde savait qu'une fois une émission rayée des programmes ses présentateurs étaient oubliés du jour au lendemain. Or Mac semblait être passé de mode et la production ne parlait pas de programmer une nouvelle saison. Dommage. Ce revenu lui permettait de continuer son travail de privé pour les aimables nantis de la Colony.

Mac émit le sifflement sourd signalant à Pirate qu'il devait rappliquer. Le chien abandonna l'un des passionnants secrets qu'il avait découverts sur la plage la plus luxueuse de Malibu et le rejoignit en courant. Ils rebroussèrent chemin pour rentrer. Bercés par le chant paisible des vagues, ils avançaient en humant les embruns et, perdus dans leurs pensées, guettaient les étoiles filantes : la soirée romantique idéale.

Soudain, un cri perçant, terrifié, brisa le silence.

Mac n'avait pas besoin d'être détective pour savoir qu'il avait été poussé par une femme. Et qu'elle était en danger.

2

Mac balaya du regard les villas Une lueur vacillante transperça l'obscurité pour s'éteindre aussitôt. Ses pieds s'enfonçant dans le sable mou, il se dirigea vers elle, Pirate sur les talons.

Il s'arrêta au pied de l'escalier en bois et tendit l'oreille, mais il n'y eut plus de cris. Plutôt un bruit qui ressemblait à un sanglot étouffé. Oui, c'était bien un sanglot, sans nul doute.

Après avoir intimé à Pirate l'ordre de ne pas bouger, il s'engagea avec précaution dans l'escalier menant à la véranda, très étroite comme toutes celles de la Colony. La maison surgit devant lui, falaise contemporaine de verre et de pierres blondes, plus sévère qu'une œuvre de Richard Meier, l'architecte célèbre pour la conception, entre autres, du Getty Centre, à Los Angeles. Elle était plongée dans le noir.

Soudain, une fenêtre s'éclaira. Derrière la vitre se profilait une femme rousse en déshabillé noir, transparent. Contrairement à la croyance populaire, la plupart des actrices de Malibu se couchaient comme les poules et sans mettre de tenue affriolante. En pyjama de pilou, pelotonnées sous leur duvet, elles apprenaient par cœur leur script du lendemain.

Mac frappa au carreau sans qu'elle réagisse. Penchée en avant, la rousse semblait fascinée par ce qui gisait au sol. Un cadavre ? Il était de plus en plus intrigué.

Très belle, elle devait avoir vingt-trois ans. Sa vaporeuse nuisette en mousseline et guipure laissait deviner la perfection de ses formes. Voler au secours de cette bombe au visage d'ange n'avait rien de désagréable. Il tourna la poignée de la porte-fenêtre. Elle n'était pas verrouillée. Il entra, prêt à jouer le chevalier servant.

Surprise, elle releva vivement la tête. Il lui adressa un sourire rassurant.

— Bonsoir, Mac Reilly, votre voisin, se présenta-t-il. J'ai cru entendre crier. Vous avez un problème ?

La femme le fixait de ses magnifiques yeux verts, embués de larmes. Rejetant en arrière la cascade de sa longue chevelure cuivrée, elle redressa son corps de rêve, un revolver pointé dans sa direction.

— Sortez ! lui intima-t-elle dans un murmure rauque.

Devant le Smith & Wesson Sigma calibre 40, il hésita. Ce n'était assurément pas le genre d'arme avec laquelle il fallait plaisanter. Pourquoi ne pressait-elle pas le bouton pour appeler le service de sécurité de la Colony, au lieu de le menacer ? Soudain, le coup partit.

La balle ricocha sur le sol en béton ciré et fit voler en éclats un vase de cristal avant d'aller s'enfoncer dans le dossier d'un canapé.

Sans demander son reste, Mac dévala l'escalier et s'élança sur la plage, précédé par son poltron de chien.

Une voix qui flottait étrangement dans la brise lui parvint :

— Oh ! Je suis désolée ! Ce n'est pas ce que je voulais, criait la splendide rousse.

3

Toutes les dix minutes, Sunny Alvarez essayait d'appeler Los Angeles. Il était neuf heures du matin à Rome, donc minuit à Malibu. Où diable était Mac ? Sortait-il faire la fête dès qu'elle avait le dos tourné ? À dire vrai, son départ n'avait été que pure provocation. Un peu de jalousie ne pourrait pas lui faire de mal, avait-elle pensé. Ne disait-on pas que l'éloignement attisait l'amour ? Elle n'en était plus convaincue.

Exaspérée, elle se leva du lit où elle était allongée et se mit à arpenter sa chambre d'hôtel, passant une main distraite dans ses cheveux, une masse satinée d'un noir de jais. Ses yeux noisette pailletés d'or étaient frangés de cils interminables. Sa jupe, courte comme souvent, découvrait ses longues jambes hâlées. « Tu es une vraie bombe ! » avait coutume de lui dire Mac, entre deux baisers.

« Même si ta frivolité peut rendre n'importe quel homme dingue », avait-il ajouté un jour, et cela lui avait valu un coup de coussin qui avait déchaîné les aboiements de Pirate. Personne, pas même la chère Sunny, n'avait le droit de toucher à son « maître ».

Les seules nouvelles de Mac étaient les cartes postales quotidiennes de Surfrider Beach, de Zuma et de Paradise Cove, avec « Bons baisers de Malibu ». Elles arrivaient par FedEx. Elles avaient beau n'être jamais signées, Sunny ne voyait vraiment pas qui d'autre aurait pu en être l'auteur.

Elle les conservait précieusement. Si elle n'arrivait pas à décider Mac à lui passer la bague au doigt, il lui resterait au moins quelques souvenirs de lui quand, toujours célibataire, elle serait une vieille dame aux cheveux gris.

Fidèle à son habitude, elle était descendue à l'hôtel Inghilterra. On aurait dit qu'une tornade avait dévasté sa chambre. Sa méthode pour défaire ses valises consistait à tout vider en vrac sur le lit et les chaises, avant de trier les affaires dont elle avait besoin et de les empiler. Le même genre de chaos régnait dans son appartement. Une habitude de l'époque où, étudiante, elle avait l'impression que c'était la façon la plus rapide de s'habiller le matin. Cela avait le don de mettre Mac hors de lui. Pour le calmer, elle lui montrait sa cuisine, aussi immaculée qu'un bloc opératoire, qu'elle rangeait après chacun des délicieux repas qu'elle concoctait. L'art culinaire était sa première passion. La deuxième, la mode, comme en témoignaient les sacs de boutiques romaines qui jonchaient le sol. La troisième, son chopper Harley, resté, hélas, à Los Angeles. Un deux-roues qui n'avait rien à voir avec les Vespa dont grouillaient les rues de Rome.

Elle décrocha le combiné pour tomber, encore une fois, sur la messagerie du détective. Après avoir reposé le téléphone dans un geste d'humeur, elle se rallongea et, perdue dans la contemplation de ses ongles de pied peints d'un vernis corail, laissa son esprit vagabonder.

Elle devait son surnom, Sunny, à Mac à qui elle vouait une reconnaissance éternelle : grâce à lui, elle n'avait plus à fournir d'explications sur son vrai nom, Sonora Sky Coto de Alvarez.

Sa sœur et elles avaient grandi dans un ranch, à la périphérie de Santa Fe, élevées par une mère pleine de fantaisie et un père plus pragmatique.

L'esprit de leur mère, pétrie de philosophie hippy, avait atteint des altitudes inaccessibles. Les fillettes avaient ainsi passé de nombreuses nuits dans le désert en sa compagnie pour « communier » avec la nature. Elles lui avaient néanmoins pardonné depuis longtemps d'avoir ignoré leur terreur des serpents car, malgré ses nombreuses lubies, les deux sœurs n'auraient pu rêver meilleure mère.

Aujourd'hui, n'ayant rien perdu de sa grande beauté, elle était toujours aussi décalée. Fidèle à la mode des années 70, ses beaux cheveux blonds étaient parés de fleurs et elle portait des colliers de perles de cristal autour du cou.

La forte personnalité de leur père n'avait rien à envier à celle de sa femme. Très bel homme, sa peau mate, ses yeux bruns pleins de bonté, ses épais cheveux grisonnants et sa fine moustache trahissaient ses origines hispaniques. Sur son pur-sang noir, il était l'incarnation du *ranchero* mexicain, avec un faux air de Howard Keel dans « Dallas ».

Sunny et sa sœur avaient hérité de son sens des réalités. Enfants, elles aimaient monter à cheval, courir avec les garçons et faire les quatre cents coups. Plus tard, les motos avaient remplacé les chevaux, mais leurs passe-temps favoris étaient restés les mêmes. Puis leur père les avait reprises en main et envoyées à l'université, en espérant qu'après une enfance aussi bohème la vraie vie leur épargnerait les mauvaises surprises.

Pour Sunny, il avait choisi Brown, l'université rêvée pour dompter une fille de dix-huit ans, folle de Harley et de garçons. Grâce à lui, elle avait découvert un mode de vie dont elle ignorait tout. Pourtant, sa famille lui avait manqué et le souvenir de son *abuelita* adorée, sa grand-mère mexicaine qui cuisinait les meilleurs *tamales* du monde, lui avait arraché bien des larmes.

Les *tamales* étaient une tradition de la veille de Noël et tous, employés, cow-boys et familles locales, se réunissaient pour les déguster, arrosés de tequila et de Corona, dans une joyeuse atmosphère de musique et de danses mexicaines. Désireuse de ne pas faillir à la tradition américaine, sa mère préparait la dinde avec sa fantaisie habituelle :

tantôt la volaille n'était pas assez cuite et devait retourner au four une heure ou deux ; tantôt elle l'était trop, ce qui faisait dire à son père qu'il fallait des dents de loup pour réussir à la manger. Mais, dans les deux cas, c'était la fête.

À l'université, on ne tarda pas à remarquer la « Mexicaine » à la peau dorée et à la chevelure d'ébène qui sillonnait les rues sur sa Harley, vêtue de cuir noir. Elle eut rapidement des amis qu'elle invita à déguster ses *tamales* et à boire des Corona chez elle. Le jour où elle reçut son diplôme avec mention « très bien » devant ses parents et sa sœur rayonnants de fierté, il lui sembla que, désormais, le monde lui appartenait.

Après avoir décroché un MBA à la Wharton School, Sunny avait été recrutée par une maison de parfum à Paris. Au bout de un an, elle partait à Bologne travailler pour la FIAT. Puis elle était rentrée au Mexique, avant de s'installer en Californie où elle avait ouvert une agence de relations publiques. Aujourd'hui, elle avait pignon sur rue.

Elle avait rencontré Mac un hiver, lors d'une soirée presse pour « Les Mystères de Malibu », où elle s'était rendue en Harley.

Plus tard, il lui avait avoué l'avoir remarquée depuis l'autre bout de la pièce. « Comment aurais-je pu te rater avec cette masse de cheveux bruns et cette tenue ? » Sa minijupe blanche moulante et son col roulé noir épousaient ses formes sensuelles, et ses bottes de moto montaient haut sur ses interminables jambes bronzées. Ne buvant jamais une goutte d'alcool quand elle se déplaçait à moto, elle sirotait une limonade lorsqu'elle avait senti qu'on lui tapotait l'épaule. Elle s'était retournée pour se trouver face à un type en jean et tee-shirt, au visage buriné, dont le regard bleu perçant l'enveloppait avec admiration. C'est lui, avait-elle pensé, bouleversée. L'homme de ma vie. Mais, bien sûr, elle s'était gardée de le lui dire.

Pourtant, tout les opposait. Avant de devenir détective privé et une personnalité du petit écran, Mac avait grandi dans les rues de Boston et était entré dans la police de Miami. Autodidacte, il s'était formé sur le tas. Sunny, enfant choyée et élevée très librement dans un ranch, était devenue une femme belle, intelligente et bien déterminée à garder son indépendance.

Leur histoire qui frôlait la perfection avait paru bénie des dieux jusqu'au soir où elle l'avait invité à dîner dans son appartement chic de Marina del Rey, à quelques kilomètres de Malibu Colony. Il était arrivé accompagné de son chien, et la première rencontre entre Tesoro et Pirate avait été un désastre.

La scène lui revint en mémoire. Elle devait admettre que, contrairement à Tesoro, Pirate s'était montré plein d'intentions amicales.

Plutôt que de voir son chien subir la hargne du chihuahua, Mac avait préféré rentrer chez lui. Même les fameux *tamales* de Sunny n'avaient pas réussi à sauver la situation.

Depuis ce jour, ils se voyaient sans leurs chiens. « Ces deux bêtes sont incompatibles », affirmait Mac. Du coup, l'avenir de leur relation était compromis.

Elle vérifia l'heure. Il était plus de minuit à Malibu, et Mac n'était toujours pas rentré ! Elle devrait quitter sa chambre sans attendre une seconde de plus, sortir dans les rues vibrantes de Rome, trouver un bel Italien charmant et se laisser séduire.

Résignée, elle soupira. Elle ne rappellerait pas. Un parfum de cannelle sucrée lui chatouillait les narines : tant pis pour son régime ! Elle donna un rapide coup de brosse à ses cheveux et enfila ses sandales en cuir noir. Au moment précis où elle posait la main sur la poignée de la porte, le téléphone sonna. Elle pivota et le fixa.

La sonnerie persistait. Ce ne pouvait pas être Mac. Elle tentait de le joindre depuis au moins une heure. Elle se décida à décrocher.

— *Pronto* ? fit-elle d'une voix boudeuse.

4

— Sunny ? dit Mac.

— Sonora Sky Coto de Alvarez !

Il sentit son cœur se serrer. Si elle le traitait de la sorte, c'était qu'elle lui en voulait. Mais de quoi, enfin ! Que diable lui avait-il fait ?

— On dirait une vraie Italienne. Je devrais peut-être t'appeler *signorina*.

— Comment sais-tu que je ne suis pas déjà une *signora*, vu la façon dont tu me négliges ? rétorqua-t-elle.

Sa réponse arracha un sourire à Mac.

— D'accord, *signora*. Qui est l'heureux élu ?

— Sûrement pas toi. Où étais-tu, Roméo ? J'essaie de t'avoir au téléphone depuis une heure.

— Sur la plage, tout simplement. Je te le promets. Seul avec Pirate. À contempler les étoiles en me demandant si tu regardais les mêmes, si loin de moi, à Rome.

— Quelle jolie histoire ! De toute façon, ici, c'est l'heure du petit déjeuner. Alors, les étoiles ! Et je m'apprête à passer la journée à Cinecittà, entourée des plus beaux mâles de Rome.

Le sourire de Mac s'élargit.

— Il ne faut pas que ça te monte à la tête, chérie. Je peux te présenter les plus beaux spécimens masculins de Malibu, il suffit de demander !

— Dans ton genre, tu veux dire ? Merci bien ! Je m'en passerai.

— Écoute, Sunny, lança-t-il, changeant de sujet, il vient de m'arriver quelque chose d'étrange.

— Ne te fatigue même pas à me le raconter.

Elle se laissa tomber sur le lit, jambes croisées, et se mit à fixer la sandale noire qui se balançait au bout d'un de ses gros orteils.

— Je t'en prie, Sunny chérie, plaida le détective.

Malgré les milliers de kilomètres qui les séparaient, il percevait son indifférence.

— Arrête avec ce surnom ridicule !

Il étouffa un soupir.

— D'accord. Ça ne t'intéresse pas d'apprendre que quelqu'un m'a tiré dessus ?

Sceptique, elle remit sa sandale et se leva. C'était décidé, elle sortait. L'*espresso* et les *cornetti* l'attendaient.

— Je parie que c'était une femme, avança-t-elle.

— Comment le sais-tu ?

L'étonnement dans la voix de Mac n'était pas feint.

— Appelons ça l'intuition féminine. Je suis sûre que tu l'avais bien mérité.

— Merci de ta confiance. Vraiment, Sunny, j'attendais plus de compréhension de ta part. Un peu d'inquiétude, un soupçon de compassion, au moins que tu cherches à savoir si je suis blessé.

Flageolant soudain sur ses jambes, elle retomba sur le lit et s'écria :

— Elle t'a blessé ? Oh, Mac, mon chéri, tu vas bien ?

Le détective répondit en riant :

— En fait non, elle ne m'a pas touché. Mais elle a essayé, crois-moi. Avec un revolver Sigma calibre 40.

— Ordure ! Me faire marcher comme ça ! s'exclamat-elle d'une voix tremblante, les lèvres crispées par la contrariété.

— Et comment voulais-tu que j'attire ton attention ? Je ne te raconte pas de craques, Sunny, crois-moi !

Il lui résuma ce qui s'était passé un quart d'heure auparavant, en veillant à ne pas mentionner le visage d'ange et les formes pulpeuses de la rousse.

— Je ne comprends pas pourquoi elle n'a pas appelé à l'aide, déclara-t-il. Pourquoi elle a tiré sur moi, son sauveur potentiel ?

— C'est peut-être elle, l'assassin, suggéra Sunny.

— De qui ? Je n'ai pas vu de cadavre. Mais je suis prêt à parier que c'est elle qui a crié. En plus, elle pleurait. J'ai vu des larmes sur son visage… Écoute, chérie, je suis face à un dilemme. J'ai déjà téléphoné au garde, à l'entrée. Il a appelé le propriétaire des lieux, le milliardaire Ronald Perrin, et ce magnat de l'investissement lui a affirmé que tout allait bien. Que c'était sans doute la télévision qui était trop forte. N'importe quoi, je te garantis ! Je sais ce que j'ai vu. À ton avis, je dois appeler les flics ? Ou la laisser continuer ses petites affaires, quelles qu'elles soient ? Si ça se trouve, il s'agit d'une banale querelle domestique, elle cherchait juste à se faire remarquer.

— Avec un revolver ? répliqua Sunny. Elle n'y allait pas de main morte, alors ! À ta place, je ne m'en mêlerais pas. Manifestement, tu n'es pas le bienvenu. À moins, bien sûr, qu'elle veuille t'engager à un tarif fabuleux qu'il te serait impossible de refuser, surtout maintenant que ton émission télévisée risque d'être supprimée. Pourquoi travaillerais-tu à l'œil ?

Mac resta songeur un moment.

— Et si elle était vraiment en danger ? demanda-t-il d'un ton inquiet.

— Elle m'a l'air de savoir très bien comment se protéger. Tout comme M. Perrin sait la protéger, je suppose. Mac, de grâce, n'oublie pas que tu parles de Malibu Colony, un petit coin de paradis où il ne se passe jamais rien. Alors, ne commence pas à faire des vagues.

Le combiné coincé entre sa joue et son épaule, Sunny était toujours assise sur son lit. Elle mourait d'envie de boire un café et, surtout, que Mac cesse de parler travail. Pour parler d'eux, par exemple.

Comme s'il lisait dans ses pensées, elle l'entendit soudain dire :

— Tu me manques, à un point que tu ne peux pas imaginer ! C'était très dur, ce soir, de flâner sur la plage, seul avec Pirate. Sans toi pour m'accompagner, pour m'attendre à la maison, dans mon lit... dans ma vie.

— Pardon ? s'exclama-t-elle, son cœur battant la chamade.

Elle n'en croyait pas ses oreilles.

— Tu me manques, Sunny. Et si je prenais le prochain vol pour Rome ?

— Oh, Mac ! Ce serait merveilleux ! s'exclama-t-elle d'une voix vibrante de bonheur. Je connais un café où l'on boit un délicieux *espresso*.

— Oublie les cafés et réserve une table dans le meilleur restaurant de la ville. Demain soir, je t'emmène dîner dehors. Rien n'est trop beau pour la femme de ma vie.

Elle étouffa un soupir de bonheur. Tout allait de nouveau pour le mieux dans le meilleur des mondes. Le milliardaire Ronald Perrin et la femme au Sigma calibre 40 étaient momentanément oubliés.

5

Tôt le lendemain matin, Mac rendit une petite visite à Ronald Perrin. Bien sûr, il savait tout du milliardaire. Tout le monde le connaissait. Après avoir gagné une fortune dans les assurances, Perrin avait fait fructifier ses gains chez l'un des plus importants courtiers de Wall Street.

Si sa position de directeur général d'innombrables sociétés de haut vol établissait sa réussite, l'homme avait un passé. Son premier divorce, conséquence de sa liaison avec une femme mariée à un autre milliardaire, avait fait scandale. De plus, des accusations d'opérations financières frauduleuses lui avaient valu un procès, même s'il en était sorti blanchi.

Le magnat était aujourd'hui à la tête d'une fortune colossale. Outre sa villa à Malibu Colony, il avait une propriété à Bel Air et une maison à Palm Springs, à deux heures de route de Los Angeles. Fidèle à sa réputation, Ronald Perrin vivait comme un roi : pour lui, rien n'était trop beau. Il avait épousé une ravissante actrice de cinéma, la blonde Allie Ray, dont la fortune égalait la sienne.

Mac arriva à hauteur de la résidence du milliardaire. Vue de la rue, c'était un simple mur sans fenêtres. Le portail ressemblait à une haute dalle d'acier brut, aussi lugubre qu'un cercueil. Il apercevait, derrière le feuillage de deux hauts palmiers, quelques branches de bambou qui se balançaient. La plupart des maisons de la Colony étaient dotées d'une cour intérieure.

Il avisa le discret bouton de l'interphone, le pressa. Il n'entendit pas de carillon électronique. Même la sonnette était silencieuse. Il recommença et jeta un coup d'œil à la ronde. La place de parking réservée au propriétaire des lieux était vide, la porte du garage fermée. Il aurait été curieux de connaître le genre de véhicule que conduisait Ronald Perrin. Une Porsche métallisée ? Une Bentley ? Une Ferrari rouge, peut-être ? En tout cas, une voiture chère et voyante, à l'image de son propriétaire.

Une voix masculine, un peu essoufflée, finit par demander :

— Qui est là ?

— Mac Reilly, se présenta-t-il dans l'interphone. Votre voisin.

Après un silence, la voix déclara :

— Entrez.

Le portail d'acier glissa sur le côté pour s'enfoncer dans une fente du mur. Mac s'engagea dans l'allée de béton bleu foncé qui, suivant le bord d'une piscine à l'eau turquoise, traversait le jardin envahi de plantes tropicales exubérantes. Ronald Perrin n'avait pas éprouvé le besoin d'investir dans un beau dallage.

Le milliardaire l'attendait devant la porte d'entrée, vitrée. Trapu, de large carrure, il avait le regard dur d'un primate agressif et le dos voûté d'un haltérophile habitué à soulever des barres de cent kilos.

Un grand front ; des cheveux noirs ondulés ; des sourcils proéminents et broussailleux ; des yeux d'un brun chaud. Son nez était légèrement crochu, sa bouche charnue et sensuelle. Il paraissait en bonne forme physique. Malgré son tee-shirt moite de transpiration et son bermuda, ce n'était assurément pas le genre d'homme à prendre Dolce pour une glace italienne. Dans son genre, il était plutôt séduisant, ce qui expliquait sans doute pourquoi la belle

Allie Ray avait succombé à son charme. Le cocktail du pouvoir et de l'argent était un aimant puissant.

— Je vous connais, déclara Perrin. Je vous ai vu à la télévision. Entrez.

Mac s'exécuta et se retrouva dans un vestibule surmonté d'une coupole de verre en biseau, d'une trentaine de mètres de hauteur, ouvrant sur un espace unique, sans cloison. Au fond, une cuisine américaine aux éléments chromés. Sur la gauche, un escalier suspendu. À l'opposé, un mur entièrement vitré à travers lequel il voyait, sans les entendre, les vagues se briser sur le sable. Toutes les fenêtres étaient fermées, l'air conditionné était poussé au maximum, et des haut-parleurs diffusaient *Avalon* de Roxy Music à plein volume.

Même pour un amateur comme Mac, la valeur des œuvres d'art qui couvraient les murs était évidente. Les sols noirs, laqués, étaient jonchés de tapis en soie. Le mobilier se composait d'un assortiment de très belles antiquités et de fauteuils en cuir souple. On était loin du style « bord de mer ».

Détail étrange, un chemin de fer électrique de collection traversait l'immense pièce. Un rêve d'enfant ou, dans ce cas précis, d'adulte, songea Mac, intrigué. Mais M. Perrin ne l'avait pas fait entrer pour parler de trains électriques.

— Asseyez-vous, monsieur Reilly, lui proposa-t-il.

Le détective se percha au bord d'un fauteuil en cuir vert. Il regarda l'endroit où il se tenait quand la rousse lui avait tiré dessus. Il y avait un gros trou dans le sol en béton ciré. Les débris du vase de cristal avaient été ramassés, mais la balle devait encore être logée dans le dossier du canapé de velours bronze dans lequel Perrin s'était avachi, en face de lui. Pâle, hagard, le milliardaire ne ressemblait en rien au riche noceur des photos des magazines people.

À côté d'un carton renversé, Mac remarqua alors une déchiqueteuse bon marché. De toute évidence, il s'agissait d'une acquisition récente. Sur le sol, une pile de papiers à détruire attendait. Il avait dû interrompre Perrin en plein travail.

— Je me demande si vous savez pourquoi je suis ici…, commença-t-il.

Les mains jointes sur ses genoux, le milliardaire se pencha en avant. Ses yeux sombres toujours rivés sur le détective, il hocha la tête. Puis il déclara :

— Monsieur Reilly, vous avez devant vous un homme aux abois.

Mac s'était attendu à tout, sauf à cet aveu. Il avait pensé entendre Perrin fulminer contre la rousse, ou lui affirmer qu'il se trompait, qu'il avait tout imaginé. Perrin lui aurait offert un verre, donné une bourrade amicale dans le dos, puis il l'aurait invité à une fête avant de lui conseiller de tout oublier. Pour une fois, le détective restait sans voix.

Son hôte le fixait de ce regard brun, liquide, intense. Peut-être ne tenait-il pas à ce que tout le monde apprenne – Allie Ray en particulier – que, la veille au soir, une belle femme à moitiée nue se trouvait chez lui, armée d'un revolver.

— Monsieur Reilly, reprit Perrin, quelqu'un essaie de me tuer. Depuis plusieurs semaines, il me suit partout. Où que j'aille, il est sur mes traces.

Mac l'écouta sans réagir. Décidément, cet homme lui réservait bien des surprises. Des gouttes de transpiration coulaient dans le cou du milliardaire. L'avait-il interrompu en pleine séance de sport, ou Ronald Perrin craignait-il vraiment pour sa vie ?

— Comment savez-vous qu'on en veut à votre vie ? demanda-t-il enfin.

— Je le sais, c'est tout !

— Alors pourquoi ne pas avoir prévenu la police ?

Un homme innocent n'aurait pas hésité, surtout s'il n'avait rien à cacher. Pour toute réponse, Perrin haussa les épaules et, l'air penaud, ouvrit les bras en grand.

28

— Vous avez sans doute entendu parler de mon divorce, finit-il par répondre. Et si Allie Ray avait décidé de me supprimer ? Vous m'imaginez annoncer ça aux flics ? Ses avocats me feraient enfermer sur-le-champ. Ils diraient que je cherche à lui piquer l'argent qu'ils prétendent être le sien.

— Cela représenterait semble-t-il la moitié de votre fortune, fit Mac d'un ton détaché.

Perrin lui cachait quelque chose, il en aurait mis sa main au feu.

— Monsieur Reilly, vous connaissez ma femme ?

— J'ai vu ses films.

— Ah ! Bien sûr. La célèbre Allie Ray. L'une des plus belles femmes du monde. Mais, derrière son élégante façade blonde, elle dissimule une immense cupidité.

Le détective le dévisagea avec surprise. Cette description ne correspondait pas à l'image de l'Américaine toute simple qui était celle d'Allie Ray.

Perrin s'était tu. Visiblement, il ruminait sa colère. Puis il ajouta avec amertume :

— Elle m'a épousé pour mon argent et j'ai été assez bête pour tomber dans ses filets. Avant moi, elle avait déjà été mariée à deux hommes riches. Bien sûr, je voulais la femme-trophée, celle que tous les autres désiraient.

Il s'interrompit et foudroya son interlocuteur du regard.

— Vous savez que je me suis fait tout seul, Reilly ? lança-t-il.

Il se leva et se mit à faire les cent pas, se tordant les mains, comme s'il souffrait.

— Je pensais qu'elle m'aimait, murmura-t-il d'un ton presque pitoyable.

Pour un peu, Mac en aurait été attendri, mais le numéro de Perrin ne collait pas à son personnage. Il allait attendre que le milliardaire crache la vérité. Il savait d'expérience que laisser parler l'autre, sans broncher, était la meilleure tactique. Si la tristesse de Perrin était incontestable, il n'avait toujours pas évoqué la rousse au visage d'ange ni le revolver.

Perrin continuait à marcher de long en large. L'idée de se séparer de sa femme, ou de son argent, semblait le mettre au supplice.

Il regarda de nouveau Mac.

— Vous avez idée de ce que je lui ai offert, Reilly ? Quatre-vingts millions de dollars. Quatre-vingts millions, mon vieux ! Plus la maison de Bel Air qui m'a coûté vingt-cinq millions et où elle a dépensé une fortune. Mais est-ce assez pour Mary Allison Raycheck ? La fille du Texas au père alcoolique, violent, qui, tous les samedis, après la tournée des bars, la battait à coups de ceinture ? À la mère dépressive qui buvait et qui la négligeait ?

Perrin secoua la tête avec véhémence avant de reprendre :

— Pour les médias, j'ai contribué à la version de son enfance dans une plantation du Vieux Sud, de son statut de jeune femme de bonne famille. Ce qu'elle est devenue. Elle préside nombre d'œuvres caritatives – et pourtant je suis sûr que, si ses dons ne sont pas déductibles des impôts, elle ne leur verse jamais un centime.

Il s'affala de nouveau dans le canapé et se prit la tête entre les mains.

— Elle veut tout, Reilly. Et pour l'obtenir, je crois qu'elle veut ma mort. C'est pourquoi elle me suit. Vous devez la démasquer.

Mac pensa à l'actrice blonde. S'il n'y avait aucun portrait d'elle dans la pièce, il l'avait vue en photo dans les magazines car les paparazzi ne la lâchaient pas. Toujours souriante, elle était souvent photographiée dans les situations les plus diverses. Sur certains clichés, elle tenait la main d'un enfant malade sur un lit d'hôpital ; sur d'autres, elle recevait pour un candidat politique chez elle, à Bel Air ; sur d'autres encore, elle sponsorisait l'un des meilleurs restaurants de la ville, lequel, en échange, offrait ses restes aux centres pour sans-abri. C'était le visage qu'Allie Ray offrait au public.

L'autre était donc celui d'une fille issue de parents pauvres et brutaux, qui avait su toute petite ce que c'était que de ne pas avoir d'argent pour payer le médecin, manger à sa faim, s'acheter de beaux vêtements. Qui avait manqué d'amour. Et si, en se consacrant à ses bonnes œuvres, Allie ne faisait que rendre ce qu'elle avait eu la chance de recevoir ? Peut-être était-elle sincère ? Peut-être Perrin la calomniait-il dans le but de garder intacte sa fortune ?

L'un des deux mentait. Lequel ? Mac aurait donné cher pour entendre la version de la star.

Et puis, c'était lui qui était venu trouver Perrin, pas le contraire. Alors pourquoi ce type ouvrait-il soudain son cœur à un parfait inconnu ? De plus, il ne s'était toujours pas expliqué sur l'histoire de la rousse.

Perrin alla s'asseoir à son bureau, sortit d'un tiroir une carte de visite et la tendit à Mac.

— J'aimerais vous engager pour trouver qui me traque, déclara-t-il en le fixant avec son regard de chiot triste. Je ne veux pas finir assassiné. Et je ne veux pas que ma femme soit accusée de meurtre.

Là-dessus, il recommença à se tordre fébrilement les mains. Mac avait l'impression qu'il attendait sa sentence.

— Je vous paierai le double de votre tarif. Le triple, même.

Son regard se voila soudain. Il sembla se ressaisir.

— Le double ! s'empressa-t-il de corriger, homme d'affaires avant tout.

Mac vint se planter devant les cartons retournés et demanda :

— Ce sont vos archives financières ? Vous essayez de les cacher à votre femme ?

Perrin le rejoignit. Il était beaucoup plus petit que lui, remarqua alors le détective.

— Oui, ce n'est que ça, répondit-il un peu vite.

Après l'avoir dévisagé quelques secondes, Mac lança :

— Monsieur Perrin, qui était la femme rousse armée d'un Sigma calibre 40 présente ici hier soir ?

Le visage du milliardaire s'empourpra et une veine se mit à palpiter à son cou. Puis, reprenant contenance, il répondit :

— Je suis revenu à une heure du matin, Reilly. Il n'y avait personne chez moi. Je l'ai déjà dit au garde, à l'entrée.

Il détourna le regard, conscient que Mac n'était pas dupe. Il regagna le canapé et, avec un soupir, s'y avachit de nouveau.

— Vous voulez un verre ?

Mac secoua la tête.

— Je ne bois pas le matin.

Il était songeur. Devait-il accepter l'offre du milliardaire ? Étant donné que ses émissions télévisées n'allaient sans doute pas reprendre, ce revenu inattendu n'était pas à négliger. Pourtant, quelque chose lui déplaisait dans cette histoire. Perrin mentait au sujet de la rousse comme au sujet d'Allie Ray, lui soufflait son intuition. Mais il n'en était pas moins persuadé que le milliardaire était toujours amoureux de sa femme, quelle que soit sa colère.

— Merci de m'avoir proposé ce travail, déclara-t-il finalement. Hélas, je ne peux pas l'accepter. Je pars pour Rome dans deux heures. Je serai absent environ une semaine, précisa-t-il en se dirigeant vers la porte.

Perrin le suivit et la semelle de ses baskets crissa sur le sol laqué.

— Vous partez pour Rome ? lança-t-il d'une voix stridente. C'est impossible ! Je vous propose ce travail, cria-t-il presque. J'ai besoin que vous découvriez ce qui se passe, nom d'un chien !

— Merci beaucoup pour l'offre, Perrin, répliqua Mac en lui faisant face.

Ils s'affrontèrent du regard. Puis, brisant le silence, le détective lui tendit à son tour sa carte de visite.

— Appelez-moi à mon retour, nous en reparlerons. En attendant, je vous conseille d'aller trouver la police et de lui dire que vous croyez être suivi. Elle prendra l'affaire en main et découvrira la vérité.

— Oui, on peut compter sur elle pour ça ! ironisa son interlocuteur, avant d'ajouter d'un ton déterminé : Pas de police !

Mac redescendit l'allée, sentant les yeux de Perrin dans son dos. Sans se retourner, il attendit l'ouverture du portail d'acier.

Lorsque celui-ci eut glissé en silence dans le mur, il sortit au soleil et aspira une bouffée d'air frais. Le portail se referma sur un milliardaire alarmé.

6

Dans la grisaille matinale, Allie Ray Perrin, au volant de sa Mercedes 600 décapotée, traversait le Malibu Canyon, l'axe principal reliant du nord au sud le littoral à la vallée. Une brume connue en Californie sous le nom de *marine layer* flottait dans l'air, couvrant ses cheveux de gouttelettes. Même si la San Fernando Valley qui s'étendait derrière elle était, comme toujours, baignée de soleil, le brouillard ne se lèverait sans doute pas avant quinze heures. C'était l'un des inconvénients – un plaisir pour certains – d'habiter le bord de mer.

Indifférente à la bruine, la jeune femme roulait, emmitouflée dans un pull en cachemire à capuche, son visage sans maquillage dissimulé derrière les grosses lunettes noires de rigueur à Los Angeles, soleil ou pas. Les passants qui lui jetaient un regard distrait ne risquaient pas de reconnaître la star glamour du grand écran. À l'exception, bien sûr, des paparazzi qui la poursuivaient sans relâche. Aujourd'hui, pour leur échapper, elle avait quitté Bel Air par la route de derrière, avant de couper par Mulholland pour rejoindre San Fernando Valley, puis de suivre le canyon jusqu'à Malibu et sa destination finale, Malibu Colony.

Ce n'était pas son mari qu'elle allait voir, mais Mac Reilly. Jeudi soir, elle avait regardé l'émission télévisée « Les Mystères de Mac Reilly à Malibu » et le détective lui avait fait une excellente impression. Intègre, fiable, c'était exactement le genre d'homme qu'il lui fallait en ce moment.

Elle tourna à gauche en direction de Pacific Coast Highway, l'autoroute connue en Californie sous les initiales PCH, et ralentit. Le brouillard était plus dense que sur la côte. À l'entrée de Malibu Colony, le garde reconnut immédiatement sa voiture et ouvrit la barrière. Elle le salua de la main et il lui répondit. Ici, ni portails d'acier ni hauts murs : « discrétion » était le mot d'ordre des habitants du quartier. Habiter sur la plage était bien agréable, songea-t-elle avec une pointe de nostalgie.

Arrivée à la fourche de l'unique rue de Malibu Colony, au lieu d'aller à gauche, vers la maison où elle avait habité avec Perrin, elle prit à droite et alla se ranger derrière la Prius rouge garée devant la dernière porte. Elle descendit de voiture et jeta un coup d'œil dubitatif à la façade. Malgré ses murs fraîchement repeints, son aspect délabré tranchait avec les villas rutilantes des lieux. Elle poussa un soupir. Après tout, elle se fichait bien de la façon dont Mac Reilly entretenait sa maison. La raison de sa visite était tout autre.

Elle tira sur la cloche de bateau en laiton fêlé et oxydé, de couleur verdâtre, qui servait de sonnette sans obtenir de réponse. Après un moment qui lui sembla interminable, un peu anxieuse, elle recommença. Elle devait à tout prix le voir.

Mac sortait de la douche. En entendant le carillon, il jeta un coup d'œil à la pendule. À cause de Perrin, il était déjà en retard. Il allait arriver à la dernière minute pour son vol. Il poussa un juron, noua hâtivement une serviette autour de ses hanches et courut ouvrir la porte. La surprise le laissa bouche bée. Sur le seuil se tenait l'une des femmes les plus célèbres du monde, et certainement l'une des plus belles. Elle portait un pull à capuche, un pantalon gris et des Reeboks d'un blanc immaculé, sans doute achetées pour l'occasion. Mais non ! Une femme telle qu'Allie Ray devait en posséder une bonne dizaine de paires, alignées dans sa penderie et à usage unique.

Elle le regardait en silence, comme pour lui donner le temps de s'accoutumer à l'idée que c'était vraiment elle. Puis son visage s'illumina du fameux sourire qui, depuis des années, enchantait les cinéphiles.

— Je suis vraiment désolée. Je vous dérange pendant votre douche.

Ramené à la réalité, Mac resserra sa serviette. Après l'avoir priée de l'excuser pour sa tenue, il l'invita à entrer dans la petite pièce carrée qui faisait office de vestibule.

Pirate bondit vers elle en boitant. Il la renifla avec curiosité comme à son habitude, et s'assit ensuite sur son arrière-train, lui permettant de contempler à loisir son œil borgne et son sourire idiot.

Mac s'empressa d'expliquer :

— Il s'appelle Pirate. En hommage à John Silver, dans *L'Île au trésor*. La jambe de bois, le bandeau noir sur l'œil... Enfin, vous voyez.

Devant son froncement de sourcils perplexe, il ajouta :

— Ça valait mieux que le sort qui l'attendait. Il était presque mort quand je l'ai trouvé.

La jeune femme se pencha pour caresser la tête du bâtard. Sa capuche glissa sur ses cheveux blonds, retenus en une queue-de-cheval lâche, et Mac pensa qu'elle ressemblait à une Barbie étudiante. Sauf pour ce qui était des yeux : lorsqu'elle fixait son regard envoûtant sur lui, il avait la sensation de plonger dans une eau tropicale turquoise où des courants mouvants l'attireraient vers le fond.

Il l'emmena dans le salon et, après s'être excusé, se hâta d'aller enfiler un short et un tee-shirt.

À son retour, il la trouva observant son domaine un peu miteux, mais confortable : les vieux canapés moelleux recouverts de plaids sur lesquels Pirate avait élu domicile, quand il ne dormait pas sur le lit de Mac. Le fauteuil de relaxation en cuir noir, usé, avec les compartiments adaptés où Mac rangeait ses bières et ses bretzels, la pochette latérale pour la télécommande et le rehausseur de jambes, idéal pour piquer un petit somme quand le match qu'il regardait n'était pas assez palpitant.

Le regard d'Allie se posa sur une vieille planche de surf que des velléités artistiques avaient incité Mac à peindre en doré pour en faire une table basse. Puis sur l'assortiment de fauteuils en rotin autour de la table carrée, compacte, dénichée par Sunny au marché aux puces. Comme elle soutenait que c'était une pièce de valeur, Mac avait décidé de la garder pour la prochaine période de vaches maigres.

La star examinait maintenant la collection éclectique de toiles aux couleurs vives qui recouvraient ses murs. La plupart d'entre elles provenaient de visites aux ateliers d'artistes débutants, à Venice Beach. Mac, qui les achetait pour une bouchée de pain, s'était souvent demandé si les jeunes peintres mangeaient tous les jours à leur faim.

Ensuite, Allie regarda les tapis de jute qui jonchaient le plancher ; celui en faux zèbre devant la cheminée en briques blanches, dans le style années 50 ; les lampes hétéroclites et la collection de bougies et de lumignons, cadeaux de Sunny.

Après avoir tourné la tête vers une fenêtre contre laquelle un volet cognait, elle lança à Mac l'un de ses envoûtants regards turquoise.

— Je vous envie, déclara-t-elle, le prenant au dépourvu. Vous savez exactement ce que vous voulez. Vous avez de la chance.

— Une femme comme vous n'a aucune raison de m'envier.

Elle se percha sur le bord du canapé couvert de poils de chien et le fixa droit dans les yeux.

— Dites-moi, monsieur Reilly, que savez-vous au juste des femmes comme moi ?

Elle l'avait mis dans l'embarras. Devait-il lui révéler ce qu'il avait appris sur elle ou opter pour une réponse diplomatique ? Avec tact, il choisit l'option intermédiaire.

— Je sais que vous venez d'un milieu pauvre et que vous avez fait quelques beaux mariages. Que vous êtes une actrice célèbre.

Allie passa une main dans ses cheveux blonds et, soulevant sa queue-de-cheval, la dégagea des plis de sa capuche.

— Savez-vous ce qu'est le désespoir, monsieur Reilly ? demanda-t-elle d'une voix égale. De comprendre un jour qu'il n'existe qu'un seul moyen pour fuir la petite ville où vous vivez, votre père alcoolique et la mère épuisée et déprimée que vous redoutez de devenir ?

Un frisson parcourut son corps svelte, une expression douloureuse se peignit sur son visage.

— Un moyen pour échapper à la brutalité, à la misère noire et à la grisaille oppressante d'une vie sans la moindre perspective de lendemains qui chantent ? Aux champions de football du lycée qui se vantent de leurs conquêtes afin d'impressionner une timide adolescente ? Au pasteur prédisant la damnation à la fille perdue, qu'il essaie ensuite de tripoter ?

Elle s'interrompit et le fixa de nouveau de son air énigmatique.

— Et savez-vous ce que c'est de prendre conscience que la seule issue c'est de monnayer votre beauté, monsieur Reilly ? Parce que vous ne possédez rien d'autre ?

Ses souvenirs lui arrachèrent un soupir de regret.

— Comme je n'avais pas le choix, j'ai décidé d'opter pour le plus offrant. À une condition : il devait m'épouser.

— Et vous vous en êtes tenue à votre plan ?

— Je me suis mariée avec des hommes riches et j'ai honoré ma partie du contrat. J'ai été une bonne épouse un temps. Mais ils ont sans doute fini par se lasser de me regarder. Une chose est sûre, j'ai toujours voulu faire du cinéma. À présent je suis riche, et peut-être le serai-je encore plus quand j'aurai divorcé de Ronald Perrin – même si je n'ai plus besoin de son argent. Je ne dois ma réussite qu'à moi-même, et elle est plus éclatante que celle de certains hommes. Et pourtant je ne suis toujours pas heureuse.

Leurs regards se croisèrent. Allie eut un haussement d'épaules désabusé.

— Je vous ai dit la vérité et vous me jugez. Vous n'avez manifestement jamais été acculé.

Mac garda le silence. Allie Ray ne se trompait pas. Néanmoins, il la comprenait.

— Regardez mon visage, exigea-t-elle en venant se planter devant lui. Qu'y lisez-vous ?

Rien, se dit Mac. Elle avait beau frôler la quarantaine, elle n'avait pas la moindre ride. Les années semblaient avoir glissé sur elle. Elle était juste très belle et incroyablement photogénique.

— De l'insatisfaction, monsieur Reilly, reprit-elle d'une voix douce. C'est ce que vous voyez. Je suis l'archétype de la femme qui a tout. Croyez-moi, nous sommes des dizaines dans mon cas dans cette ville, voire des centaines. Et nous avons toutes la même expression. Comme si la vie passait à côté de nous. La vraie vie, j'entends.

Elle s'approcha de la fenêtre et contempla l'océan qui se jetait sur la rive dans une pluie d'écume.

— Un jour, je découvrirai ce qu'est la vraie vie, vous savez ? Je redeviendrai moi. Mary Allison Raycheck, murmura-t-elle avant de pivoter vers Mac.

— Retour à la case départ, remarqua-t-il.

— Je vois que vous savez tout de moi, vous connaissiez même mon vrai nom. Vu votre métier, j'aurais dû m'y attendre.

— En fait, votre mari me l'a dit.

Elle eut un petit rire amer.

— Bien sûr. C'est normal, non ?

Elle se laissa tomber sur le fauteuil de relaxation et, après avoir soulevé la manette, étira ses longues jambes sveltes.

— Dire que j'ai toujours adoré ces trucs ! s'exclama-t-elle à moitié pour elle-même. Avant, je pensais qu'être riche, c'était avoir un fauteuil de relaxation et une table basse de chez Sears, avec un plateau en verre et des pieds dorés. C'est fou à quel point tout a changé !

Une larme glissa le long de son ravissant visage et roula sur le cachemire gris.

— À présent, des décorateurs choisissent pour moi et je paie leur goût parfait un prix exorbitant. Je ne porte que les vêtements des créateurs que je suis censée porter. Je mange diététique, je fréquente les restaurants et les soirées où je dois être vue.

Elle lui lança un regard désespéré.

— Alors, vous comprenez mon problème, monsieur Reilly ? Je ne sais plus qui je suis, c'est tout. Rien n'a changé. Je suis toujours aussi paumée.

Sur ces mots, Allie Ray, star de cinéma au zénith, se pelotonna dans le fauteuil et, sous les yeux de Mac consterné, fondit en larmes. Hoquetant, sanglotant, elle se mit à frapper le cuir de ses mains.

Pirate se précipita vers elle. Il détestait les scènes. Il avait dû en vivre trop avant d'être adopté par Mac. Il flaira anxieusement Allie et, avec un gémissement, lui donna de légers coups de patte. De plus en plus ébahi, le détective la vit se pencher vers le brave cabot et le prendre sur ses genoux.

— Bon chien, murmura-t-elle en laissant Pirate lécher ses joues humides. Vous voyez maintenant pourquoi je vous envie, monsieur Reilly, reprit-elle entre deux hoquets. Je n'ai même pas un Pirate. J'ai le chien à la mode, le chien que tout le monde est censé avoir cette année.

— Un chihuahua ?

Elle secoua la tête, aspergeant de ses larmes Pirate, qui s'ébroua pour s'en débarrasser.

— Non. Un bichon maltais, Fussy. Et vous n'imaginez pas à quel point elle est chochotte !

Mac lui tendit une boîte de Kleenex. Tant pis, il allait rater son avion pour Rome, il n'avait pas le choix. Allie Ray avait besoin de son aide.

— Que diriez-vous d'un petit tour sur la plage ? suggéra-t-il. Maintenant que je vous connais mieux, vous pourrez m'expliquer en quoi je peux vous être utile. Et la raison de votre désespoir.

7

Pirate clopinait le long de la plage, suivi de Mac et d'Allie qui allaient d'un pas plus tranquille. Le but de leur promenade n'était pas le sport.

Allie essuya les gouttes de brume sur ses cheveux. Elle avait retiré ses tennis et marchait pieds nus dans le sable.

— Je suis désolée, commença-t-elle, je ne suis pas venue ici pour pleurnicher sur votre épaule mais pour vous demander votre aide professionnelle. Je suis une femme riche, monsieur Reilly. Je suis prête à vous payer généreusement.

Mac haussa un sourcil, surpris par sa proposition. Il était vrai qu'avec son émission qui risquait d'être interrompue, elle tombait à pic.

— Je ferai tout ce qui sera en mon pouvoir, promit-il.

Elle s'arrêta et se tourna vers lui.

— Depuis une semaine, je suis suivie par une Sebring décapotable noire, avec un pare-brise en verre fumé qui me cache le chauffeur. Elle n'a pas de plaque d'immatriculation à l'avant et il m'est impossible de voir celle de l'arrière. Elle est tout le temps derrière moi. Peut-être mon mari me fait-il surveiller dans l'espoir de trouver des saloperies sur mon compte ? À moins que ce ne soit le dingue qui, depuis quelques mois, me harcèle. Il m'a envoyé des lettres. Des lettres d'amour selon lui, mais elles sont remplies d'obscénités. Bien sûr, je ne les regarde plus. Je me contente de les brûler sans les ouvrir. Ça fait peur.

Mac était songeur. Tout cela ne lui disait rien qui vaille. Et il était étrange, aussi, que Perrin et sa femme se croient tous deux suivis. Peut-être se faisaient-ils filer mutuellement ? Il posa la question à Allie qui nia.

— Alors pourquoi ne pas aller trouver la police ?

— Parce que je suis Allie Ray, répondit-elle simplement. Je vous laisse imaginer les conséquences. Mais je suis terrifiée. J'ai l'impression d'être épiée où que j'aille. Je me sens désarmée.

Le détective ne tergiversa pas longtemps. La perspective de gagner beaucoup d'argent était alléchante, mais il était surtout bouleversé par la vulnérabilité d'Allie Ray. Cette femme souffrait. Une souffrance que ni la peur d'être harcelée ni l'indifférence de son mari ne suffisaient à expliquer. Désespérément seule, elle avait autant besoin d'aide professionnelle que de soutien moral.

— Et si j'essayais de découvrir l'identité de celui qui vous suit, qu'il s'agisse de votre mari ou pas ?

Un sourire reconnaissant éclaira le beau visage. Puis, indifférente au fait qu'elle se mouillait les pieds, Allie Ray s'avança dans les vagues qui venaient mourir sur le sable, ramassa un bâton et le lança à Pirate. Le chien se jeta à sa poursuite avec enthousiasme, revint vers elle en tortillant de l'arrière-train et le laissa tomber à ses pieds. Éclatant de rire, elle répéta son geste.

— C'est la première fois que je vous entends rire, fit remarquer Mac.

Elle lui jeta un coup d'œil malicieux.

— À part dans mes films, vous voulez dire. Là, je ris tout le temps.

— Sauf quand vous embrassez un acteur.

Elle partit d'un nouvel éclat de rire.

— Vous avez raison. J'embrasse souvent mes partenaires. Ça rendait Ron dingue. « Tu es ma femme, disait-il chaque fois que nous nous querellions. Et, régulièrement, je dois supporter de te voir au lit, à moitié nue, avec un autre homme. »

Mac imaginait très bien Ronald Perrin faire ce genre de remarque. Le milliardaire à l'ego boursoufflé avait beau savoir que c'était du cinéma, il était incapable de le supporter.

— Je ne vous ai pas tout dit, ajouta-t-elle. Je suis venue bien sûr pour vous parler de ma peur de ce dingue qui me harcèle mais il y a autre chose. Mon mari a une liaison, monsieur Reilly.

— Ce n'est pas la première fois, je suppose.

Elle secoua la tête, l'éclaboussant de gouttelettes.

— C'est exact. Cependant, cette fois, je pense que c'est sérieux. Pour être franche, je tiens toujours à Ron. Il est le seul homme à avoir jamais pris la peine de creuser derrière la façade. Le seul à avoir su mettre mon âme à nu. Sans lui, je ne sais plus très bien qui je suis.

Elle lança de nouveau le bâton à Pirate, puis se tourna vers Mac d'un air accablé.

— Regardez-moi. J'ai réussi ma vie professionnelle, mais j'ai raté ma vie privée.

Se souvenant de la rousse au pistolet, Mac estima que la star avait raison de s'inquiéter.

— Je vais voir ce que je peux faire, répondit-il. Je pars passer une semaine à Rome, mais mon adjoint, Roddy, s'occupera de votre cas sans plus attendre. Quelque chose d'autre occupe votre esprit ? demanda-t-il, alors qu'ils reprenaient le chemin de la maison.

— Beaucoup de choses ! répondit-elle avec un sourire penaud. Mais hélas, vous ne pouvez rien y faire. Mon nouveau film sort en avant-première à Cannes dans quinze jours et il est nul… Bien sûr, on va dire que tout est ma faute, ajouta-t-elle en haussant les épaules d'un air résigné, que je suis difficile, que j'ai changé le scénario, que j'ai vieilli…

Arrivée chez Mac, elle s'arrêta en haut des marches menant à la véranda et regarda Pirate approcher en boitillant.

— À présent, vous comprenez pourquoi je vous envie, monsieur Reilly ?

— Il est temps que vous m'appeliez Mac.

Elle sourit.

— Une vie toute simple a tellement plus à offrir, n'est-ce pas, Mac ?

Il s'apprêtait à lui répondre quand un klaxon le coupa dans son élan. Roddy l'attendait dans la rue pour l'emmener à l'aéroport. Mais, même si la circulation était fluide, il raterait son vol et devrait en prendre un autre.

Sur le seuil de la maison, Allie le serra contre elle en guise d'adieu.

— Je vous en prie, ne me laissez pas tomber, l'implora-t-elle.

Et il promit, bien sûr. Il l'aiderait, même si ce devait être à distance, de Rome.

8

Allie roulait au pas sur Pacific Coast Highway. De l'autoroute congestionnée, on entrevoyait l'océan scintillant entre les maisons basses construites le long de la voie rapide qui, curieusement, se vendaient à prix d'or.

Perdue dans ses pensées, elle s'étonnait d'avoir ainsi ouvert son cœur à Mac Reilly. Revisiter le passé n'était pas dans ses habitudes. En général, elle faisait tout pour empêcher ses souvenirs de remonter à la surface, c'était seulement dans ses rêves qu'ils parvenaient à envahir son esprit.

Sa crise de larmes l'avait épuisée. Jamais elle ne se permettait de s'abandonner ainsi. On ne connaissait d'elle que l'image de la star, cette Allie toujours souriante aux objectifs. Elle regrettait d'avoir baissé la garde devant le détective.

Le passé était le passé et il devait le rester, enfoui dans un endroit sûr où personne ne pourrait le réveiller. À l'exception de Ron. Son mari ne connaissait-il pas tout d'elle ? Il n'avait pas eu besoin de lui poser des questions, il avait tout de suite su.

Elle secoua la tête, le chassant de son esprit, comme elle l'avait chassé de sa vie le soir où elle lui avait demandé de partir.

— Sors de ma vie ! avait-elle hurlé, ou je sortirai de la tienne.

— Ah ? Et comment la célèbre actrice de cinéma, la femme si bien sous tous rapports, compte-t-elle s'y prendre ? avait-il répliqué.

— Comme toutes les autres, avait-elle affirmé d'un ton acerbe, en saisissant un vase de roses pour le lui lancer à la figure s'il s'approchait.

Il lui avait ri au nez.

— Tu n'auras pas besoin d'aller si loin, je pars ! avait-il annoncé en se dirigeant vers la porte.

— Tu vas la retrouver, je suppose.

Il s'était retourné. Un long moment, ils s'étaient toisés. Puis il avait haussé les épaules de cette façon dédaigneuse qui lui était propre.

— Si c'est ce que tu veux croire, avait-il fini par dire avant de refermer doucement la porte sur lui.

Restée seule dans l'immense vestibule d'où partait un escalier à double volée, sous le lustre ancien dont les pendeloques scintillaient comme des étoiles de Noël, Allie s'était laissée tomber dans un fauteuil. Avec ses accoudoir en noyer travaillé et sa tapisserie en soie couleur céladon, ce fauteuil de créateur était une pièce de valeur, comme tout le mobilier de la maison. Serrant toujours le vase entre ses mains, elle avait fixé d'un regard accablé la porte que l'homme de sa vie venait de franchir. En proie au plus profond désarroi, elle avait compris que Ronald Perrin, son avenir, sa raison d'être, ne l'aimait plus.

À cette minute précise, au volant de sa voiture qui longeait la côte californienne, elle se sentait toujours aussi désemparée. Elle avait dit la vérité à Mac Reilly. Elle n'avait pourtant pas coutume de la dévoiler. Mais le détective lui plaisait. Leur entrevue pourtant brève l'avait convaincue qu'il possédait une qualité rare dans son monde : l'intégrité.

Se rappelant soudain pourquoi elle était allée le voir, elle jeta un coup d'œil dans le rétroviseur et son cœur se mit à cogner à grands coups dans sa poitrine. La Sebring noire était là ! C'était le genre de décapotable qu'aimaient louer les touristes pour profiter du soleil californien. Or les vitres de cette voiture, au toit toujours fermé, étaient teintées d'un noir si sombre qu'on ne distinguait pas le chauffeur. Jamais il ne la doublait. Il se contentait de la suivre, laissant toujours deux voitures entre eux.

Un frisson d'angoisse la parcourut. Elle avait déjà fait l'expérience d'hommes qui la harcelaient. D'habitude, ils insistaient davantage, cherchaient à rester à la hauteur de sa voiture, tentaient d'engager la conversation pendant qu'elle attendait son *double latte* au lait écrémé au Starbucks du Country Mart de Malibu. Bien sûr, elle n'y allait plus. Trop de paparazzi rôdaient alentour, appareil photo sur le qui-vive, dans l'espoir de surprendre des célébrités en position délicate.

Ce type-là, cependant, lui envoyait des lettres de menaces.

Elle accéléra et atteignit la limite de Santa Monica. Lorsqu'elle arriva à Topanga Canyon, elle braqua sur la gauche à la dernière minute, fendant la circulation jusqu'au parking de Reel Inn, un bistrot de front de mer qui servait toutes sortes de poissons et à toutes les sauces.

Elle jeta un coup d'œil en arrière. Comme elle l'avait espéré, le conducteur de la Sebring, pris au dépourvu, avait été obligé de suivre la file de voitures et de continuer sa route. Vu qu'il était impossible de faire demi-tour sur Pacific Coast Highway, il serait obligé d'aller jusqu'à Sunset Boulevard. Elle l'avait berné, se félicita-t-elle.

Après avoir relevé le toit de sa voiture, elle prit à gauche en sortant du parking, puis à droite au feu. Elle allait suivre la direction qu'avait prise la Sebring et ne tarderait pas à la voir revenir en sens inverse. Elle tournerait ensuite sur Sunset Boulevard, la longue route qui, de la plage, traversait Bel Air, pour continuer jusqu'à Beverly Hills et Hollywood. Elle composa à la hâte le numéro de Mac Reilly.

— Marc Reilly, se présenta-t-il.

— Bonsoir, c'est Allie.

L'intonation ferme de sa voix lui plaisait. Cet homme avait confiance en lui. Si seulement il avait pu lui communiquer un peu de son assurance.

Au volant de son véhicule, Mac était en route pour l'aéroport. Derrière lui, Roddy Kruger, son adjoint, négociait un nouveau vol pour Rome tout en se plaignant du manque d'espace pour ses jambes. Bel homme de trente-cinq ans, aux cheveux courts d'un blond décoloré, il était homosexuel et très populaire. Après avoir déposé Mac, il devait ramener la voiture et le chien à Malibu. À côté de son maître, Pirate, qui avait passé la tête par la vitre baissée, faisait claquer ses oreilles au vent.

— Qu'y a-t-il, Allie Ray ? demanda le détective.

Le silence soudain de Roddy ne lui échappa pas. Son adjoint avait reconnu le nom célèbre.

— Il était de nouveau derrière moi. Je l'ai semé à la hauteur de Reel Inn. J'ai pris Sunset Boulevard pour rentrer chez moi.

— D'accord. Inutile de paniquer, fit-il d'une voix apaisante. Celui qui vous suivra dorénavant est un privé, recruté par mes soins. Il vous attendra devant chez vous, au volant d'une Mustang noire, un appareil photo autour du cou, pour ressembler à un reporter. La quarantaine, complètement chauve, il porte des Ray-Ban aviator, une chemise à fleurs Tommy Bahama, un jean et des tennis. Avec son mètre quatre-vingt-cinq et sa carrure, il saura vous défendre, vous pouvez me faire confiance. Il est ceinture noire de karaté et s'est entraîné avec les Forces spéciales israéliennes. C'est un spécialiste des planques. Je vous promets que vous n'avez plus à avoir peur, Allie. Il découvrira vite qui vous suit, s'il s'agit de l'homme qui vous harcèle, ou d'un détective privé engagé par votre mari pour vous tenir à l'œil et déterrer des ragots. Mais je suppose qu'il n'y en a pas, ajouta-t-il d'un ton détaché.

— Non, répondit-elle sèchement. Aucun !

— Tant mieux ! C'est plus facile pour tout le monde, surtout pour un avocat spécialisé en divorces.

Du coin de l'œil, Allie aperçut la Sebring aux vitres sombres filant à vive allure dans la direction opposée.

— Comment s'appelle-t-il ? demanda-t-elle.

— Votre garde du corps ? Lev Orenstein. Vous ne pouvez pas le rater et, croyez-moi, il ne vous ratera pas. Vous êtes en bonnes mains, affirma Mac avec gentillesse.

— D'accord, fit-elle d'une petite voix. Je vous verrai à votre retour de Rome, alors.

— Dans une semaine. Je vous contacte dès que j'arrive.

— Je pars pour Cannes juste après. Je vous en prie, n'oubliez pas de me téléphoner.

Elle le suppliait presque. Comme elle aurait aimé qu'il ne soit pas sur le départ, qu'il reste près d'elle. Elle avait tellement besoin de sa force ! Rencontrer un homme qui comprenait, qui savait écouter, qui discernait la femme sous le vernis de la star, n'était pas fréquent. Un homme tel que Ron auparavant.

— Soyez sans crainte je vous appellerai et nous fixerons un rendez-vous. Je pense à vous, Allie.

— Moi aussi, chuchota-t-elle en raccrochant.

Quand elle s'engagea dans sa rue, elle aperçut la Mustang noire garée discrètement sous un arbre, en face de son portail. Reilly avait dû informer le service de sécurité que Lev Orenstein était là pour sa protection, sinon les vigiles l'auraient déjà fait déguerpir. Deux autres véhicules passèrent lentement, mais aucune Sebring noire décapotable n'était en vue. Allie laissa échapper un soupir de soulagement. Elle ralentit et baissa sa vitre en arrivant à la hauteur de la Mustang. Un homme grand, très mince, avec des épaules de rugbyman et, elle le devinait, des abdominaux en béton, en descendit.

— Je m'appelle Lev, Madame, se présenta-t-il d'une belle voix grave, je suis chargé de votre protection. M. Reilly a dû vous prévenir.

D'un geste nonchalant, il posa un bras sur le toit de sa Mercedes.

— Oui, répondit-elle en esquissant un sourire. Je suis très contente de vous voir, Lev.

— Ne vous inquiétez plus de rien, madame. Je suis là pour vous. Vous devez me tenir au courant de toutes vos allées et venues... Si vous avez besoin de moi, chez vous, n'importe où, appelez ce numéro, ajouta-t-il en lui tendant une carte de visite. Enregistrez-le dans votre portable, imprimez-le dans votre cerveau ou glissez la carte dans votre soutien-gorge. Il vous sauvera la vie, madame. C'est votre lien avec moi.

— Entendu, promit-elle d'une voix un peu tremblante.

Il recula d'un pas et lui adressa un petit salut de la main.

Elle activa alors la télécommande qui ouvrait les barrières électroniques et s'engagea dans l'allée rectiligne menant au mausolée sans âme de six mille mètres carrés qu'elle habitait.

9

Sunny n'était pas venue chercher Mac à l'aéroport de Fiumicino. Même s'il l'avait espéré, il ne s'en offusqua pas. C'est la femme qu'il te faut, songea-t-il en souriant, capricieuse au possible. Et puis son entretien inattendu avec Allie Ray lui avait fait rater le vol prévu et l'avait obligé à transiter par Washington et New York pour arriver à destination. Il était en retard, fatigué et perturbé par le décalage horaire. Mais heureux.

Après un long trajet, le taxi le déposa devant le prestigieux Hôtel d'Inghilterra, avec son charmant salon de thé et son bar lambrissé où Ernest Hemingway avait eu ses habitudes. La somme que lui demanda son chauffeur lui parut astronomique pour la distance parcourue. Le concierge prit son sac et, à la réception, il fut informé que la signorina Coto de Alvarez était partie boire un café aux Tre Scalini, Piazza Navona, non loin de l'hôtel.

Après s'être fait indiquer la direction, Mac s'engagea d'un pas nonchalant dans les étroites rues pavées. Le soleil baignait les bâtiments ocre d'une chaude couleur dorée ; une odeur de café frais flottait dans l'air, et les élégantes Romaines, toujours aussi déterminées à faire *bella figura*, ressemblaient à des mannequins d'Armani. Belle journée en Italie ! se félicita Mac, enchanté. Quand, au détour d'une ruelle, il déboucha sur la vaste perspective de la Piazza Navona, sa beauté lui coupa le souffle.

Immobile, il admira l'ancien stade de l'Antiquité, aujourd'hui pavé et ceint de magnifiques édifices aux tons fanés d'ambre et de rose. Au centre, des touristes armés d'appareils photo se pressaient autour des eaux jaillissant de la splendide fontaine des Quatre Fleuves de Bernini. En face, le fronton à colonnades de l'église Sainte-Agnès, chef-d'œuvre de Borromini, avec ses clochers et ses dômes se découpant sur l'azur.

Les nombreux cafés aux auvents rayés étaient bondés. Mac en longea plusieurs avant d'arriver aux Tre Scalini. La terrasse offrait une vue splendide sur l'église et l'imposante fontaine. Vêtue d'une robe vert pâle au décolleté beaucoup trop plongeant pour Rome, Sunny était un régal pour les yeux.

Assise à l'ombre de l'auvent, elle feuilletait le *Vogue* italien en sirotant un cappuccino.

Si Mac n'était pas sûr d'avoir le physique typique d'un détective de roman policier, Sunny, avec sa bouche rouge cerise boudeuse et ses longues boucles soyeuses encadrant son visage en forme de cœur, était une véritable héroïne de Raymond Chandler. Sous ses sourcils arqués, ses yeux noisette étaient pailletés de vert, son petit nez bien droit. Son ravissant décolleté et ses jambes interminables rehaussaient son exceptionnelle beauté.

— Comment, tu ne manges pas de viennoiseries ? demanda-t-il en déposant un baiser sur sa chevelure satinée.

— Tu es en retard, se plaignit-elle.

Avec un soupir, il s'affala sur la chaise en face d'elle.

— Sympa, l'accueil, pour un type qui vient de passer seize heures dans trois avions différents afin de rejoindre l'amour de sa vie.

Le visage de la jeune femme s'éclaira d'un sourire éblouissant.

— Je suis contente que tu aies pu venir, dit-elle simplement, avant de se pencher pour l'embrasser.

Tout s'arrangeait donc. Momentanément, bien sûr, mais n'était-ce pas ainsi que fonctionnait leur relation ?

— Je suis désolée, reprit Sunny en mettant un terme à leur baiser, mais je dois aller en banlieue, à Cinecittà. Le trajet en taxi est un peu long. Il vaut mieux que tu te reposes, je te verrai plus tard.

— Ne t'inquiète pas, répondit-il, oubliant le décalage horaire. Je sens un regain d'énergie ; je t'accompagne.

Dans la voiture qui les emmenait aux célèbres studios de cinéma, il passa un bras autour des épaules de sa compagne, déposa un baiser sur sa joue et, grisé par son parfum familier, caressa les boucles dans son cou.

— Tu m'as manqué, déclara-t-il. Tu dois vraiment aller à ce rendez-vous ? On ne peut pas regagner l'hôtel, où je t'aurais à moi tout seul ?

L'air préoccupée, Sunny regardait devant elle. Sur la route embouteillée, leur chauffeur naviguait entre les autres véhicules à grand renfort de coups de klaxon et de manœuvres limites qui paraissaient caractéristiques de la conduite à la romaine.

— Tu sembles oublier que je suis là pour le travail, lui rappela-t-elle.

Mac étudia son ravissant profil.

— Tu as raison. Je ne sais pas ce qui m'arrive, je pensais être venu pour la femme que j'aime, pour m'enivrer de la beauté de Rome, savourer le bon vin rouge et la délicieuse nourriture, explorer les ruines antiques…

Elle se tourna vers lui, sa jolie bouche esquissant un sourire.

— C'est vraiment la raison pour laquelle tu es ici ?

Il eut un haussement d'épaules désinvolte.

— Pour quoi d'autre, chérie ? demanda-t-il en l'attirant vers lui pour l'embrasser.

Cette fois, ce fut un vrai baiser, long, langoureux, un baiser d'amoureux.

Un quart d'heure plus tard, alors qu'ils franchissaient le portail de Cinecittà, Sunny se hâta de se remettre du rouge à lèvres et de se recoiffer.

— Je suis présentable ? s'enquit-elle.

Mac l'enveloppa d'un regard brûlant de désir. Le visage empourpré, rayonnante, elle avait plus l'air d'une femme prête à faire l'amour que d'une femme d'affaires.

Les studios de Cinecittà étaient devenus célèbres avec *Cléopâtre*, le péplum qui, au début des années 60, avait réuni Elizabeth Taylor ct Richard Burton, et avec la non moins célèbre histoire d'amour entre les deux stars. Si les films produits à présent n'avaient plus la même popularité, les décors de l'âge d'or du cinéma italien n'avaient rien perdu de leur splendeur.

Le client pour lequel Sunny devait assurer les relations avec la presse était un jeune acteur dénommé Eddie Grimes. Il avait été engagé pour un rôle dans une série de films de science-fiction produits par l'éminent Renato Manzini. Mac ne voyait pas vraiment l'intérêt de tourner de la science-fiction à Rome mais après tout, ici ou ailleurs, cela lui était bien égal.

Le décalage horaire commençait à se faire sentir. Laissant Sunny à sa conversation avec Eddie, il avala deux cafés serrés et, installé dans un fauteuil à l'ombre, la regarda prendre des notes sur le bloc jaune qui l'accompagnait partout.

Sur le chemin du retour, Mac s'endormit dans le taxi. Une fois à l'hôtel, somnolent, il s'appuya contre Sunny dans le petit ascenseur qui les conduisait à l'étage, puis jusqu'à la chambre où il ne trouva même pas la force de se plaindre du désordre qui y régnait. Il prit une douche rapide, s'écroula sur le lit et sombra dans un profond sommeil.

Sunny l'enveloppa d'un regard empreint de tendresse. C'était si romantique !

Quelques heures plus tard, quand Mac se réveilla, il sentit le long corps nu de sa compagne contre le sien. Il prit sa main, tourna son visage vers elle et huma son parfum tandis que sa bouche cherchait la sienne.

— Voilà pourquoi je suis venu à Rome, chuchota-t-il. Je ne peux pas me passer de toi, Sunny.

10

Mac avait informé son adjoint des événements et, en son absence, l'avait chargé d'enquêter sur l'affaire Allie Ray. Trouver celui qui suivait la star ne devrait pas présenter de grandes difficultés, mais découvrir l'auteur des lettres anonymes dont elle leur avait fourni des exemplaires relevait d'une véritable enquête. Les deux hommes les avaient jugées assez inquiétantes.

Roddy était néanmoins très enthousiaste à l'idée de travailler pour Allie. Il avait toujours été l'un de ses fans.

Un Coca light dans une main, les pages sport du *L.A. Times* dans l'autre, il était assis sur la terrasse de Mac, dans une vieille chaise longue en fer qui ne se démarquait pas du mobilier hétéroclite. Régulièrement, il levait les yeux de son journal et regardait la maison des Perrin, plus loin sur la plage. Une fois assuré que tout était en ordre, il reprenait sa lecture.

Il jeta un coup d'œil à sa montre bleu lagon, un cadeau de Noël de Mac. Malgré son apparence modeste et son bracelet en caoutchouc, il se doutait qu'elle avait coûté une petite fortune. C'était une montre de plongée très élaborée, idéale pour un surfeur inconditionnel comme lui. Il se leva d'un bond : il était temps de laver la Prius. « Deux fois par jour », lui avait recommandé Mac. Les fientes de ces fichues mouettes qui tournoyaient dans le ciel étaient une catastrophe pour la peinture de la carrosserie. Roddy savait à quel point son patron tenait à sa voiture, plus encore qu'à la Dodge Ram noire qu'il conduisait avant. Entraînés par le courant de Hollywood, Mac et Sunny étaient maintenant de fervents défenseurs de l'environnement.

Armé d'un seau d'eau et d'une peau de chamois, Roddy sortit sur le trottoir. Si Malibu Colony était un faubourg de bord de mer devenu riche, le quartier n'avait rien perdu de son charme du Vieux Monde. Le matériau des maisons, construites chacune dans un style différent, allait du bois traditionnel au béton contemporain. Les téléphones et les câbles électriques pendaient toujours lamentablement le long de l'unique rue, inchangée depuis les années 40. On y lavait toujours sa voiture, même si leurs propriétaires laissaient désormais à d'autres le soin de briquer leur Mercedes ou leur Porsche. Des gamins circulaient en rollers ; des domestiques en uniforme promenaient les chiens, saluant au passage les jardiniers mexicains chargés d'entretenir les petits bouts de jardin aux pelouses immaculées et leurs *florinbundas*. Les joggeurs, stars de cinéma ou milliardaires, transpiraient comme n'importe quel sportif ; des camionnettes de livraison, ralenties par les dos-d'âne, passaient à petite vitesse. C'était une banlieue américaine cossue comme il en existe tant.

Jurant dans sa barbe, Roddy s'attaqua aux excréments de mouettes. Pirate l'avait suivi, et il voyait à ses yeux pleins d'espoir que le chien attendait de faire un petit tour en voiture. Aujourd'hui, il n'aurait pas cette chance. Après avoir séché le véhicule avec des serviettes en papier, Roddy lustra la carrosserie, vida le seau dans le caniveau puis vérifia les portières. Il poussa un soupir : Mac les avait encore laissées ouvertes. Dire qu'il ne fermait jamais ni sa voiture ni sa maison !

« Tu imagines un voisin me voler ma Prius ? » avait-il fait valoir avec un sourire narquois.

Il avait sans doute raison. Par acquit de conscience, Roddy décida quand même d'inspecter l'intérieur du véhicule. Il caressa le cuir noir d'un air approbateur, puis ouvrit la boîte à gants et étouffa une exclamation de surprise. Que diable venait faire là ce revolver ? À moins d'être en mission vraiment dangereuse, Mac n'avait jamais d'arme sur lui. De plus, il n'en aurait jamais laissé une dans sa voiture. D'ailleurs, la seule qu'il possédait était un Glock semi. Alors, d'où sortait ce Sigma calibre 40 ?

Roddy enroula le revolver dans la peau de chamois, le posa au fond du seau vide et rentra. Il fallait éclaircir cette histoire.

À Rome, Sunny, allongée sur le dos, fixait le plafond, sa main dans celle de Mac. Un sourire béat de femme comblée illuminait son visage. La sonnerie du téléphone vint interrompre le fil de sa rêverie. Exaspérée, elle décrocha.

— *Pronto ?* Tiens, Roddy, salut ! Comment vas-tu ?… Bien. Oui, super. C'est merveilleux… Oui, il est avec moi. Je te le passe.

Elle tendit le combiné à Mac et, appuyée sur un coude, l'écouta répondre.

— Bonjour, Roddy, fit Mac d'une voix alanguie avant de froncer les sourcils, l'air soudain préoccupé.

Intriguée, Sunny le scruta. Que se passait-il ?

— Bon, dit Mac. Je sais d'où vient ce revolver. C'est un coup de la rousse. Laisse-le dans la peau de chamois et range le seau sous l'évier. Jusqu'à ce que je puisse le lui rendre, il y sera aussi en sécurité qu'ailleurs… Quelle maligne ! reprit-il à l'intention de Sunny après avoir raccroché. Fourrer l'arme dans ma voiture ! Je me demande bien pourquoi elle a fait ça.

Sa compagne se leva, enfila le peignoir de l'hôtel et prit une bouteille d'eau dans le minibar. Puis elle se rallongea. Sans maquillage, les cheveux ébouriffés, Mac ne l'avait jamais vue aussi belle.

— Pourquoi ai-je le sentiment que tu ne me dis pas tout ? lança-t-elle, en le fixant de son regard ambré dont l'intensité signifiait qu'elle ne plaisantait pas.

— Je m'apprêtais à te parler d'elle, mais quelque chose m'a empêché de le faire.

Elle lui adressa un sourire compréhensif et but une gorgée d'eau.

— Alors, raconte-moi tout maintenant. Et tu as intérêt à ne rien oublier.

Mac se dressa à son tour.

— Je pourrais peut-être prendre d'abord une douche ?

— Après ! lui intima-t-elle.

— D'accord, voilà ce qui s'est passé.

Il n'omit aucun détail : la sulfureuse rousse au visage d'ange, sa visite à Perrin et celle de la célèbre Allie Ray chez lui.

— Voilà donc où nous en sommes. M. et Mme Perrin se croient tous les deux suivis, mais affirment ne pas se faire filer mutuellement. Soit l'un des deux ment, soit il y a autre chose qui pourrait avoir un lien avec la rousse au revolver.

— Mlle Sulfureuse au Visage d'Ange, renchérit Sunny. Je parie qu'elle est ravissante.

— Oui, mais Allie Ray l'est encore plus.

— Je te laisse seul pendant deux jours et regarde le résultat : des tas de beautés courent après toi.

— Pas seulement, la taquina le détective avec un sourire malicieux.

Elle se mit à le frapper à coups d'oreiller.

— Non, non ! plaida-t-il en s'extirpant des plumes. Arrête ! Je dois me doucher.

— Je connais quelques petits jeux sympathiques sous la douche, répondit-elle en lui prenant la main. Et puis, j'espère que tu n'as pas oublié que tu m'as invitée à dîner ce soir.

— Exact.

Mac aurait plutôt opté pour le service d'étage et une bonne nuit de sommeil, mais une promesse était une promesse.

— Nous allons chez Alvaro, annonça Sunny en souriant. Tu m'as bien dit que rien n'était trop beau pour la femme de ta vie ?

11

Sunny se regarda dans le miroir. Elle était sublime dans sa petite robe couture de mousseline noire achetée dans une boutique romaine chic. Cette robe qui lui avait coûté les yeux de la tête valait largement son prix : elle épousait à la perfection les courbes de son corps, juste là où il le fallait, et tombait en s'évasant sur ses genoux, en un mouvement fluide, très féminin. La jeune femme avait chaussé des escarpins noirs à talons aiguilles Christian Louboutin, s'était parfumée d'un nuage de *Mitsouko* de Guerlain et portait un rouge à lèvres Dior d'une teinte grenat.

Des tenues essayées sans succès jonchaient le lit et elle avait inondé le carrelage de la salle de bains en prenant un bain moussant. Se montrer sous son meilleur jour demandait beaucoup d'efforts à une femme. Or, même si Mac ne l'avait jamais vraiment remarqué, dans le fond, elle était très attachée à tous ces rites féminins.

Les petits brillants qui scintillaient à ses oreilles étaient ses seuls bijoux, car ce soir elle avait l'intention de laisser sa main gauche dépourvue de tout anneau flotter ostensiblement sous le nez du détective. Pourtant, elle savait déjà qu'il ne remarquerait sans doute même pas sa parfaite manucure, ni que son annulaire attendait toujours sa bague de fiançailles.

Elle était parvenue à le persuader de troquer ses chers tee-shirts pour une chemise de lin blanc qu'il portait ouverte, sans cravate. Il ne supportait pas les cols fermés. Il avait mis la veste de cuir noir Dolce & Gabbana pour faire honneur à la superbe robe de Sunny, et parce qu'elle avait mentionné l'élégance des Romains fréquentant ce restaurant à l'atmosphère typique.

Ils pouvaient s'y rendre à pied, ce qui leur éviterait la corvée de chercher l'un de ces taxis romains insaisissables aux tarifs astronomiques. Sunny avait constaté à ses propres dépens que, quelle que soit la distance à parcourir, les chauffeurs annonçaient l'équivalent de quarante dollars.

— Tu es prête ? s'enquit Mac, l'œil pétillant, avant d'attirer Sunny contre lui et d'enfouir son visage dans ses cheveux parfumés. Pourquoi ne nous contentons-nous pas d'appeler le service d'étage ? lui chuchota-t-il en mordillant le lobe de son oreille.

Elle le repoussa en riant.

— Parce que je veux exhiber mon amoureux devant le monde entier. Tu n'as rien à envier aux plus beaux spécimens romains, mon cœur.

— Toi non plus, répliqua-t-il en toute sincérité. Je ne t'ai jamais vue aussi belle.

À sa surprise, Sunny se sentit rougir. Les compliments de Mac étaient rares. Il était le genre d'homme à partir du principe qu'elle savait déjà quel effet elle produisait sur lui. Sans doute était-ce vrai. Pourtant, elle était contente de l'entendre exprimer son admiration.

Elle glissa son bras sous le sien et ils prirent l'ascenseur, puis sortirent dans la Via Bocca di Leone – ainsi nommée car elle débouchait sur une petite place au centre de laquelle se dressait une fontaine avec un lion.

La salle du restaurant aux murs de plâtre jaunis par la nicotine était surmontée d'un plafond traversé de vieilles poutres noires. Des bouquets de fleurs rouges décoraient les tables recouvertes de nappes blanches. Dans cette ambiance raffinée et un peu surannée qui évoquait la vieille Europe, la clientèle très chic était là tant pour le spectacle que pour la nourriture. Ils s'installèrent à leur table, contre un mur, heureux de se trouver dans un tel lieu et ensemble. À la lumière de la petite lampe à l'abat-jour ambre, dans le halo de sa chevelure brune et mousseuse, Sunny semblait sortir tout droit d'un tableau de Botticelli. Mac lui prit la main gauche.

— Je t'aime, Sunny, chuchota-t-il.

Et, la portant à ses lèvres, il embrassa sa paume avant de refermer les doigts de sa compagne sur ce baiser.

C'était un geste d'une telle intimité qu'une boule vint se loger au creux du ventre de Sunny.

— Moi aussi, je t'aime, Mac, murmura-t-elle, les yeux plongés dans les siens.

Ce fut le moment que choisit le serveur pour rompre le charme. Gonflé d'importance, il leur énuméra les plats qui étaient au menu.

— Nous allons commencer par partager une pizza Margharita avec un verre de vin, proposa Sunny, d'une voix vibrante d'amour.

— Sans anchois, précisa Mac, se rappelant qu'elle les détestait.

Elle sourit. Elle savait combien il les aimait. Pour lui, renoncer aux anchois était une concession de taille.

Il étudia attentivement la carte des vins et finit par choisir un montepulciano. Le serveur revint avec la bouteille ouverte et en versa un peu dans son verre. Si Sunny aimait le vin, c'était Mac l'expert. Il le fit tourner, le sentit et but une petite gorgée. Elle vit son visage s'éclairer et il adressa un signe de tête au serveur.

— Il est bon, décréta-t-il. Excellent, même.

Ils trinquèrent, les yeux dans les yeux. Les mots étaient inutiles. Sunny était convaincue qu'elle s'apprêtait à vivre l'une des plus belles soirées de sa vie. Ici, à Rome, avec son amant qui venait de lui dire qu'il l'aimait. Puis, entre deux bouchées de pizza, Mac déclara :

— Je suis content que tu m'aies invité à Rome.

— C'est drôle, je croyais que tu t'étais invité tout seul, fit-elle remarquer.

Mais elle s'aperçut alors qu'il regardait par-dessus son épaule et ne l'écoutait plus. Étonnée, elle pivota vers l'entrée de la salle.

— Ça alors ! s'exclama-t-il, visiblement très surpris.

Sur le pas de la porte se tenait une femme rousse au bras d'un homme chauve et replet. Il leur aurait été difficile de passer inaperçus. Il n'y avait rien de discret chez cette femme en robe de soie blanche, moulante : grande, la poitrine voluptueuse, sa taille était plus fine que celle de Scarlett O'Hara une fois son corset lacé par Mammy, ses jambes interminables. À son annulaire gauche scintillait un énorme diamant, d'une bonne dizaine de carats, aveuglant.

— Qui est-ce ? demanda Sunny d'une voix irritée en se retournant vers Mac.

De plus en plus stupéfaite, elle le découvrit alors debout.

— Excuse-moi un instant, lui dit-il avant de s'avancer vers la rousse.

Arrivé à sa hauteur, il tendit la main à celle qui n'était autre que la sulfureuse au visage d'ange.

— Bonjour, la salua-t-il. Content de vous revoir. Je me présente : Mac Reilly. Nous nous sommes rencontrés à Malibu, vous vous rappelez ?

Le visage de la femme se vida de toute couleur. Il sentit sa main à la douceur veloutée se glacer dans la sienne.

— Oh, comment allez-vous ? lança-t-elle de sa voix haut perchée, un peu haletante.

— Je vais bien, merci, répondit-il, se souvenant qu'elle avait crié « Désolée » après lui avoir tiré dessus. Les bleus que je me suis fait en trébuchant sur votre terrasse, l'autre soir, ont disparu.

— Ce n'était pas ma terrasse, répliqua-t-elle d'un ton pas très assuré.

— Je crois que je suis en possession d'un objet vous appartenant, enchaîna le détective, toujours souriant. Vous l'avez laissé dans ma voiture.

— Ah ? Je ne pense pas, affirma-t-elle un peu trop vite. Je n'ai rien perdu.

L'homme grassouillet toussota discrètement, et elle porta sur lui ses beaux yeux verts.

— Renato, je te présente Mac Reilly. Et voici Renato Manzini. Mon producteur, ajouta-t-elle, comme pour éviter que le détective se fasse des idées sur leur relation.

Les deux hommes se serrèrent la main. Puis le corpulent producteur glissa un bras autour de la taille de la jeune femme.

— Notre table est prête, *carina*, annonça-t-il en l'entraînant.

Elle jeta un regard d'excuses à Mac.

— Je suis contente de vous avoir revu.

Mac reprit place en face de Sunny qui écarquillait les yeux.

— C'était elle, n'est-ce pas ? demanda-t-elle.

— Oui, confirma-t-il avant de prendre une gorgée de vin et d'attaquer une assiette d'antipasti qui aurait pu rassasier quatre personnes.

Perplexe, Sunny fixait sa propre assiette, remplie de mini-artichauts grillés.

— Comment peux-tu rester assis là à manger quand la femme qui a essayé de te tuer dîne à trois tables de nous ?

— Je te l'ai dit, elle s'est excusée, ce fameux soir. Elle m'a affirmé s'être trompée.

Il avalait sa tarte à l'aubergine comme si rien d'autre au monde ne comptait.

— Tu ferais mieux de surveiller ta ligne, lui lâcha Sunny.

Il haussa un sourcil, étonné.

— C'est toi qui as un faible pour les *cornetti*. Tu m'as même avoué en manger toujours deux à la fois.

Un escarpin Louboutin vint se ficher dans son tibia, lui arrachant une grimace de douleur.

— Alors ! s'écria-t-elle avec impatience. Qu'est-ce qu'elle t'a raconté ?

— Elle est avec Renato Manzini, son producteur. Qui, d'après ce que tu m'as dit, est aussi le producteur de ton client Eddie. Mais je ne sais toujours pas comment elle s'appelle.

— Pas difficile à trouver. Je vais contacter Eddie, suggéra-t-elle.

Elle prit son téléphone portable et se dirigea vers la porte. Mac la suivit des yeux, souriant devant la perfection de sa démarche chaloupée. Un mouvement qui n'avait rien d'étudié, et dont le naturel faisait toute la beauté. Une seconde plus tard, elle était de retour.

— Elle s'appelle Marisa Mayne, déclara-t-elle en se rasseyant. Eddie l'a déjà vue à Hollywood. C'est le genre de fille qui se montre un peu partout, toujours dans les clubs, toujours en chasse. Elle a un rôle dans le film de science-fiction. Il dit qu'avec son plastron et son masque argent, ses jambes bronzées nues et ses oreilles pointues à la Spock, elle est sensationnelle. Renato a insisté pour qu'elle ait quelques lignes de dialogue. Eddie ignore où elle est descendue, mais il suppose qu'elle est avec Manzini. Ils paraissent très proches. D'après lui, c'est juste une fille qui se sert de ses atouts pour faire son chemin dans le milieu du cinéma. Et si j'en juge par ce monstrueux diamant jaune à son index gauche, ça a l'air de marcher, conclut Sunny avec une expression songeuse.

— Merci, chérie. Que ferais-je sans toi ?

— Tu survivrais.

Il plongea les yeux dans le magnifique regard ambré et répondit :

— Non, je ne pense pas.

Elle le fixait encore, le souffle coupé, quand le serveur apporta les *fettuccine* à la langouste, interrompant ce nouvel instant romantique.

Le dîner était délicieux et, à mesure que la soirée avançait, le vin toujours meilleur. Ils arrivaient au dessert, *il dolce* comme avait dit le garçon, provoquant leur fou rire, lorsqu'ils virent Marisa Mayne s'apprêter à partir. Elle s'arrêta à hauteur de leur table.

— J'ai été si contente de vous revoir, Mac, fit-elle en lui tendant la main, comme à un vieil ami.

Il la serra et adressa un signe nonchalant à Renato Manzini qui attendait sur le pas de la porte. Visiblement, le producteur fulminait.

— Je dois vous parler, chuchota alors la rousse à Mac d'un ton pressant. Appelez-moi, je vous en prie. C'est important.

Sur ces mots, après un bref sourire d'excuses à l'intention de Sunny, elle s'éloigna.

Mac attendit que le couple soit sorti. Puis il regarda le morceau de papier que Marisa avait glissé dans sa main. Elle y avait noté un numéro de téléphone.

— Elle ne plaisante pas, dit-il d'un ton songeur. Et cette fois, je pense qu'elle est peut-être vraiment en danger.

12

Le lendemain matin, ils prirent un petit déjeuner interminable, burent des litres de café, se gavèrent de viennoiseries, avant de faire l'amour dans le lit plein de miettes. Midi sonna. Marisa Mayne temporairement oubliée, ils étaient lovés dans les bras l'un de l'autre quand Mac s'exclama :

— Derrière ces fenêtres, Rome nous appartient ! Alors, qu'attendons-nous ?

— Je préfère rester au lit, répondit Sunny.

Elle rejeta en arrière ses longs cheveux indisciplinés et se blottit au creux de son épaule.

— Tu sembles oublier une chose : nous avons du travail, lui rappela-t-il en déposant un baiser sur ses lèvres.

— La sulfureuse rousse au visage d'ange, répondit-elle avec un soupir résigné.

— Exactement.

Il se dégagea de son étreinte, prit le petit papier de Marisa et composa son numéro. Elle décrocha à la première sonnerie.

— Oh, c'est vous ! Comme je suis contente !

Mais sa voix trahissait sa nervosité.

— Eh bien, que puis-je faire pour vous, madame Mayne ? s'enquit-il.

— Nous devons parler. Je peux vous retrouver quelque part ? Un endroit discret, si vous voyez ce que je veux dire… Je vous en prie !

— Oui, un endroit où personne ne pourra vous reconnaître, vous surprendre en conversation avec moi.

— Vous êtes si compréhensif, déclara-t-elle, manifestement soulagée. Je ne connais pas du tout Rome. Vous avez une idée de rendez-vous ?

Mac regarda Sunny et dit silencieusement :

— Où ?

— La Tazza d'Oro, répondit-elle. Un café, place de la Rotonde.

Mac demanda à Marisa de les y rejoindre une heure plus tard.

— Vous feriez bien de vous lever, mademoiselle Coto de Alvarez, déclara-t-il ensuite à Sunny.

L'attrapant par les pieds, il la tira vers le bas du lit. Puis, les mains sur ses épaules, il l'attira contre lui et elle enroula ses jambes autour de sa taille.

— Douche ? suggéra-t-il.

— Oh oui !

Ses longs cheveux soyeux attachés en queue-de-cheval, dans son chemisier blanc sans prétention et sa jupe courte de même couleur, Sunny respirait la fraîcheur. Sa bouche était maquillée de son éternel rouge à lèvres cerise pour la journée – elle gardait le grenat, plus intense, pour le soir. Le soleil brillait, le souffle chaud de l'air caressait sa peau dorée et la main de Mac dans la sienne était fraîche. Le splendide dôme du Panthéon semblait s'élancer vers le ciel bleu où filaient des nuages blancs. À l'ombre des colonnes du massif portique antique, les touristes, affalés sur les marches de marbre, se reposaient après avoir arpenté le dédale des rues du *Centro storico*.

À la terrasse ombragée de la Tazza d'Oro se mêlaient Romains et étrangers. Ces derniers, faciles à repérer, buvaient des cappuccinos, un breuvage que les Italiens réservaient le plus souvent pour leur petit déjeuner. À l'évidence, la caféine passait directement dans leurs veines et leur insufflait l'énergie pour affronter le reste de la journée. Sunny et Mac prirent place à une table libre et le détective fit signe au garçon.

— Le Panthéon a été construit entre 125 et 118 avant Jésus-Christ…, commença Sunny.

— C'est vraiment un très vieux monument ! acquiesça Mac.

— Il a été érigé sur un autre temple, encore plus ancien, construit par Marcus Agrippa. Les rois d'Italie et Raphaël y sont enterrés.

Elle s'était documentée sur l'histoire de Rome.

— Je veux tout visiter, mais les affaires et une Peroni bien fraîche passent avant. Que veux-tu boire, chérie ?

— Une limonade, répondit-elle, avec un soupir exagéré devant ce dédain grossier pour l'un des plus grandioses monuments de Rome.

Après avoir commandé, Mac chercha des yeux Marisa. En vain. Sunny retira alors ses lunettes de soleil et scruta à son tour la place animée.

— Je crois bien que c'est elle, là-bas, fit-elle en se penchant vers lui. Avec un corps pareil, elle est facile à reconnaître.

Mac regarda la femme au chapeau de paille qui s'avançait vers eux. Le visage dissimulé derrière de grosses lunettes de soleil, elle portait un jean, des santiags et une tunique en lin rouge qui, malgré son ampleur, laissait deviner ses courbes sensuelles. Sunny avait raison, c'était bien Marisa. Il se leva et lui fit signe de la main.

— Dieu merci, vous êtes venu ! s'exclama-t-elle quand elle les eut rejoints d'un pas rapide, avant de s'asseoir à leur table. J'étais inquiète.

— Que voulez-vous boire ? lui demanda aussitôt Mac.

— Un Campari soda, s'il vous plaît.

Son choix d'un cocktail typiquement italien étonna Sunny. Elle se comportait en vraie Romaine ! Manifestement, cette femme savait s'adapter.

— Bonjour ! Sunny Alvarez, se présenta-t-elle en se penchant au-dessus de la table pour lui serrer la main.

Par une journée aussi chaude, sa paume était d'une froideur exceptionnelle : Marisa Mayne devait être vraiment très effrayée.

— Enchantée ! répondit la starlette.

Elle avala son Campari soda comme s'il s'était agi d'un Coca light, puis, se tournant vers Mac, déclara :

— Vous devez vous demander qui je suis.

— Un peu, oui. Mais au moins, maintenant, nous connaissons votre nom.

Elle retira ses lunettes noires et prit une profonde inspiration.

— Je suis la fiancée de Ronald Perrin, annonça-t-elle en exhibant l'énorme diamant.

Éblouie par les facettes du solitaire qui attrapaient la lumière, Sunny s'empressa de remettre ses lunettes de soleil.

— Ronnie me l'a offert quand je l'ai admiré dans la vitrine de Harry Winston, à New York. Mais, jusqu'à son divorce, je dois garder secrètes nos fiançailles. Vous savez qu'il divorce d'Allie Ray ?

Elle leur lança un regard inquisiteur et tous deux hochèrent la tête.

— Ainsi, une fois le divorce prononcé, je serai la nouvelle Mme Perrin, ajouta-t-elle, rayonnante.

Sunny l'observait en sirotant sa limonade. Avec ses yeux émeraude et sa bouche aux lèvres voluptueuses, elle était très attirante. Pas étonnant que Perrin soit tombé amoureux d'elle. Mais était-ce le cas ?

— Comment vous êtes-vous rencontrés ? s'enquit-elle.

La réponse de Marisa l'étonna autant que Mac.

— Sur Internet... Je suis tombée amoureuse de Ronnie avant de savoir qui il était, précisa-t-elle, soudain sur la défensive. Le net permet de *chatter* en ligne, d'apprendre à se connaître avant de se rencontrer. Le fait qu'il soit riche a été une surprise – agréable, certes –, tout comme, a-t-il dit, mon physique l'a été pour lui. Il aime le hasard des rencontres sur Internet.

Les yeux perdus dans son cocktail d'un joli rose, elle haussa les épaules d'un air morose.

— Hélas, nous ne pouvons pas être vus en public. Nous ne sortons jamais ensemble. Je vais chez lui, à Malibu, il m'a donné sa clé. Ou alors il vient chez moi, dans San Fernando Valley. C'est la banlieue, mes voisins ignorent à quoi ressemble le milliardaire Ronald Perrin. Pour eux, c'est juste un motard sur une belle Harley.

Sunny dressa l'oreille. Ainsi, Marisa appréciait les Harley.

— Quel modèle ? lança-t-elle, intéressée.

— Il en possède plusieurs. Mais sa préférée n'est pas une Harley. C'est la toute première moto... Vous voyez ? J'ai oublié son nom.

— L'Indian Motorcycle, répondit Sunny avec un soupir d'envie.

— Oui, voilà. Un homme comme Ronnie a tout ce qu'il veut... Y compris les femmes, constata Marisa avec une pointe d'amertume.

— Alors, ce soir-là, vous étiez seule chez lui, à Malibu ? intervint Mac, revenant au sujet.

Elle acquiesça, faisant trembloter les bords de sa capeline.

— Mais vous ne devez pas vous fier aux apparences.

Elle marqua un temps d'hésitation, appuyé par un léger froncement de sourcils. Manifestement, elle réfléchissait.

— Avez-vous déjà rencontré l'associé de Ronnie, Sam Demarco, par hasard ?

— Je n'ai pas eu ce plaisir, nia Mac.

— Hum ! fit-elle, dubitative. En tout cas, Demarco m'a dit que Ron se croyait suivi, qu'il craignait que ce soit un dingue cherchant à lui tirer dessus. Ou Allie Ray sur le sentier de la guerre. Ou encore le FBI, qui le surveille, paraît-il. Quand j'ai posé la question à Ron, il s'est contenté de hausser les épaules avec dédain. Je voulais qu'il engage un garde du corps, mais il m'a répondu qu'alors il aurait l'air d'un coupable.

— Et l'est-il ? Coupable ?

Marisa foudroya Mac du regard.

— Pourquoi croit-on toujours que, parce que quelqu'un est riche, il est forcément malhonnête ? répliqua-t-elle, ses yeux lançant des éclairs. C'est injuste !

— C'est vrai, acquiesça le détective d'un ton conciliant.

L'aveu suivant de Marisa le prit un peu au dépourvu, comme Sunny :

— Ron aime assez être… dominé. Vous voyez ?

Mac revit le regard de Perrin, son air de chiot pris en faute.

— D'accord. Alors vous êtes la dominatrice, dans votre relation.

— Il y a de ça, confessa-t-elle. Je déteste lui faire du mal, je vous assure. Je me montre aussi douce que possible et…

— Vous obtenez quand même le résultat voulu, suggéra Sunny, pour lui venir en aide.

Marisa baissa la tête d'un air penaud.

— Ce n'est pas vraiment mon truc, insista-t-elle. Mais, comme vous le savez déjà, je suis actrice, je peux jouer n'importe quel rôle.

Sunny la dévisageait, songeuse. Marisa n'était pas si bonne comédienne que ça. Elle mentait, c'était flagrant. La starlette avala une longue gorgée de Campari et l'amertume de la boisson la fit frissonner.

— Je déteste ce truc, mais tout le monde boit ça, ici.

— Alors, que s'est-il passé ce soir-là ? la pressa Mac.

— Ronnie avait une réunion et j'étais seule dans la maison, commença-t-elle. Je suis montée l'attendre au premier. La télévision marchait, pas très fort. Comme d'habitude, j'avais mis une bouteille de champagne au frais. Ronnie m'a téléphoné pour me prévenir qu'il aurait une heure de retard. Peu après, j'ai entendu du bruit au rez-de-chaussée. J'ai pensé que mon imagination me jouait des tours, que c'était juste le fracas des vagues sur les rochers avec la marée qui montait. J'ai quand même baissé le son et écouté. J'ai réentendu le bruit : quelqu'un marchait en bas.

Un nouveau frisson la traversa.

— Vous savez, ces sols en béton ciré sont tellement durs qu'on ne peut les insonoriser. Dans cette maison, on entendrait un pétale tomber d'une rose. C'était bien un bruit de pas. Quelqu'un marchait, ouvrait les placards. J'avais très peur mais je savais que Ronnie gardait son revolver dans le tiroir de sa table de nuit. Alors, je l'ai pris et, sur la pointe des pieds, je suis allée jusqu'à l'escalier. Là, du haut des marches, j'ai essayé de voir ce qui se passait.

Elle s'interrompit, presque tremblante. Rien qu'à ce souvenir, elle semblait de nouveau effrayée.

— Je vous assure, monsieur Reilly... Mac... mon cœur battait à cent à l'heure ! Mais je m'étais toujours dit que, dans ce genre de situation, c'était l'autre ou moi, c'était une question de survie. Comme je ne voyais personne, je suis descendue à pas de loup. Une fois en bas, j'essayais de distinguer quelque chose dans l'obscurité quand on m'a attrapée par-derrière. J'ai poussé un hurlement et mon agresseur m'a jetée par terre. J'ai lâché le revolver et j'ai pensé : Je vais mourir. Le visage contre le sol, je tentais frénétiquement de récupérer l'arme. Quand j'y suis arrivée, je me suis relevée, mais le type était parti. C'est à ce moment que vous êtes apparu à la porte-fenêtre et je vous ai pris pour mon agresseur. Je ne vous ai reconnu qu'après vous avoir tiré dessus. Je tiens à vous dire que j'en suis vraiment désolée.

Mac lui sourit.

— Ne vous en faites pas, ça m'est déjà arrivé, et les autres fois personne ne s'est excusé.

— J'étais terrifiée à l'idée de vous avoir blessé, reprit Marisa. Mais j'ai pensé que vous alliez appeler la police et pour Ronnie et moi, cela aurait été une catastrophe. Je devais filer aussi vite que possible. Je n'ai pas pris le temps de réfléchir. Je savais juste que si je ne voulais pas que les flics tombent dessus, je devais emporter le revolver. Alors, après l'avoir essuyé sur ma robe pour effacer les empreintes, je suis sortie avec et je l'ai glissé dans votre boîte à gants. Je vous avais vu dans la voiture rouge, je savais que c'était la vôtre, elle était toujours garée devant votre porte. Ensuite, je suis rentrée chez moi et j'ai attendu Ron.

— Mais pourquoi n'avez-vous pas appelé la police ?

— Ron n'aurait pas voulu.

Mac se rappela que Perrin s'était écrié d'un ton véhément : « Pas de police ! » quand il avait pris congé de lui dans la matinée.

— Que s'est-il passé quand Perrin vous a rejointe ?

— Je lui avais déjà téléphoné pour tout lui raconter. Lui aussi pensait qu'il valait mieux ne rien dire. D'après lui, ce devait être le type qui le suivait, un dingue qui voulait le tuer.

— Et sa théorie du FBI ?

— Il l'a évoquée également. À la vérité, il y avait de quoi devenir paranoïaque, Mac. Et votre arrivée n'a rien arrangé.

— Eh bien, merci ! Je m'en souviendrai la prochaine fois que j'entendrai une femme crier, ironisa le détective.

— Ce n'est pas ce que j'ai voulu dire, je vous assure, se défendit-elle.

Elle détourna le regard, embarrassée, avant de reprendre :

— Ronnie avait des ennuis et je ne voyais pas comment l'aider. Mais alors il m'a dit que je devais quitter immédiatement le pays. Il ne pouvait pas se permettre un nouveau scandale, après ce divorce et… enfin, vous savez, le procès pour blanchiment d'argent. Si je partais à l'étranger, on ne pourrait plus m'interroger. Il a téléphoné à Demarco pour le charger de « prendre soin de moi ». Ce qui signifiait, en clair, « se débarrasser de moi », je m'en rendais compte. Demarco a contacté Renato Manzini, à Rome, pour lui annoncer mon arrivée et, pour détourner les soupçons, il lui a demandé de me confier un petit rôle dans son film. Le soir même, Demarco a affrété un jet privé et m'a accompagnée à Rome. Il m'a confiée à Renato, lui a dit de m'installer à l'hôtel Eden et de veiller sur moi. Ronnie a promis de me rejoindre quelques jours plus tard.

— Et ? lança Sunny, pendue à ses lèvres.

— Il ne m'a pas téléphoné une fois, répondit Marisa, le visage décomposé, et j'ai attendu pour rien. Maintenant, Renato m'a trouvé un appartement. J'emménage demain. Voici l'adresse et le numéro de téléphone, annonça-t-elle en tendant un bout de papier à Mac. Vous avez déjà mon numéro de portable.

L'air désespérée, elle reprit :

— Je n'ai pas tenté de joindre Ronnie car il me l'a défendu. Ses lignes sont peut-être sur écoute. Mais je l'attends toujours.

— Où pensez-vous qu'il se trouve ?

Marisa secoua la tête, et les bords de sa capeline frémirent de nouveau.

— Je n'en ai pas la moindre idée. Vous croyez qu'il m'a larguée ? demanda-t-elle en faisant tourner son solitaire d'un geste nerveux. Si notre relation lui posait un problème, il aurait pu m'en parler. Mais je ne vois pas lequel. Nous étions très heureux. Je connaissais ses goûts, lui les miens… Vous me comprenez, ajouta-t-elle avec un sourire éloquent à l'intention de Sunny.

Elle poussa un nouveau soupir.

— Tout cela n'a aucun sens. C'est pourquoi je m'inquiète pour lui. Il était suivi. On s'est introduit chez lui. Il m'avait dit qu'on voulait le tuer. Et maintenant j'ai peur qu'il soit mort. Voilà la vérité.

— Et qu'attendez-vous de moi ? interrogea Mac.

— Que vous retrouviez Ronnie. Je veux savoir s'il est vivant. Dites-lui que je suis toujours là, que je l'attends. Demandez-lui qu'au moins Demarco me téléphone pour me tenir au courant de ce qui se passe.

— À votre avis, que cherchait l'intrus, cette nuit-là ? Il ignorait apparemment que vous étiez là. Nous pouvons donc en conclure que ce n'était ni un violeur ni un tueur.

Marisa frissonna.

— De grâce, ne prononcez même pas ces mots. Je tremble rien qu'à l'idée de ce qui aurait pu se passer. Et je ne sais vraiment pas ce qu'il voulait.

Mac resta songeur. Il avait refusé son aide à Perrin. Mais ces multiples rebondissements changeaient la donne. Il devait comprendre ce qui se passait, tant pour Allie que pour Marisa.

— Voilà ce que nous allons faire, Marisa. Je suis à Rome pour quelques jours encore. Mais je vais contacter mon assistant à Los Angeles pour lui demander de mener sa petite enquête. Il découvrira qui suit Ron.

— Et il retrouvera Ronnie pour moi ? s'exclama-t-elle d'une voix vibrante d'espoir.

— Il fera son possible, l'assura-t-il, sans grande conviction.

Pauvre Marisa ! Elle semblait ne pas vouloir comprendre que Perrin l'avait certainement envoyée à Rome pour se débarrasser d'elle et qu'il n'était pas question qu'elle le revoie un jour. Par la suite, Perrin lui proposerait un petit arrangement financier et obtiendrait sans doute de Manzini qu'il la retienne à Rome en lui offrant des rôles. Ce serait sa façon de la garder à distance. N'avait-il pas déjà loué un appartement pour elle ? Tout s'arrangerait au mieux pour Ronald Perrin. Et pour Marisa Mayne aussi. Mac ne doutait pas une seconde qu'elle serait contente de prendre l'argent et de filer.

Marisa prit congé. On l'attendait sur le tournage.

— Juste pour quelques prises, précisa-t-elle. Mais vous savez, ça pourrait vraiment déboucher sur un rôle sérieux.

Mac promit de lui téléphoner quand il aurait du nouveau. Après les avoir remerciés, elle s'éloigna d'un pas léger. Son étrange chapeau n'empêchait pas les gens de se retourner sur elle. Lorsqu'elle se fut fondue dans la foule, Mac demanda à Sunny :

— Toi qui es une femme, que penses-tu de son histoire ?

Elle prit un air pensif avant de répondre :

— C'est curieux, mais en l'écoutant un mot m'est venu à l'esprit : chantage. Je n'ai pas cru un instant à son baratin sur leurs jeux sado-maso. Il se peut qu'elle mente sur ce qui s'est passé ce soir-là. Elle avait peut-être posé un ultimatum à Perrin : s'il ne la payait pas, elle irait vendre son histoire aux tabloïdes et leur donnerait sa version de leur relation sexuelle... Ils auraient sauté dessus, ajouta-t-elle avec un haussement d'épaules fataliste.

— En attendant, elle avait un bon plan. Perrin était généreux. Tu as vu sa bague ?

— Je l'ai regardée, tu peux me croire ! affirma la jeune femme en étouffant un soupir d'envie. Mais, avec les play-boys de son espèce, toutes les bonnes choses ont une fin. Peut-être qu'il s'est lassé d'elle, ou qu'il a voulu passer à la suivante... Après tout, Marisa a dit qu'il était sorti ce soir-là. Je me demande bien où il était, et en quelle compagnie.

Mac saisit son téléphone portable pour appeler Roddy.

— Très bien ! Voyons un peu où se cache notre ami Perrin. Et avec qui.

13

À Bel Air, chez Allie, l'animation était à son comble. Les baies vitrées qui couraient du sol au plafond dans l'immense suite de presque un kilomètre carré laissaient entrer à flots le soleil de Californie.

Fidèle à son habitude, Fussy trônait au beau milieu du grand lit de style californien qu'Allie avait partagé avec Ron – la petite chienne étant toujours couchée entre eux, Ronnie se cognait régulièrement aux colonnes du baldaquin et fulminait : « Qu'est-ce qui nous empêche d'avoir un lit normal ? Avec un matelas, des ressorts, des draps et une couverture ? Tu es obligée de dormir dans un lit aussi grandiose ? »

« Grandiose » était le mot adéquat pour décrire la taille du meuble et ses tentures de soie mouvantes, couleur champagne, doublées de tulle tissé d'or. Ici, tout n'était que soie, pierres naturelles, marbre et bois exotiques de la plus haute qualité. Bien sûr, Ron ayant choisi le « meilleur » décorateur d'intérieur, pour un connaisseur, l'ensemble était d'un goût parfait. Pourtant, même si Allie et lui ne se l'étaient jamais avoué l'un à l'autre, cette opulence leur importait peu.

En revanche, la star appréciait leurs spacieux dressings et leurs salles de bains individuelles, équipées de baignoires et de lavabos à robinets dorés. Accompagnée d'Ampara, la gouvernante, elle s'était chargée elle-même d'acheter les serviettes bien moelleuses qu'elles avaient trouvées à Costco. À sa profonde satisfaction, avec sa perruque et ses lunettes noires, personne ne l'avait reconnue.

Fussy poussa un jappement de contrariété. À l'évidence, tous ces gens l'agaçaient et elle préférait la compagnie d'Ampara dans la cuisine.

Toute l'équipe d'essayage était là. La créatrice s'était présentée avec les modèles parmi lesquels Allie allait devoir sélectionner sa tenue pour le Festival de Cannes, accompagnée d'une couturière chargée d'ajuster les vêtements. La star choisirait ensuite une paire d'escarpins à talons aiguilles et une pochette. Les bijoux prêtés par Chopard mettraient la touche finale à l'essayage. Le joaillier avait délégué un agent de sécurité pour leur surveillance. Le coiffeur et la maquilleuse attendaient de pouvoir intervenir, et deux coursiers se tenaient prêts à foncer pour satisfaire la moindre requête.

Du café, des bouteilles d'eau et des boissons non alcoolisées étaient disposés sur la table. Ampara y avait aussi mis des cookies et son fameux gâteau au chocolat dont l'odeur grisait Allie. Il lui rappelait ceux qu'elle confectionnait avec sa mère, du chocolat chaud sur les lèvres, le visage radieux : l'un des rares souvenirs heureux de son enfance.

Incapable de résister à la tentation, elle s'en servit une énorme part.

— Chaque gramme en trop se verra dans cette robe, l'avertit la créatrice avec un regard désapprobateur.

La star eut un haussement d'épaules indifférent. C'était son premier vrai plaisir depuis des semaines. Le chocolat était son baume au cœur. D'ailleurs, elle avait l'intention de dîner de deux cent cinquante grammes de M&M's et, pourquoi pas ? d'une glace Ben & Jerry aux pépites de chocolat. Et tant pis pour les splendides robes Valentino ou Versace ! Elle avait trop besoin de ce réconfort.

— Goûte ! lui proposa-t-elle avec générosité. Le gâteau au chocolat d'Ampara est le meilleur au monde.

Elle déposa une part sur une assiette. La jeune styliste d'une minceur extrême le dégusta du bout des lèvres, avant d'avouer d'un air coupable qu'elle ne s'était pas laissée aller ainsi depuis des années.

— Va à la gym ce soir, suggéra la star en riant. Et quel mal y a-t-il à se régaler d'une part de gâteau de temps à autre ?

— Je suppose que tu as raison, tant que c'est une fois en passant, acquiesça la styliste, un peu réticente, en reprenant du gâteau.

À l'exception de l'agent de sécurité, qui veillait stoïquement, les bras croisés, sur les gros écrins en cuir renfermant plusieurs millions de dollars en bijoux, tous s'étaient agglutinés autour des deux femmes.

Allie inspecta les robes, toutes exceptionnelles. Chacune d'elles avait été conçues pour faire une entrée triomphale devant les photographes et les caméras de télévision. « Allie Ray au Festival de Cannes, ravissante en Valentino et en diamants Chopard », dirait la presse pendant qu'elle jouerait son rôle, saluant de la main avec un sourire, avant de s'arrêter pour répondre à un reporter d'*Actress Hollywood*, à une journaliste d'*Entertainment Tonight*, ou à un présentateur de la télévision française que les quelques phrases de la star dans sa langue surprenaient toujours.

« Je ne parle pas couramment, avait-elle protesté quand il l'avait félicitée au précédent Festival, juste assez pour me faire comprendre. »

Cela avait néanmoins été pour elle le plus beau compliment.

Après s'être lavé les mains, poisseuses de gâteau, elle continua les essayages. Les lourdes traînes bruissaient, prolongeant des fourreaux si étroits qu'elle se demandait comment elle allait pouvoir marcher. Tandis que l'on s'affairait autour d'elle à grand renfort d'épingles, elle regarda par la fenêtre. Dans sa Mustang noire, Lev aussi devait mourir d'ennui. À quoi s'occupait-il toute la journée ? Elle décida de l'appeler.

— Que faites-vous ? murmura-t-elle dans son Black-Berry.

— Des exercices isométriques, répondit-il, une pointe taquine dans sa voix rauque.

Jamais elle n'avait rencontré un homme dont la voix et le physique s'accordaient autant.

— Je parie que vous lisez le journal du tiercé, répliqua-t-elle.

Son faible pour les chevaux ne lui avait pas échappé.

— Ce n'est pas impossible.

Sa réponse la fit sourire.

— Je vous fais porter un en-cas. Du gâteau au chocolat maison. Vous allez m'en dire des nouvelles !

— Je ne mange jamais de gâteau.

— Eh bien, vous allez vous forcer ! lui lança-t-elle, provoquant son rire.

Repoussant la couturière, Allie prépara une part qu'elle enveloppa dans une serviette, mis sur une assiette et chargea Ampara d'aller porter au reporter dans la Mustang noire. Tous la regardèrent comme si elle était soudain devenue folle. Ils n'étaient pourtant pas au bout de leurs surprises.

— Allez au diable avec ces robes ! s'exclama-t-elle. Je n'en porterai aucune.

Des cris d'horreur fusèrent.

— Allie, enfin ! Elles sont sublimes, protesta la styliste. Parfaites pour Cannes. Ce sont les derniers modèles, tout juste sortis des défilés.

— Désormais, je ferai mes propres choix vestimentaires, trancha la star d'un ton ferme. Même chose pour les bijoux. Je n'en ai pas besoin.

— Allie, enfin ! répéta la créatrice d'une voix paniquée.

Elle devait faire son rapport aux producteurs, au metteur en scène. Déconcertés, le coiffeur et la maquilleuse se tenaient cois.

— Ne vous en faites pas, les rassura Allie en leur adressant son sourire rayonnant. Le grand soir, tout se passera au mieux.

Le plan qui avait germé dans son esprit prenait forme. Elle se sentait soudain beaucoup plus légère. Après avoir remercié la créatrice et son équipe, elle les renvoya, balayant leurs objections.

La plupart des femmes auraient été prêtes à tout pour avoir à leur disposition un tel choix de toilettes, Allie en était consciente. De plus, elle n'avait pas oublié ses responsabilités et avait bien l'intention de faire son travail. Cependant, elle avait ce grand projet en tête. Elle devait y réfléchir encore, mais il donnerait un nouveau souffle à sa vie. Elle allait devenir une autre femme, qui n'aurait plus rien à voir avec le public. Fallait-il en parler à Mac Reilly ? s'interrogea-t-elle. Mieux valait ne rien dire. Mac était à Rome et, de toute façon, son avenir ne le concernait pas. Il avait assez à faire avec la mission qu'elle lui avait confiée.

Soudain inquiète, elle regarda dehors. Derrière l'épaisse végétation et le haut mur d'enceinte, Lev, ou l'un de ses hommes, montait la garde. Elle était sûrement en sécurité, maintenant.

Et pourtant, si comme elle l'espérait ce n'était pas Ron qui la faisait suivre, elle avait affaire à un dingue. Elle avait reçu de nouvelles lettres, la dernière étant maculée prétendument de larmes de son expéditeur. « La prochaine fois ce sera du sang. Le vôtre ? Le mien ? » avait-il écrit.

Elle ne les ouvrait plus mais, au lieu de les brûler, les faisait suivre à Roddy, l'assistant de Mac. Les détectives avaient pris l'affaire en main, elle n'avait plus à s'en préoccuper.

L'arrivée de son coach interrompit ses réflexions. Le gâteau au chocolat la culpabilisant un peu, elle fut contente de le voir. Après lui avoir fait subir des étirements intolérables, il la houspilla et elle s'échina sur les machines.

— Ça vaut le coup, mon chou, lui affirma-t-il, souriant, tu as encore le plus beau corps de Hollywood.

Elle n'aimait pas du tout ce « encore ». En d'autres termes, elle n'avait plus dix-huit ans, mais approchait de la quarantaine – un tournant qui laisse souvent les actrices sur la touche, à attendre des rôles correspondant à leur âge. Quel que soit leur talent, ces rôles sont, hélas, rares et espacés.

Une heure plus tard, à nouveau seule, Allie se dirigea vers la fenêtre pour fixer d'un air morose le magnifique parc. Au milieu de la pelouse desséchée, l'eau couleur saphir de la piscine scintillait. Elle devrait vraiment songer à opter pour un jardin sec. Rien n'était plus précieux que l'eau, il fallait l'économiser. Mais, à part elle, qui se préoccupait d'écologie, ici ?

Après avoir jeté un coup d'œil à sa montre, elle appela son metteur en scène. Elle souhaitait annuler leur déjeuner et le retrouver au studio, plus tard dans l'après-midi, pour finir le doublage.

Elle enfila un jean, une chemise blanche et des ballerines dorées, et para ses oreilles de créoles d'or. Après un instant d'hésitation, elle remit son alliance. Elle allait rendre sa visite hebdomadaire aux petits malades atteints de cancer à l'hôpital de la Valley.

Une fois sur la rocade, elle appela Lev pour l'informer de sa destination puis le guetta dans son rétroviseur. Elle l'aperçut aussitôt derrière elle, et il n'y avait aucune Sebring décapotable en vue.

À l'hôpital, elle fut accueillie par des sourires et des rires. Chacune de ses visites mettait les enfants en joie. Les bras remplis de livres, de jeux achetés chez Barnes & Noble et de peluches, don d'un fabricant, elle avait l'impression d'être le Père Noël. L'allégresse qui éclairait leurs visages marqués par la souffrance la ramena à la réalité. Elle ne devait pas oublier tout ce qu'elle avait reçu de la vie.

À seize heures, elle se retrouva dans l'obscurité d'un studio hollywoodien. Face à son image sur l'écran, elle assura la postsynchronisation de son film. Lorsqu'elle en sortit, à dix-neuf heures, elle recontacta Lev pour lui indiquer sa prochaine étape, Giorgio, son restaurant préféré, sur Channel Road, à Santa Monica.

Elle devait y joindre son amie Sheila Scott, professeur de diction. Sheila, qui avait presque le double de son âge, lui avait fait perdre son accent texan et lui avait été d'une aide précieuse, lors de ses débuts à Los Angeles.

Une fois arrivée, Allie confia les clés de la Mercedes au voiturier qui, très impressionné, lui adressa un sourire rayonnant avant de la saluer :

— Bonsoir, mademoiselle Ray, comment allez-vous ?

Lorsqu'elle entra dans le restaurant, Allie ne fut pas surprise de voir toutes les têtes se tourner vers elle. Toujours consciente de son devoir vis-à-vis de ses fans, même s'ils appartenaient pour la plupart au milieu du show-biz, elle distribua des sourires à la ronde, s'arrêtant à certaines tables pour embrasser quelques confrères.

Quand, enfin, elle put s'asseoir, elle commanda son plat préféré, des *fettuccine* aux langoustines, la spécialité de la maison. Puis Sheila et elle entamèrent une bouteille de chianti.

Le nouveau projet d'Allie n'en était encore qu'à ses balbutiements, mais elle tenait à en faire part à son amie qui, pragmatique et maternelle, l'écouta en silence. Dans cette ville de blondes, Sheila affichait des cheveux gris, et son visage anguleux était hâlé par des années de vie au bord de la mer.

— Je pense que ma carrière touche à sa fin, déclara Allie d'une voix placide. Mon dernier film est mauvais. Je vais avoir quarante ans – cet âge redouté, tout au moins dans le cinéma. En amour, j'ai tout perdu : Ron m'a quittée, il a trouvé quelqu'un d'autre. J'ai un fan dérangé qui m'écrit des lettres de menaces et je suis suivie. Je ne me sens en sécurité que lorsque je suis barricadée chez moi, avec un garde du corps devant ma porte. Je n'ai pas d'intimité, pas de famille. Je suis à bout, Sheila, je dois changer de vie.

Son amie hocha la tête avec compassion. Allie travaillait depuis qu'elle avait seize ans et le succès d'un film semblait ne reposer que sur sa prestation. Comme si cela ne suffisait pas, les affres de l'existence l'avaient rattrapée : prise au piège de sa célébrité, elle était une femme seule, abandonnée par son mari et harcelée par un dingue.

— Eh bien, si c'est ce que tu dois faire, fais-le, l'encouragea-t-elle avec sa bonté habituelle.

— Une seule chose pourrait me retenir. Deux, peut-être…

— Je parie que ce sont des hommes, devina son amie. Et que Ron est toujours l'un d'entre eux.

Pour toute réponse, Allie lui adressa un sourire penaud.

— Alors, qui est l'autre ? la pressa Sheila.

— Mac Reilly. Le détective privé. Tu l'as probablement vu à la télévision. Mais de toute façon, comme Ron, c'est une cause perdue : je ne parais pas l'intéresser, à part comme cliente, bien sûr.

Ses yeux croisèrent le regard compatissant de son amie.

— Penses-tu qu'il soit possible d'être amoureuse de deux hommes à la fois ?

— Juste en dernier recours, ma chérie, répondit Sheila en tapotant la main d'Allie posée sur la table.

Deux fans en quête d'autographes les interrompirent et, affichant son plus beau sourire de star, Allie discuta quelques instants avec eux.

— Je dois vous remettre ce pli, mademoiselle Ray, lui annonça soudain le serveur.

Le cœur battant la chamade, l'actrice prit l'enveloppe et, une fraction de seconde, se sentit défaillir. Elle avait reconnu l'écriture. La voix de Sheila lui arriva comme venant de très loin.

— Allie, ça ne va pas ?

Ignorant la question, elle demanda avec angoisse au garçon :

— Qui l'a apportée ? Où est-il ?

— Un coursier. Il avait son casque, je n'ai pas vu son visage.

— Seigneur ! chuchota-t-elle. Il m'a trouvée.

Horrifiée, Sheila la regardait. Elle savait tout des lettres anonymes. Pour elle, leur auteur et celui qui harcelait Allie ne faisaient qu'un.

— Où est ton garde du corps ? lança-t-elle à l'actrice.

— Dehors. Il m'attend. Il me suivra jusqu'à la maison.

— Appelle-le. Dis-lui ce qui se passe.

Allie ne se fit pas prier pour obéir. Lev décrocha à la première sonnerie.

— Ne vous inquiétez pas, dit-il. Donnez-moi la lettre et je m'en occupe.

Garé illégalement de l'autre côté de la rue, il avait surveillé les clients qui entraient et sortaient du restaurant. Parmi eux, il avait remarqué un motard qui n'avait pas retiré son casque. Comme c'était généralement un réflexe automatique, Lev avait relevé le numéro d'immatriculation du deux-roues.

Une fois dehors, la star prit congé de Sheila :

— C'est la goutte d'eau qui fait déborder le vase, murmura-t-elle d'une voix tremblante. Tu comprends maintenant pourquoi je dois changer de vie.

— Oui, mon cœur. Mais la panique ne doit pas te pousser à fuir.

— Si seulement ce n'était que ça, répondit Allie en l'embrassant.

Elle rentra à Bel Air par la route de la côte, rassurée de voir les phares de la Mustang dans son rétroviseur. Au moins, à cet instant précis, elle se savait en sécurité.

14

Cinq jours plus tard, Sunny et Mac atterrissaient à Los Angeles. La limousine réservée les attendait à l'aéroport. Mac laissa Sunny chez elle, puis continua sa route tout en consultant la messagerie de son portable.

À sa grande surprise, le premier message était de Ronald Perrin. Il demandait à Mac quand il rentrait, pourquoi il n'écoutait pas ses messages et où diable il était passé, car il avait besoin de lui. Apparemment, Marisa s'était trompée : le milliardaire censé avoir disparu était bien vivant.

Le message suivant était de Sam Demarco.

« Je suis le bras droit de Perrin. Je veux vous parler, disait-il d'une voix glaciale, après s'être présenté. S'il vous plaît, appelez-moi dès que possible pour fixer un rendez-vous. »

Mac s'empressa de téléphoner à Sunny pour lui en faire part.

— Intéressant, non ?

— Quel message ? Celui de Perrin ou celui de Demarco ?

— Les deux. En tout cas, je vais les rappeler. Je te tiens au courant. En attendant, chérie, dors un peu. Tu avais l'air épuisée quand je t'ai déposée.

— À qui la faute ? railla-t-elle.

Mac raccrocha, un sourire aux lèvres.

Lorsqu'il arriva enfin chez lui, vers midi, Pirate le salua de son habituel coup de langue sur le visage. Il sentait la vieille chaussette. Il était temps d'appeler la toiletteuse pour chiens à domicile. À voir son air idiot et sa docilité quand elle lui donnait le bain, le brave corniaud devait être amoureux de la jolie blonde.

Mac prit une douche et enfila un vieux short kaki confortable, puis sortit sur la terrasse, suivi par le chien qui ne le quittait pas d'une semelle. Penché sur la balustrade, il aspira de longues bouffées d'air frais et salé. Avec la marée basse, l'océan étale, d'un gris moiré, reflétait un ciel sans soleil. Pas un surfeur en vue. Bien sûr : ils attendaient le changement de marée, prêts à chevaucher les gros rouleaux verts qui viendraient s'écraser sur la rive.

Le détective décida de contacter son adjoint, qu'il avait tenu informé des nouveaux rebondissements en l'appelant de Rome. Mais Roddy n'avait toujours pas la moindre idée de qui suivait Allie. En effet, depuis qu'il s'occupait de sa protection, la Sebring avait disparu. Il parla cependant à Mac de la lettre de menaces apportée au restaurant.

— Elle a été tapée sur un ordinateur. Et elle est plutôt explicite sur le sort que son expéditeur réserve à Mlle Ray. À ce propos, il reste toujours très formel, ne l'appelle jamais Allie, mais toujours Mlle Ray.

— Et où en êtes-vous à présent ? s'enquit Mac.

— Lev avait relevé le numéro d'immatriculation de la moto, il a déjà vérifié. C'est une société de coursiers. Le motard a juste fait son travail. Le client a appelé pour que le pli soit livré et il a payé cash. C'était assez inhabituel pour qu'ils s'en souviennent, mais, bizarrement, personne ne semble se rappeler son nom, ni à quoi il ressemblait.

Mac poussa un soupir

— Typique, je suppose. Je veux que tu mènes ta petite enquête sur tous les employés d'Allie Ray, y compris les jardiniers et les responsables de l'entretien de la piscine, ainsi que les coiffeurs, les masseurs et les *personal shoppers*. Tu connais la liste.

En effet, songea Roddy, et il mesurait l'ampleur de la tâche étant donné sa longueur.

— As-tu entendu parler d'un type appelé Sam Demarco ? poursuivit Mac. C'est l'associé de Perrin. En fait, son bras droit, d'après son message téléphonique.

— Ce n'est pas la modestie qui l'étouffe, déclara Roddy. Oui, j'ai entendu parler de lui. C'est un gros joueur, encore plus flambeur que Perrin. Il aime Vegas, les clubs, tu vois le style. Il donne tout le temps des fêtes chez lui, dans son énorme maison contemporaine sur les hauteurs de Sunset Boulevard. Il habite l'une de ces rues qui offrent une vue imprenable sur la ville et qui portent toutes des noms d'oiseaux : loriot, alouette, ce genre de truc. Il a aussi une maison neuve à Palm Springs.

— Bon, je vais le contacter. Je me demande bien pourquoi le bras droit de Perrin ressent soudain un besoin si pressant de me parler. Et Marisa aussi souhaite que je la joigne, elle veut savoir ce qu'elle doit faire maintenant.

— En tout cas, si elle désire récupérer son revolver, il est dans un seau, sous l'évier de ta cuisine, plaisanta Roddy.

Mac se mit à rire.

— Merci beaucoup, vieux ! Je le rendrai à Perrin, sans faute.

Il composa ensuite le numéro du milliardaire, toujours sans succès. Après avoir laissé un message lui demandant de le rappeler, il téléphona à Demarco. Également injoignable. Il raccrocha avec un soupir de frustration : c'était bien la peine que celui-ci insiste tant pour lui parler d'urgence.

Mac apprit cependant par l'assistante de Demarco que ce dernier avait besoin de son aide et voulait l'engager. Elle ne lui donna pas plus d'explications, mais lui proposa de le retrouver pour déjeuner à treize heures le lendemain, à l'Ivy, sur Robertson.

Il raccrocha de nouveau et resta un moment hésitant. Devait-il appeler Allie ? Mais le décalage horaire recommençait à se faire sentir, et il avait faim. Il siffla Pirate, grimpa dans la Prius et prit la direction du Malibu Country Mart, un complexe de boutiques chic et de restaurants, à cinq minutes de chez lui. Après s'être acheté un *panino* jambon-fromage au restaurant italien Tra di Noi, il s'installa sur un banc du square verdoyant où les enfants s'amusaient dans le bac à sable et sur les balançoires, et observa les *beautiful people* de Malibu. Pirate haletait à ses pieds, espérant grappiller un morceau de sandwich.

Fidèles à leurs habitudes, les paparazzi étaient postés devant Starbucks et Coffee Bean, à l'affût des jeunes acteurs en vogue venant chercher un *frappuccino*. Leur arrivée, parfois avec un bébé, parfois avec un chien, déchaînait une émeute. Heureusement, malgré sa notoriété d'animateur télévisé, ils laissèrent Mac en paix. Ce n'était pas le genre de célébrité qui les intéressait. Il n'y avait rien de scandaleux autour de Mac Reilly. Mais, bien sûr, s'il était surpris un jour en compagnie d'Allie Ray, là, les reporters tiendraient leur scoop.

En revenant vers sa voiture, Mac s'arrêta devant la vitrine de Planet Blue. Un tee-shirt blanc annonçait en lettres scintillantes : *LOVE IS ALL YOU NEED*. Un sourire aux lèvres, il entra dans la boutique et l'acheta pour Sunny.

Puis il regagna sa terrasse et resta en contemplation devant la marée montante. Les flots ridés d'écume blanche prenaient d'assaut les rochers. Le soleil perçait à travers les nuages. Il essaya de nouveau le numéro de Perrin et raccrocha agacé : c'était encore sa messagerie. Si le milliardaire était chez lui, il ne répondait pas au téléphone.

Bercé par le chant de l'océan, Mac s'étendit sur la vieille chaise longue en fer. Le décalage horaire eut raison de lui : une minute plus tard, il dormait.

15

Pris dans les embouteillages, Mac roulait au pas pour gagner le lieu de rendez-vous indiqué par l'assistante de Demarco. Le choix de ce restaurant branché de Los Angeles l'intriguait.

L'Ivy était l'endroit où il fallait être vu à l'heure du déjeuner. Le cottage au patio ombragé, ceint d'une barrière de bois, bourdonnait d'activité : il attirait nombre de célébrités, les arrivistes de rigueur et, bien sûr, une foule de paparazzi armés de leurs appareils indiscrets. La cuisine y était plutôt bonne et, malgré sa décoration trop ostensiblement *country*, c'était un lieu charmant et joyeux... mais cher !

Après avoir confié la Prius au voiturier, Mac salua les paparazzis. Ils devaient avoir eu une journée bien morne, car ils prirent la peine de le photographier.

À l'intérieur, Sam Demarco l'attendait à une table. Il semblait impatient de le voir arriver.

— Je suis très à cheval sur la ponctualité, surtout celle des hommes, déclara-t-il d'un ton cassant en tapotant sa montre, une énorme Breguet en or très voyante. Je fais toujours mon possible pour être à l'heure. Arriver en retard dénote un manque de courtoisie.

Mac refoula une riposte cinglante. Quel charmant accueil ! Il n'avait que deux minutes de retard ; si l'on prenait en compte les fameux embouteillages de Los

Angeles, il était donc largement à l'heure. Il jeta un coup d'œil ostentatoire à sa propre montre – un modèle de l'armée suisse sans prétention, avec des chiffres rouges et un bracelet noir en plastique.

— J'ai exactement trois minutes et trente secondes de retard. Peut-être teniez-vous tant à être à l'heure que vous êtes arrivé en avance, rétorqua-t-il avant de prendre place en face de son interlocuteur.

Ils échangèrent des regards acérés. Demarco était bel homme : la jeune cinquantaine, grand, avec un visage buriné surmonté d'une épaisse chevelure argentée. Il portait un costume bleu sombre à rayures, d'un très bon tailleur, des chaussures en cuir noir, une chemise bleue et une cravate Hermès jaune. N'était-il pas un peu trop chic pour un simple déjeuner à Los Angeles ? s'étonna Mac. Ou peut-être était-ce lui-même qui avait opté pour un style trop décontracté. Mais au moins, avec son pantalon de toile, son simple tee-shirt en jean de Theodore at the Beach, sa boutique préférée, et ses pieds nus dans des mocassins de daim marron, il se sentait à l'aise.

Il fixa de nouveau Demarco droit dans les yeux. Par son regard d'un bleu glacial, le « bras droit » de Perrin était à l'opposé de ce dernier et de son air de chien battu. Le doute n'était pas permis : c'était lui le chef.

Mac prit la main tendue à travers la table et dissimula une grimace de douleur en se faisant broyer la sienne. Demarco était un homme vigoureux. N'était-il pas conscient de sa force ou en usait-il pour intimider ? Mac penchait pour la seconde hypothèse.

La serveuse voulut énumérer les spécialités maison mais Demarco l'arrêta d'un geste et ils commandèrent rapidement. Mac opta pour le saumon, le bras droit de Perrin pour un hamburger. Et comme celui-ci avait demandé du Perrier, le détective l'imita, refoulant son envie d'arroser le poisson avec un bon chardonnay.

— Reilly, commença Demarco de sa voix de stentor, j'ai demandé à vous rencontrer parce que je connais votre réputation. Il y a votre émission télévisée, évidemment, mais vos exploits hors caméra ne me sont pas inconnus non plus.

Mac hocha la tête et but une gorgée de Perrier. Il regrettait déjà le chardonnay.

Demarco se tut et le dévisagea de son regard cobalt, qu'il voulait menaçant. Voyant qu'il n'obtenait pas de réaction, il reprit :

— Nous sommes bien d'accord, tout ce que je vais vous dire restera entre nous ?

Mac hochant de nouveau la tête, il enchaîna :

— Voilà : je suis inquiet pour Ronald Perrin.

— Votre patron, renchérit le détective, pour lui montrer qu'il était au courant de la hiérarchie existant entre les deux hommes.

— Ron est avant tout mon ami, répliqua Demarco, visiblement désireux de balayer toute équivoque. J'ai commencé par être son assistant. Aujourd'hui, nous sommes associés.

Il haussa les épaules sans qu'un pli ne vienne froisser son impeccable costume bleu à rayures.

— Vous êtes monté en grade, approuva Mac obligeamment, avant de faire signe à la serveuse.

Il avait changé d'avis. Peu importait sa réputation, il allait commander un verre de vin blanc de la cuvée maison.

— Si vous voulez, concéda Demarco en s'adossant à sa chaise.

Malgré l'expression impassible de son visage, le détective sentait que l'homme assis en face de lui ne l'aimait pas beaucoup. Pourquoi l'avait-il fait venir, alors ? Après tout, Demarco était en mesure d'engager n'importe quel privé. Quant à lui, il n'était pas du tout sûr de vouloir travailler pour ce type. En fait, il pouvait très bien se passer à la fois de lui et de Ronald Perrin.

— Reilly, reprit Demarco sans prendre la peine de lui accorder un « Monsieur » ou un « Puis-je vous appeler Mac ? », je m'inquiète au sujet de Ron. Il a un comportement très bizarre. Il affirme qu'il est suivi, que quelqu'un veut le tuer.

— Et alors ? À votre avis, il se trompe ?

— Comment voulez-vous que je le sache ? C'est votre rayon. Ne vous a-t-il pas proposé de travailler pour lui ? De tirer toute cette affaire au clair ?

Comment diable Demarco l'avait-il appris ? Perrin l'avait peut-être mis au courant. Mais, dans ce cas, ne lui aurait-il pas aussi expliqué pourquoi ?

Mac but une gorgée du vin blanc, qui était bon mais ne valait pas le chardonnay.

— C'est exact, dit-il, mais j'ai refusé son offre.

Leurs plats arrivèrent. Mac fixa son saumon poché, présenté artistement dans un nid de tomates coupées en petits cubes et de basilic. Malgré la sauce alléchante qui le nappait, il n'en avait plus envie.

Demarco poussa un soupir.

— J'ai l'impression que je vous ai offensé. Je suis désolé, je n'en avais pas l'intention. Mais je me fais vraiment de la bile pour Ron. C'est mon ami et il a été très sympa avec moi. Alors, s'il a besoin de mon aide maintenant, je ne peux pas le laisser tomber. Je vous demande donc de travailler pour moi, et quand je vous aurai expliqué pourquoi, vous comprendrez.

— D'accord, répondit Mac, je conçois que la situation puisse être stressante.

— À la vérité, je pense que Ron est en train de perdre un peu la boule, lâcha Demarco à brûle-pourpoint. Et vous savez pourquoi ? Il soupçonne le FBI d'enquêter sur ses affaires.

Surpris, Mac leva les yeux de son saumon. Demarco était la deuxième personne à mentionner le FBI.

— Est-ce vrai ? répliqua-t-il.

— Le FBI est toujours intéressé par les patrons de multinationales qui pèsent des millions de dollars, mais j'ignore encore si c'est le cas pour Ron.

— Et vous voulez que je mène ma petite enquête ?

— Aussi discrètement que possible, bien sûr.

Mac se rappela la déchiqueteuse et le carton renversé qu'il avait vus chez Perrin. Sur le moment, il avait pensé que le milliardaire était en train de soustraire à la curiosité des avocats de sa femme des éléments de sa situation financière. Manifestement, cela cachait autre chose.

— Entendu, acquiesça-t-il, mon adjoint vous communiquera mes tarifs. En attendant, avez-vous une idée de l'endroit où Perrin peut se trouver ?

Demarco haussa de nouveau les épaules, avec un geste d'impuissance.

— Je n'ai aucune nouvelle de lui depuis plus d'une semaine. Allie Ray non plus. Naturellement, ses avocats deviennent fous ; ils m'appellent à toute heure du jour et de la nuit et veulent savoir où il se cache. Cette semaine, Ron était censé se présenter à l'audience de son divorce, or personne ne l'a vu. Ils ont essayé de lui envoyer une sommation mais il est invisible. Ses maisons sont toutes désertes. À mon avis, il s'est planqué quelque part en attendant que se présente la solution la plus favorable.

— Ou bien il fuit le FBI, suggéra Mac.

— C'est possible, mais je pense que sa préoccupation première, c'est Allie. Il ne veut pas lâcher un centime de plus.

— Dites-moi, Perrin a-t-il une amie ?

— Un homme riche est toujours entouré de femmes...

— Sûr ! Mais y a-t-il quelqu'un en particulier ?

— Vous devriez savoir que, côté femmes, la réputation de mon associé est loin d'être irréprochable... Attention ! Je ne vous ai rien dit. Surtout, ne le répétez pas.

Mac hocha la tête.

— Ainsi, vous voulez que je trouve Perrin ? Et que je découvre ce que le FBI cherche ?

— Exactement, Reilly. Je ne vous demande qu'une chose, c'est de laisser la police en dehors de tout ça. Perrin n'aimerait pas avoir les flics à ses trousses. Alors, motus ! J'ai un autre rendez-vous, je suis en retard, ajouta Demarco en se levant d'un bond. Tenez-moi au courant de la progression de votre enquête.

Il broya de nouveau la main de Mac et, après un silence, reprit :

— Je le répète, je suis très préoccupé par Ron. C'est un homme bien. Honnête. J'ai peur qu'il fasse une bêtise. Vous me comprenez ?

Mac n'avait pas besoin d'un dessin. Mais Ronald Perrin ne lui avait pas paru suicidaire. En fait, c'était même le contraire : il avait le sentiment que Perrin ne voulait mourir à aucun prix.

— Je ferai de mon mieux, assura-t-il.

Il suivit des yeux Demarco à travers la petite salle. À côté de lui, tout le monde semblait minuscule. Un lion en chasse, voilà l'image qui lui venait à l'esprit. Mais peut-être n'était-ce pas un mauvais bougre, dans le fond. Son inquiétude pour son ami et associé pouvait être sincère.

Mac remarqua alors que le lion n'avait pas touché à son hamburger.

16

Allie était dans son jardin quand son BlackBerry sonna. L'écran affichait « appel inconnu ». Intriguée, elle répondit.

— Bonjour, Allie, la salua une voix familière.

Un sourire éclaira son visage. Elle s'avança sur la terrasse qui surplombait les parterres inspirés de Versailles.

— Bonjour, Mac, répondit-elle d'une voix joyeuse. Vous appelez de Rome ?

Elle croisa les doigts, les yeux levés vers le ciel. Pourvu qu'il soit revenu ! Sa réponse combla toutes ses attentes.

— Non, je suis rentré, dit-il. Je voulais m'assurer que vous alliez bien, et que Lev et ses collègues font du bon travail.

— Impeccable ! Hormis l'incident du coursier à la lettre.

— Oui, j'en ai entendu parler. Écoutez, nous devons nous voir. Si nous ne risquions pas de provoquer un scandale dans les tabloïds, je vous inviterais au restaurant...

Elle partit d'un éclat de rire.

— Je pourrais venir chez vous, suggéra-t-elle, se voyant déjà avec lui, dans sa maison douillette. On pourrait commander une pizza.

— D'accord. Dix-neuf heures, ça vous va ?

— J'y serai.

— Oh ! juste une chose...

— Oui ?

— Vous aimez les anchois sur votre pizza ?

— Je les adore, répondit-elle dans un nouvel éclat de rire.

— Parfait ! Alors je vous attends à dix-neuf heures.

Sunny était assise sur la terrasse de Mac, ses cheveux tirés en arrière et retenus par un ruban noir. Le détective l'avait conviée à se joindre à eux. La jeune femme portait le tee-shirt de Planet Blue affichant *LOVE IS ALL YOU NEED* sous un joli cardigan à rayures orange et roses. Elle savait qu'à la tombée de la nuit la fraîcheur monterait de la mer. Tesoro était sur ses genoux. La soirée était encore très douce, pourtant la petite chienne frissonnait, comme souvent les chihuahuas, mais Mac affirmait toujours qu'elle jouait la comédie pour attirer l'attention.

— Il ne fait pas froid, enfin ! grommela-t-il en surveillant Pirate d'un œil.

Le corniaud rôdait sur le sable, au bas des marches, prêt à fuir à la moindre alerte. Les réactions de Tesoro étaient imprévisibles.

— Elle est frileuse, voilà tout ! répliqua Sunny d'un air exaspéré.

Elle avait espéré voir les relations entre les deux chiens s'améliorer, mais Tesoro ne faisait aucun effort. Pas plus que Mac, du reste.

Pourtant, elle se sentait si bien chez lui, dans cette maison très modeste, comparée aux autres résidences de la Colony. Les murs extérieurs, dont les fenêtres à guillotine d'origine constituaient presque des antiquités aujourd'hui, étaient en bois peint en vert pistache. Des moulures dentelées témoignaient du goût d'un ancien propriétaire pour l'architecture *gingerbread,* typique des Caraïbes. À l'intérieur, un salon avec un plancher et une baie vitrée surplombant l'océan ; une petite cuisine où le cellier occupait presque tout l'espace ; et tout au fond,

101

séparées par un étroit couloir, l'unique chambre et la salle de bains.

La jeune femme s'y plaisait tout particulièrement à cet instant de la journée, à la lumière du soleil couchant. Elle jeta un coup d'œil à sa montre. La fabuleuse Allie Ray devait arriver à dix-neuf heures. Plus que dix minutes ! Elle était impatiente de voir à quoi elle ressemblait. Mac paraissait la trouver fort sympathique. En tout bien tout honneur, naturellement. La superbe star était sa cliente et le payait généreusement pour régler ses problèmes.

Mais toute femme savait qu'on ne pouvait prendre à la légère tant de beauté et de célébrité réunies.

Sunny esquissa une petite grimace et avala une gorgée de l'excellent vin rouge que Mac avait sorti pour l'occasion. Pour un connaisseur tel que lui, le vin comptait plus que la cuisine. Il partait du principe que, comme le prouvaient les pizzas fraîchement livrées, un repas pouvait toujours être commandé.

Souriante, elle l'observa qui s'affairait derrière la fenêtre de la cuisine. Il monta le thermostat du four, prit la sauce piquante dans le placard et sortit des assiettes. Avec le large pantalon de lin blanc qu'elle avait choisi pour lui dans une boutique chic de la Via Condotti et son vieux tee-shirt noir qui, à force d'être lavé, avait tourné au gris, il était particulièrement beau ce soir. Ses cheveux étaient encore humides de sa douche et elle devinait le parfum de sa peau, épicé, sexy et...

Le fil de ses pensées fut interrompu par le tintement discordant de la cloche de bateau, ce vieux truc fêlé dont Mac persistait à ne pas vouloir se séparer. Le détective se hâta vers la porte, Pirate sur ses talons aboyant avec enthousiasme. Sur le seuil se tenait la frêle beauté blonde.

— Bonsoir, contente de vous revoir, murmura-t-elle en se hissant sur la pointe des pieds pour passer un bras autour de son cou et l'embrasser sur les deux joues. J'ai amené Fussy, ajouta-t-elle en lui montrant une petite boule de fourrure blanche dont les yeux noirs en bouton étaient à moitié cachés par une longue frange. C'est la soirée de congé de ma gouvernante, je ne pouvais pas la laisser. J'espère que vous ne m'en voudrez pas...

— Non... Non, bien sûr, répondit Mac en regardant son propre chien d'un air dubitatif.

Pirate fixait le bichon maltais, pétrifié devant cette nouvelle femelle qui venait envahir son territoire.

— Entrez, reprit Mac. Puis-je vous offrir un verre de vin ? Blanc ou rouge ?

— Avec la pizza, je prendrais bien du rouge, déclara Allie en le suivant jusqu'à la cuisine, Fussy serrée dans ses bras.

Pirate la suivait pas à pas.

— C'est un Nobile Antinori 1996. J'espère qu'il vous plaira, dit Mac en lui servant un verre de la bouteille ouverte.

Elle avala une gorgée.

— Oh ! Délicieux. J'ignorais que vous étiez un œnologue à vos heures perdues.

— Vous ne devez pas savoir grand-chose de moi, fit-il remarquer. Après tout, vous ne connaissez que le type qui tente d'élucider des affaires classées, à la télévision. Avec l'aide généreuse du commissariat central de Los Angeles, bien sûr, sans lequel rien de tout cela ne serait possible.

— Je suppose que non, concéda-t-elle en s'appuyant au plan de travail. Pourtant, Mac, je ne sais comment l'expliquer, mais j'ai l'impression de vous connaître depuis toujours.

Elle but une nouvelle gorgée et plongea son regard azur dans celui, surpris, de son interlocuteur. Essayait-elle de lui faire comprendre quelque chose à demi-mot ?

— Venez, s'empressa-t-il alors de dire en la prenant par le bras afin de dissiper sa gêne. Je voudrais vous présenter quelqu'un.

Ils sortirent sur la terrasse.

— Bonsoir, fit Sunny en se levant gracieusement pour s'apercevoir avec étonnement qu'elle dépassait la célèbre actrice de cinq bons centimètres.

Sa beauté, en revanche, lui coupa le souffle : les longs cheveux blonds encadraient un visage à l'ovale parfait, et jamais elle n'avait vu des yeux d'un bleu aussi profond. Malgré le sourire de la star, l'éclair de surprise dans son regard ne lui échappa pas. Manifestement, Allie Ray s'était attendue à être seule avec Mac.

Ce dernier présenta les deux femmes qui se saluèrent et leurs chiennes en firent autant : Tesoro avança un museau aristocratique pour renifler Fussy, et celle-ci l'imita avant de laisser échapper un jappement surpris.

— Mon Dieu ! s'exclama Allie, votre chienne a mordu la truffe de Fussy ?

— Certainement pas ! rétorqua Sunny sur la défensive. Tesoro ne se laisserait jamais aller à une telle conduite. Votre chienne a aboyé, c'est tout.

Mac, debout derrière Allie, lui adressa un petit sourire complice.

— Elle aboie tout le temps, admit la star dans un soupir.

— Tesoro aussi, reconnut Sunny, s'adoucissant. Nous devrions avoir des chiens comme Pirate. Il est si gentil ! Regardez comme il est bien élevé.

Elles se tournèrent vers le bâtard qui, l'air résigné, avait repris son poste au bas de l'escalier, sur la plage. Il avait deux pestes à fuir, désormais.

— Sunny dirige sa propre société de relations publiques, expliqua Mac, souriant. Il lui arrive de m'aider dans mes enquêtes.

Il lança un coup d'œil interrogateur à l'intéressée et son air malicieux le rassura. Elle n'était pas contrariée.

Allie observait la belle brune. Avec ce corps splendide de pulpeuse Latine, aucun homme ne devait pouvoir lui résister, et surtout pas un homme aussi sexy que Mac Reilly.

Elle s'installa au bout de la chaise longue et posa son bichon par terre. Puis, après avoir bu une gorgée de vin, elle demanda :

— Ainsi, vous collaborez à l'enquête, mademoiselle Alvarez ?

— Appelez-moi Sunny, je vous en prie. Et en fait, non, pas exactement. Mais Mac m'a dit que vous étiez suivie.

Elle n'allait pas lui raconter qu'elle savait tout de son torrent de larmes et de ses confessions. Aucune femme n'aimerait voir sa vie déballée ainsi devant une inconnue. De plus, quand Mac lui confiait des secrets professionnels, il comptait sur sa discrétion.

En entendant la cloche tinter de nouveau, les deux femmes regardèrent Mac d'un air intrigué.

— C'est sans doute Roddy, annonça-t-il en les abandonnant pour aller ouvrir.

Après un court silence, Sunny reprit avec un petit frisson :

— Ça doit être affreux d'être suivie. Je compatis.

— Il est vrai que ce n'est pas agréable, reconnut la beauté blonde.

Le rire de Mac leur parvint de l'intérieur, se mêlant à la voix de Roddy, moins sonore que celle de son patron mais très enthousiaste.

Allie poussa un soupir. Son dîner en tête à tête avec Mac semblait bien compromis. Maintenant, ils étaient quatre ! Elle jeta un regard curieux vers la porte de la terrasse dans laquelle s'encadra celui qui s'était chargé de sa sécurité pendant le séjour de Mac à Rome. L'autre détective avait des cheveux couleur platine en pointe. Il était vêtu d'un short en lin blanc, d'un tee-shirt Jean-Paul Gaultier rouge, moulant, et de tongs hawaïennes. Son hâle montrait son goût pour le sport.

— Je suis content que tu sois rentrée de Rome, tu m'as manqué ! déclara-t-il en serrant Sunny contre lui avec chaleur avant de reculer d'un pas, tandis qu'un sourire plein d'affection éclairait son visage.

La star ne perdait pas une miette de la scène. Ainsi, la jeune femme était en Italie avec Mac.

— Allie, je vous présente notre grand ami, Roddy Kruger, déclara Sunny.

— Allie Ray ! Oh… mon Dieu…, s'exclama-t-il, rayonnant. Il se laissa tomber à genoux devant elle et prit sa main qu'il baisa, plein de révérence. Je suis si heureux de vous rencontrer, je vous aime depuis toujours, déclama-t-il d'un ton dramatique. Vous êtes encore plus belle en réalité.

Son ravissement était si sincère qu'Allie sourit. Elle avait toutefois compris qu'il n'était pas le « fiancé » de Sunny Alvarez.

— Moi aussi, je suis heureuse de vous connaître, répondit-elle en se penchant pour l'embrasser sur la joue, puis elle ajouta : Voilà ! Maintenant, nous nous connaissons vraiment.

— Je jure que plus jamais je ne me débarbouillerai, lui affirma-t-il en se relevant, une main sur le visage ; tous deux s'esclaffèrent.

Il prit le verre de vin que Mac lui tendait, avant de s'exclamer :

— Mon Dieu ! Regarde ce chien… C'est un chien, non ? s'enquit-il en s'adressant à Allie.

Tous les yeux se fixèrent sur Fussy qui glissait sur le sol comme une serpillière. Pirate lui-même, médusé, avait son œil valide rivé à la petite chienne.

— Mon Dieu ! murmura à son tour Sunny. Il faut faire quelque chose.

Mais Allie se contentait d'observer le bichon. D'un geste de la main, Mac imposa le silence.

Un frisson parcourut le corps de Pirate, fasciné. Fussy se rapprochait et, avec la marée montante qui avait recouvert les rochers, toute fuite était impossible. Chacun retenait son souffle. La petite chienne leva la tête, ses yeux brillants sous sa frange. Un moment passa. Soudain, elle se mit à se rouler sur le dos et, agitant les pattes en l'air, à lui lancer des regards aguichants.

— Quelle petite dévergondée ! s'exclama Roddy, brisant le silence. Regardez-la flirter avec Pirate !

— Et regardez Pirate ! renchérit Mac.

L'air totalement ahuri, le corniaud baissa la tête et les deux chiens se reniflèrent, truffe contre truffe. Puis il agita la queue et se laissa tomber à côté d'elle.

— Que dites-vous de ça ? Je crois que ce vieux gredin est amoureux, annonça le détective radieux en se tournant vers Allie.

Le cœur de Sunny se serra. Depuis deux ans qu'ils étaient ensemble, à part pour grogner ou lui griffer la truffe, Tesoro n'avait jamais accordé la moindre attention à Pirate. Et ce soir, le bichon maltais d'Allie Ray avait réussi à embobiner le bâtard en moins de deux. Toutes ses théories sur les réticences de Mac à se marier sous prétexte que leurs chiens étaient incompatibles s'envolèrent en fumée.

— Je m'occupe de la pizza, décréta alors Roddy en prenant la direction de la cuisine. On dîne dehors ?

— Oui, acquiesça Mac. À moins que vous n'ayez froid, ajouta-t-il en se penchant d'un air inquiet vers Allie.

— Avec un pull, tout ira bien, répondit-elle. J'aime prendre mes repas dehors. Les Californiens le font trop rarement. Ils ne profitent pas assez de notre climat. J'ai appris à apprécier autant les brumes et les tempêtes d'hiver de Malibu que ses journées ensoleillées, si belles que vous vous demandez pourquoi vous voudriez vivre ailleurs.

— Et le voudriez-vous ? répliqua Sunny.

Allie lui jeta un regard surpris.

— J'y pense parfois, répondit-elle. Il m'arrive d'imaginer une autre vie.

Elle haussa les épaules et s'empressa de poursuivre :

— Mais c'est la vie que je me suis faite. J'ai beaucoup de chance, je sais. Je connais des millions de femmes qui voudraient être à ma place. N'est-ce pas ?

Ses yeux bleu turquoise étaient fixés sur Sunny qui acquiesça d'un air surpris :

— Oui, j'en suis sûre. Cependant, la vraie Allie Ray est irremplaçable.

— J'ai besoin d'une baguette magique pour tisser le fil de ma vie, murmura la star comme si elle se parlait à elle-même. Je voudrais juste qu'elle me fasse disparaître.

— La pizza est servie, annonça Mac qui poussa les deux battants de la porte coulissante, interrompant ses confidences.

Les deux hommes déposèrent sur la table deux énormes pizzas, des bouteilles de vin, une de San Pellegrino et un pot de piments rouges. Roddy apporta un paquet de serviettes en papier qui s'envolèrent. Le vent s'était levé, la fraîcheur tombait.

Acceptant l'offre de Mac, Allie avait passé le vieux cachemire vert olive, un cadeau de Noël de Sunny. Boutonnant son cardigan, cette dernière prit place à côté de la star.

Lorsqu'ils furent tous assis, leurs verres remplis, le maître de maison déclara :

— Commençons par les bonnes nouvelles, Allie. Enfin, plus exactement, bonnes en un sens : la Sebring n'est plus apparue depuis que Lev veille sur vous.

— Mais que va-t-il se passer quand il va arrêter ? demanda-t-elle, les épaules soudain affaissées. Et qui me suit ? C'est tellement angoissant de savoir que quelqu'un épie chacun de vos mouvements ! C'est comme si on me volait ma vie.

Sunny comprit que sa peur n'était pas feinte.

— Tout ira bien, fit-elle avec douceur. Mac va tout arranger.

— Ça ira, renchérit ce dernier. Nous y travaillons sans relâche.

Il commença à couper la pizza d'une main affermie par des années d'expérience et servit sa prestigieuse invitée.

— Pizza aux anchois. Je sais que vous les aimez, Allie. Quant à vous deux, il faudra les retirer, précisa-t-il en servant les deux autres convives.

Sous ses cils baissés, le sourire de Mac à Allie n'échappa pas à Sunny. Elle était de plus en plus inquiète. D'abord le coup de foudre entre Fussy et Pirate, maintenant les anchois. Peut-être Mac et elle n'étaient-ils pas compatibles, après tout. Et Allie était si jolie. Dans l'immense pull vert de Mac, elle ressemblait à une sirène gracile prête à s'élancer dans l'océan. Même Roddy était sous le charme.

— Quand partez-vous pour Cannes ? s'enquit alors le détective.

— Dans deux jours. Même si je n'y suis pas prête. Pour tout vous dire, vu ce que je sais de ce film, je préférerais ne pas y aller... Mais c'est mon travail, enchaîna-t-elle avec un haussement d'épaules résigné avant de mordre dans sa pizza. J'irai et j'en assurerai de mon mieux la promotion. Après tout, la production me paie pour ça.

Sunny entama sa part de pizza, qui avait conservé un goût d'anchois. Comme, sur ses genoux, Tesoro gémissait tout en tremblant, elle entra dans la maison pour chercher un plaid sur le canapé, en enveloppa le chihuahua et ressortit sur la terrasse. Un frisson la secoua à son tour. Le vent avait fraîchi. Absorbés par leur conversation sur Cannes, personne, pas même Mac, n'avait remarqué sa brève absence.

— Vous devriez venir avec moi, disait Allie en regardant le détective droit dans les yeux. J'aurais bien besoin d'un ami. Nous pourrions discuter de Ron, essayer de trouver une solution. Parler du dingue qui me suit, des lettres... Je n'en aurai vraiment pas le temps avant mon départ.

— Je viendrai peut-être, répondit-il.

Sunny sentit son cœur se serrer. Elle était en train de perdre une bataille dont elle ignorait tout. Il était temps pour elle de prendre congé.

— Je suis désolée, mais le décalage horaire me tue, annonça-t-elle. Je dois y aller. Je me lève tôt.

Elle attrapa Tesoro qui geignait toujours et échangea à la hâte des baisers et des saluts. À sa surprise, Allie se leva pour la serrer dans ses bras. La détresse dans le regard de la star trahissait sa solitude.

— Écoutez, lança Sunny, soudain inquiète, si vous avez besoin de parler, n'hésitez pas, appelez-moi. Mon numéro est dans l'annuaire.

L'actrice la regardait, l'air dubitatif.

— Je suis sérieuse, poursuivit-elle avec douceur. Quelquefois, l'avis d'une autre femme peut aider à y voir plus clair.

Avec un sourire, Allie la serra de nouveau contre elle.

— En général, les autres femmes ne m'aiment pas beaucoup, avoua-t-elle. Elles sont jalouses.

Sunny lui sourit. Elle venait de se racheter de sa méfiance. Du reste, elle n'avait plus peur de laisser son amant en compagnie de cette beauté. Peut-être était-ce de la folie, mais elle espérait pouvoir lui faire confiance. Et de toute façon elle disait vrai : elle avait du mal à garder les yeux ouverts.

Mac l'accompagna jusqu'à la porte. La prenant par les épaules, il la tourna vers lui et, les yeux dans les yeux, lui demanda :

— Tout va bien, chérie ?

Elle détacha le ruban qui retenait ses cheveux et les secoua. Son mouvement de tête fit cascader la masse de ses boucles brunes à la Jennifer Lopez, rehaussant sa beauté de bombe latine. Une vision de rêve, songea Mac, et son visage s'éclaira d'un sourire.

— Allons, chérie ! la pressa-t-il. Ne me dis pas que tu es jalouse d'Allie ? Elle est paumée, c'est tout ! Je n'éprouve aucun sentiment pour elle.

— Je sais, acquiesça-t-elle, avant d'ajouter en esquissant une moue taquine : Fais quand même attention, d'accord ?

Sur ces mots, elle enfourcha sa Harley et, Tesoro bien en sécurité à l'intérieur de son blouson de cuir fermé, rejoignit Pacific Coast Highway en direction de Santa Monica et de Marina del Rey. Avait-elle pris la bonne décision en s'éclipsant de la sorte ? Elle n'en était pas si sûre.

17

Le bruit de la moto de Sunny s'était évanoui au loin. Roddy mit Fussy sur ses genoux et entreprit de lui faire goûter la pizza.

— Tiens, elle aime les anchois ! s'étonna-t-il en lui donnant un autre morceau.

Cette fois, la petite chienne lui mordit le doigt. Contrarié, il jeta un coup d'œil à Allie qui poussa un soupir et déclara qu'elle était désolée.

— Voyez-vous, expliqua-t-elle, le problème de Fussy est qu'elle n'a qu'un seul amour : Ampara, ma gouvernante. Vous n'imaginez pas le nombre de fois où elle a mordu Ron.

Mac vint s'asseoir à côté d'elle.

— À propos, l'avez-vous vu récemment ?

— Non. Il était convoqué au tribunal la semaine dernière, dans le cadre de la procédure de divorce. Il ne s'est pas présenté. Ils lui ont envoyé une sommation, en vain puisqu'il est introuvable.

— Vous pensez qu'il fuie les problèmes liés au divorce ?

— Bien sûr. Vous voyez une autre explication à sa disparition ? À moins qu'il soit parti avec l'autre femme.

Mac secoua la tête.

— Je peux vous rassurer à ce sujet. Il n'est pas avec l'autre femme, je vous le garantis. Elle aussi ignore où il est.

— Puis-je vous demander comment vous savez cela ? s'enquit Allie, l'air intriguée.

— Je préfère ne pas vous en dire plus. En tout cas, vous n'avez pas à vous inquiéter de ce côté-là.

— Ce n'est pas la première aventure de Ron. Il a même engagé l'une de ses maîtresses en tant que « secrétaire » et lui a offert des cadeaux très chers. Les factures étaient censées être envoyées à son bureau, mais je les recevais parfois par erreur… C'était un homme généreux, ajouta-t-elle d'une voix teintée d'ironie. Je me rappelle une montre en diamants plus chère que celle qu'il m'avait offerte.

Elle esquissa un sourire et reprit :

— J'ai eu de la peine mais, pour vous dire la vérité, au point où j'en étais, un simple bouquet de marguerites m'aurait comblée.

— Vous valez mieux que ça, affirma Mac.

— Maintenant, je peux me permettre d'acheter mes propres diamants, répondit-elle en haussant les épaules d'un air désabusé. Ce n'est pas vraiment la même chose, vous me comprenez.

— Donc, vous en êtes là, avec votre mari ?

— Nous en étions là il y a quinze jours. Mais où est passé Ron, depuis ? Mystère.

— C'est exactement ce que Demarco m'a demandé aujourd'hui.

— Sam Demarco ? répéta-t-elle d'une voix furieuse. Il se prétend un ami, mais il s'est gagné les faveurs de Ron en le persuadant de prendre la vie à la légère. « Aie du bon temps, amuse-toi avec les filles, pars en vacances », lui disait-il. Je reproche à Demarco d'être en partie responsable de notre rupture.

Mac resta songeur un instant avant de remarquer :

— Ainsi, Ron semble avoir quitté la ville sans laisser d'adresse. Et puisque la maîtresse est éliminée, voyez-vous une quelconque autre raison pour laquelle il aurait voulu disparaître ?

— Ses affaires, vous voulez dire ? Je ne suis au courant de rien, répondit-elle d'un ton dégagé.

— Si Ron mourait, hériteriez-vous ?

Les longs cheveux blonds d'Allie volaient dans la brise. Dans un geste d'une grâce de danseuse, elle les dégagea de ses yeux.

— Je sais seulement que je suis censée obtenir une pension alimentaire.

— Sans oublier tout ce que vos avocats pourront négocier. Étant donné la réputation de Ron avec les femmes...

— Exactement !

D'un clin d'œil, Roddy fit comprendre à Mac qu'il allait rentrer, avant d'annoncer :

— Bien, il est temps pour moi d'aller dormir. Si vous avez besoin de quoi que ce soit, n'hésitez pas, enchaîna-t-il en sortant une carte de visite de son portefeuille pour la tendre à Allie, avant de se pencher pour l'embrasser sur la joue.

— Merci encore, Roddy, déclara-t-elle en souriant. J'ai été ravie de vous connaître.

— Tout l'honneur est pour moi.

Il recula, s'inclinant comme un manant devant une reine, et s'écrasa presque contre la porte vitrée. Mac et Allie éclatèrent de rire.

— Comme il est gentil, constata Allie, une fois Roddy parti.

— Oui, acquiesça Mac.

Ils se turent. Derrière eux grondait l'océan tandis que les vagues venaient se briser sur les rochers. Un pélican solitaire fendait la nuit de ses ailes blanches.

— Et Sunny aussi, renchérit Allie. Elle est très belle.

— Oui, répéta Mac.

Ils se fixèrent droit dans les yeux. Le silence se fit plus dense. Un monde de possibilités s'offrait à eux.

Mac finit par briser le charme. Il leur servit un nouveau verre de vin et lança un reste de pizza à Pirate. Le bâtard l'avala goulûment sous le regard de Fussy qui, sur les genoux de sa maîtresse, faisait onduler sa frange comme une star de cinéma.

— Comment avez-vous trouvé Pirate ? demanda Allie en dégustant son vin.

— Je lui ai sauvé la vie.

— Racontez.

— Eh bien voilà : comme on dit dans les vieux contes, par une sombre nuit de tempête, je traversais Malibu Canyon quand je l'ai aperçu, allongé sur la route. Un petit bâtard sale, couché là, la tête ensanglantée, avec une patte si abîmée qu'elle pendait, comme cassée. Je me suis penché pour le caresser, en pensant que c'était une drôle de façon de mourir, renversé par un chauffard sur une route. Et soudain, le clébard a ouvert un œil et m'a regardé. Ça m'a fait un choc, je peux vous l'affirmer ! Je le croyais mort, mais il avait l'air plein d'espoir. Il ne me restait plus qu'à l'envelopper dans ma veste, à le mettre à l'arrière de ma voiture et à le conduire aux urgences, à la clinique vétérinaire de Santa Monica. J'ai payé la somme nécessaire, leur ai demandé de faire au mieux, puis j'ai repris ma route, heureux d'avoir donné au pauvre diable au moins une chance de s'en tirer. Je devais m'absenter une semaine. Quand je suis rentré, j'ai trouvé un message du vétérinaire qui disait : « Nous avons dû amputer la patte arrière de votre chien et lui retirer un œil. Il est en convalescence. Il vous attend et est prêt à rentrer chez lui. » Je l'ai tout de suite rappelé : « Comment ça, il m'attend ? Il n'est pas à moi. Je l'ai juste ramassé dans le canyon avec l'espoir de le sauver. » Et vous savez ce qu'a répondu le vétérinaire ? « Un vieux proverbe chinois dit : "Si vous sauvez une vie, vous êtes responsable de cette âme pour toujours." Il est à vous, monsieur Reilly, venez le chercher. » J'ai fini par céder. Malgré son piteux état, le chien m'a fait une fête comme si nous nous connaissions depuis toujours. Et aujourd'hui, j'ai l'impression que c'est le cas. Sans lui, je ne serais rien.

Le prenant au dépourvu, Allie s'empara de sa main et demanda :

— Et dites-moi, Mac Reilly, que seriez-vous sans Sunny ?

Stupéfait, Mac prit une profonde inspiration. Il avait en face de lui l'une des plus belles femmes du monde. L'une des plus célèbres, des plus désirables. La tentation flottait entre eux, aussi légère qu'une soie vaporeuse.

— Je ne pourrais jamais me passer de Sunny, finit-il par répondre d'un ton placide.

Allie étouffa un soupir. Se faire éconduire n'était jamais très agréable. Elle saisit son sac, ramassa Fussy.

— J'apprécie votre honnêteté. Mais il se fait tard. Je dois rentrer.

Il l'escorta jusqu'à sa voiture. Avant d'y monter, elle le regarda droit dans les yeux.

— Je vous ai demandé de m'accompagner à Cannes. Vous m'avez répondu « Peut-être ». Ce « Peut-être », est-ce une promesse ?

Mac l'attrapa par les épaules.

— Beaucoup dépend de votre réponse, continua-t-elle. Vous ne saurez jamais à quel point.

Il l'embrassa délicatement sur les deux joues. Elle avait la peau veloutée comme une pêche.

— Peut-être, répéta-t-il.

Elle posa la main sur la poignée de la portière et, encore une fois, se tourna vers lui.

— Mac, les hommes riches ne disparaissent pas comme ça, n'cst-ce pas ?

Il fit non de la tête.

— Surtout ceux qui ont une dette envers leur femme, dit-il.

Elle hocha la tête.

— C'est bien ce que je pensais. Vous trouverez Ron pour moi, quand même ?

— Je ferai mon possible.

Elle sourit, de ce divin sourire dont tous les cinéphiles étaient tombés amoureux.

— Je ne peux pas demander mieux.

Après avoir regardé Allie s'éloigner, Mac rentra, son chien sur ses talons. Tout le monde, un jour ou l'autre, laissait passer une occasion en or, se dit-il avec une pointe de mélancolie. Ce qui prouvait une fois de plus que, dans la vie, il fallait être prêt à saisir sa chance.

De retour sur la terrasse, il se laissa bercer par le bruit du ressac. Mille pensées se bousculaient dans son esprit, au sujet du milliardaire volatilisé, des lettres de menaces et de leur auteur. Rien ne lui plaisait dans cette histoire.

117

Il décida d'appeler Lev Orenstein et lui exposa la situation.

— Allie ne veut pas entendre parler de la police. Par conséquent, c'est à nous d'élucider l'affaire.

— Je la protégerai. Je traquerai ce dingue, répondit son collègue. Quant au reste, ça dépend de toi.

Malgré son inquiétude, Mac savait qu'il avait raison. Maintenant, ils étaient trois à le presser de retrouver Ronald Perrin. Sa femme qui voulait un divorce. Sa maîtresse qui voulait le mariage. Et son associé qui voulait le retour de son ami et qu'il soit blanchi de tout soupçon d'opérations financières frauduleuses. Ronald Perrin était un homme très demandé.

Les pensées de Mac revinrent à Sunny. N'avait-il pas dit ce soir devant elle, l'amour de sa vie, qu'il envisageait de partir pour le sud de la France en compagnie d'une star dont la beauté était de notoriété internationale ? Il pourrait se considérer heureux si Sunny voulait encore lui adresser la parole. Il était un peu tard pour l'appeler. À cause du décalage horaire, elle dormait sans doute déjà. Il allait plutôt lui envoyer un texto :

« J'espère que tu vas récupérer du décalage horaire. Tu me manques terriblement. La marina est beaucoup moins loin que Rome. Ai-je une chance de me faire inviter à dîner chez toi demain soir ? Pour des *tamales,* par exemple. À propos, non, je n'accompagnerai pas la sublime star de cinéma à Cannes. J'étais juste "poli". JTM, chérie. »

Quand il se réveilla le lendemain matin, il trouva sa réponse.

« Chez moi, dix-neuf heures. Oublie les *tamales,* je connais d'autres recettes. »

19

Sunny avait prévu son menu spécial séduction. Elle savait que, dans le fond, Mac était de la vieille école. En entrée, elle servirait une soupe de courge butternut, au goût sucré et velouté, parsemée d'éclats de biscuits aux amandes et de cannelle. Malgré sa simplicité, la recette faisait toujours son petit effet. Suivrait le poulet chasseur que Mac affectionnait tout particulièrement. Puis son dessert préféré : un gâteau au citron aussi léger qu'une plume, servi avec une glace au chocolat, light pour se donner bonne conscience. La priorité était de flatter les papilles de son homme.

Comme boissons, elle avait prévu du champagne Henriot, une marque réputée en France, et une bouteille de Ducru-Beaucaillou, un bordeaux d'un prix exorbitant qui devait être ouvert la veille pour respirer.

Tout était planifié avec le plus grand soin. Elle avait mis un couvert ravissant, des sets de table gris anthracite, une couleur très masculine pour faire honneur à son hôte, des assiettes carrées blanches et de l'argenterie sobre. La seule fioriture était le vase de cristal rempli de roses Sterling à l'étrange couleur lilas.

Sunny portait pour l'occasion sa tenue la plus féminine, une petite robe de soie charmante et un peu coquine, du même mauve que les roses, avec de fines bretelles et un décolleté plongeant bordé de dentelle. Aux pieds, des sandales argentées à très hauts talons qui avaient quatre ans mais dont elle était folle. Des Jimmy Choo, naturellement.

Ses cheveux bruns vaporeux tombaient sur un œil en une mèche sensuelle. Elle avait mis son rouge à lèvres Dior du soir, grenat, et s'était parfumée d'un nuage de *Mitsouko* de Guerlain. Malgré la douceur de la soirée, elle avait allumé la cheminée à gaz aux fausses braises rougeoyantes. Neil Young fredonnait *Harvest Moon* et des petites bougies scintillaient dans l'ombre.

Ce soir, pour une fois, tout était en ordre, constatat-elle en jetant un coup d'œil approbateur à la ronde. Mac n'avait pas besoin de savoir qu'elle avait tout fourré pêle-mêle dans des placards et des tiroirs. Autrement dit, pendant des semaines, elle ne trouverait rien, mais la soirée en perspective en valait la peine.

Elle aimait son appartement, en dépit de ses imperfections. Le canapé tendu de lin crème, à la fois chic et miteux, était un peu défoncé, et pourtant elle y passait des heures à regarder la télévision ou à mettre à jour la paperasse en retard, avec Tesoro sur les genoux. Le bureau de verre aux pieds en acier tordu, une acquisition récente de chez Williams-Sonoma Home visant à apporter une élégante touche contemporaine à sa décoration intérieure, était constamment couvert de papiers et de traces de pattes de Fussy. Quant au tapis de style Santa Fe offert par sa mère, il détonnait dans ce cadre, et glissait sans cesse sur le sol car elle n'était jamais parvenue à trouver des ventouses pour le fixer. Elle en aimait cependant les couleurs vives, qui lui rappelaient son pays.

Face à la cheminée, sur une table basse en bois dénichée au marché aux puces, s'alignait un assortiment de vases remplis de fleurs fixées dans des graviers gris. Les murs voisins étaient couverts de photos de son *abuela*, de sa famille, de ses amis. La place d'honneur revenait à ses deux grandes amours de jeunesse : sa première Harley et sa pouliche alezane, Junon. Junon, qui avait partagé sa vie pendant quatorze belles années, lui manquait toujours. Sunny ne pouvait jamais regarder son image sans avoir le cœur serré par l'émotion. Et la Harley lui rappelait ses années d'insouciance. Le mur du fond était pour sa part occupé par des rayonnages sur lesquels s'entassaient des livres.

Les bougies du vieux chandelier d'argent à multiples branches posé sur la table de la salle à manger diffusaient dans la pièce un parfum léger de cire d'abeille et de miel. Ce chandelier, la seule véritable antiquité appartenant à Sunny, était l'objet auquel elle tenait le plus car il lui avait été offert par sa grand-mère. Le pendant se trouvait chez sa sœur, Summer.

L'atout majeur de cet appartement était l'immense baie vitrée surplombant la marina qui scintillait de tous ses feux, d'après Sunny. Ce splendide panorama avait arrêté son choix. Le soir, le soleil couchant embrasait le ciel, la brume tombait et, graduellement, les lumières apparaissaient. Un peu comme si c'était tous les jours Noël. Mais quand Noël arrivait vraiment, le spectacle de la parade des bateaux décorés et illuminés était à couper le souffle. Frissonnante dans la froide nuit de décembre, un grog à la main, la jeune femme l'admirait de sa terrasse en compagnie de Mac.

Sunny alla prendre dans le réfrigérateur une figue recouverte de chocolat et mordit dedans à belles dents. Pourquoi diable était-elle incapable de réfréner ses envies de sucreries ? s'interrogea-t-elle. Ne savait-elle pas qu'elles allaient se loger directement sur ses fesses ? Elle poussa un soupir. Après tout, la vie était faite de petits plaisirs. De gourmandises, tout particulièrement. Et ces figues étaient divines.

La cuisine, elle, était immaculée, comme d'habitude. Tout devait être à sa place pour la fine cuisinière qu'elle était : couteaux, épices, vaisselle. Et ce soir, elle avait bien l'intention de faire oublier Allie Ray à Mac, même si le répit serait sans doute de courte durée.

121

Les pensées de Sunny dérivèrent sur la star. Elle avait été particulièrement frappée par sa solitude. Comment une femme qui avait un tel succès, autant de relations et que tant de gens auraient voulu connaître, pouvait-elle être si seule ?

Se ressaisissant, Sunny s'empressa de chasser Allie de son esprit. Ce soir, Mac serait tout à elle. Et s'il persistait à ne pas se décider, ce serait peut-être elle qui, pour finir, le demanderait en mariage !

La sonnette retentit, et quand elle ouvrit la porte elle resta un moment à contempler Mac. Comme il était beau, cet homme qui se disait insignifiant ! constata-t-elle une fois de plus, les jambes en coton, le cœur battant la chamade. Il était tout sauf banal. Elle aimait son long corps musclé, ses cheveux bruns dans lesquels elle avait envie de passer ses doigts, et lorsque ses yeux bleus plongeaient dans les siens, elle aurait pu jurer qu'il lisait dans son âme. Il avait de belles mains, minces et osseuses, des mains fermes qui savaient se faire douces et tendres quand il le fallait. Elle les appelait ses mains « romantiques », et c'était bien le terme approprié.

Elle alla se blottir dans les bras tendus et se grisa du parfum familier de sa peau. Elle reconnut son after-shave, l'odeur du shampooing dans ses cheveux fraîchement lavés et, sur son vieux pull de cachemire, celle de Pirate ainsi qu'un soupçon de parfum féminin. Chanel, crut-elle reconnaître.

Toujours enlacés, ils titubèrent dans le salon, leurs lèvres soudées.

— Ne me quitte jamais, murmura Mac.

Un frisson de bonheur traversa la jeune femme. Comme elle l'aimait ! Mais elle remarqua alors Tesoro à leurs pieds, son joli petit museau de chihuahua levé.

— Oh, oh ! fit-elle, pleine d'appréhension.

Intrigué, Mac se détacha d'elle. La chienne reniflait ses chaussures et soudain, avec toute la délicatesse de sa race, elle les aspergea de vomi.

Sunny poussa un cri, Mac un gémissement, et Tesoro battit en retraite vers le canapé, où elle s'installa pour se lécher avec nonchalance.

— Cette chienne est vraiment impossible ! s'exclama Mac, alors que Sunny courait chercher des serviettes en papier. Pirate n'est qu'un bâtard des rues de Los Angeles et pourtant jamais il ne ferait une chose pareille ! Quel est le problème de ces bêtes à pedigree ? Elles croient être dispensées de bonnes manières ?

— Beau résultat, cette éducation ! acquiesça Sunny avec humilité, en s'empressant de servir le champagne dans l'espoir d'apaiser sa colère.

Tesoro avait failli gâcher leur soirée romantique, mais les bulles semblèrent faire leur effet. Ils s'assirent et bientôt, main dans la main, la conversation porta sur Demarco et Perrin.

— Je ne suis pas tout à fait sûr du rôle de Demarco, déclara Mac. S'il est vraiment l'associé de Ronald Perrin, c'est récent, j'en mettrais ma main à couper. Et s'ils projettent une OPA ensemble, il aura besoin de son copain Perrin. Je ne crois donc pas qu'il ait quelque chose à voir avec sa disparition. D'autant qu'il m'a demandé de le retrouver. Quant à Allie, elle ne paraît pas si heureuse d'être débarrassée de son milliardaire de mari. En tout cas, maintenant, en comptant Marisa, ils sont trois à vouloir que nous le recherchions.

— Tu seras payé pour tout ça ? demanda Sunny en sirotant son champagne.

— Je suis en train de conclure un arrangement financier avec Demarco. Allie Ray paie plus que généreusement pour que je sois sur le pont vingt-quatre heures sur vingt-quatre, sept jours sur sept, non seulement pour retrouver son mari, mais aussi pour coincer le dingue qui la harcèle et qui pourrait devenir une menace majeure. Quant à Marisa, je pense qu'elle est là en spectatrice.

— Ah ! lâcha Sunny d'un ton dédaigneux.

— Quoi, ah ?

— Tu n'es pas près de faire fortune.

Il lui sourit.

— Mais tu sais combien je m'amuse.

Changeant de sujet, Mac la complimenta sur sa robe, les fleurs, allant même jusqu'à la féliciter pour l'ordre dans l'appartement. Pendant qu'elle servait la soupe, il sortit sur la terrasse pour admirer la marina. Sunny ayant mis de la musique en bruit de fond, ils commencèrent à dîner. La façon dont il fit honneur à son entrée combla tous ses espoirs. L'ambiance était de nouveau au romantisme. Elle le gratifia d'un sourire radieux. Une chose était sûre, elle savait comment gagner le cœur d'un homme.

L'excellent bordeaux qui accompagnait le plat principal acheva de détendre le détective. Oubliant le dessert, ils prirent leurs verres encore pleins et, bras dessus, bras dessous, se dirigèrent vers la chambre. Le lit était prêt, avec les oreillers empilés sur les draps anciens monogrammés – un cadeau de la mère de Sunny – et un plaid en cachemire moelleux qui réchaufferait leurs deux corps s'ils avaient froid. Ce qui ne risquait guère d'arriver.

Dans la pièce à l'éclairage tamisé, sur un fond de musique invitant à l'amour, leur destin les attendait.

Sunny laissa Mac la déshabiller. Il n'y avait pas grand-chose à retirer, mais elle aimait la façon dont il prenait son temps, la faisant languir. Il la souleva dans ses bras et l'allongea sur le lit.

Ils s'apprêtaient à s'envoler au septième ciel quand il y eut un grognement menaçant. Sunny ouvrit les yeux juste à temps pour voir Tesoro se jeter sur Mac, toutes griffes dehors.

Le cri qu'il poussa n'avait rien de passionnel. Il s'assit d'un bond en jurant contre la chienne qui l'enveloppa d'un regard dédaigneux avant de s'éloigner de nouveau.

Sunny se précipita pour chercher cette fois de la pommade. Elle en mit sur les marques de griffure qui s'étalaient dans le dos de son amant, lui arrachant un nouveau hurlement de douleur.

— Pense aux voisins, lui rappela-t-elle. Ils vont croire que nous nous battons et appeler la police.

— Dis-leur plutôt d'appeler la fourrière, rétorqua-t-il, toujours sous le coup de la douleur.

Elle soupira. La vie était bien étrange : cet homme qui savait esquiver les balles et déjouer les tueurs se faisait piéger par un chihuahua. Décidément, sa soirée romantique était vouée à tomber à l'eau !

— Que dirais-tu d'une grappa ? proposa-t-elle avec un enthousiasme feint.

— D'accord, acquiesça Mac qui se rhabillait déjà. À condition que nous la buvions chez moi. C'est plus sûr.

Ils laissèrent donc la pauvre Tesoro réfléchir à ses actes en se léchant les pattes.

Le charme de Malibu ne tarda cependant pas à opérer. Ils se retrouvèrent enlacés dans le lit de Mac, Sunny prenant grand soin de ne pas frôler les blessures de son amant. Quant à Pirate, il se montra beaucoup plus civilisé que Tesoro : roulé en boule dans un coin, il dormait à poings fermés. Tout n'était de nouveau que douceur et tendresse. Comme c'était bon ! jubila Sunny en s'endormant dans les bras du détective de son cœur.

La demande en mariage attendrait, toutefois. Mais que pouvait-on faire quand votre chien fichait en l'air votre vie sentimentale ?

20

Le lendemain matin, après le départ de Sunny qui s'était levée tôt pour aller tenter d'amadouer sa chienne, Mac résolut de se rendre à pied au restaurant Coogies. Il avait envie d'un café vraiment corsé et de pancakes aux myrtilles. Aucune décision n'ayant été arrêtée, son émission télévisée était suspendue et, pour une fois, il pouvait disposer de son temps libre comme bon lui semblait.

Il siffla Pirate et, heureux de vivre, se dirigea vers la sortie de la Colony. Il adressa au passage un petit salut de la main au garde puis, sans se presser, partit pour Pacific Coast Highway. Il remarqua alors, garée sur le bas-côté gauche sablonneux, une vieille et poussiéreuse Cadillac bordeaux avec un homme au volant.

Ce n'était pas la première fois qu'il voyait ce visage émacié au teint olivâtre, avec une barbe qui semblait être un postiche et des lunettes noires. Il avait déjà aperçu ce type arpentant la plage à pas lents.

S'approchant du véhicule, Mac se pencha à la hauteur de la vitre baissée et lança :

— Bonjour. Vous avez un problème ?

L'homme le fixa en silence – sa barbe était réelle, constata Mac –, puis il répondit avec un soupir :

— J'aurais dû me douter que vous finiriez par me repérer, car bien sûr je sais qui vous êtes... Sandy Lipski, détective privé, se présenta-t-il en lui tendant sa carte.

Pas très discret pour un privé, songea Mac. On le repérait à dix kilomètres à la ronde.

— Nous devons parler, continua Lipski.

— De quoi ?

— De Ronald Perrin.

Il prit soin de ne pas montrer sa surprise. Il aurait pu se contenter de monter dans la voiture de Lipski et de dire : « Eh bien, parlons », mais il préférait voir les gens dans leur cadre. Cela l'aidait à cerner leur personnalité.

— D'accord, acquiesça-t-il, allons à votre bureau. Je prends ma voiture et je vous suis.

Dès qu'il pénétra dans le bureau de Lipski, dans une petite rue de Santa Monica, Mac comprit à quel genre de personnage il avait affaire. La pièce exiguë était meublée de classeurs à tiroirs fatigués, d'une table bancale, d'une vieille chaise à haut dossier pour le privé et d'un fauteuil d'aéroport défraîchi pour ses clients, avec un distributeur d'eau réfrigérée et sa pile de gobelets dans un coin. Les carreaux des fenêtres étaient noirs de crasse, le plancher était rayé par endroits, les stores déchirés. Comme souvent au bord de la mer, où la brise marine était censée remplacer l'air conditionné, il n'y avait pas de climatiseur. Pourtant, ici, il faisait cruellement défaut. Mac se blinda contre l'odeur de tabac froid et passa aux choses sérieuses.

— Tout d'abord, parlez-moi de vous, lança-t-il en s'installant aussi confortablement que possible sur le siège d'aéroport.

L'histoire de Lipski était étrangement familière. Renvoyé de la police en raison de son addiction à la drogue, il avait sombré dans la déchéance. Mais au bout de quelques années il s'était inscrit en cure de désintoxication et, une fois guéri, s'était installé comme détective privé.

— Rien de grandiose, précisa-t-il en allumant une Marlboro. Juste de l'espionnage pour des femmes désireuses de savoir si leur futur mari a un passé. Ou encore d'en apprendre davantage sur leur « présent » – une maîtresse, par exemple. La filature de maris infidèles dans des motels. Ce genre de choses.

Il inhala une longue bouffée de cigarette. La cendre tomba sur sa chemise. Mac attendit. Sa technique de garder le silence pour faire parler l'autre marchait à tous les coups.

— J'ai rencontré Ruby Pearl en cure de désintoxication. Nous nous encouragions mutuellement. Elle était blonde, jolie, pleine d'entrain. Elle me faisait rire. J'en étais très amoureux. Et puis elle a rencontré un autre homme. Elle m'a dit l'avoir connu sur Internet, qu'il était vraiment riche. Quand elle a commencé à sortir avec lui, elle m'a largué. Je n'aurais jamais pu lui payer les cadeaux qu'il lui offrait, même si j'avais travaillé vingt-quatre heures sur vingt-quatre. Une montre en diamants, par exemple. Comment aurais-je pu faire le poids ? demanda-t-il avec un haussement d'épaules résigné.

Mac dressa l'oreille. C'était la deuxième fois qu'il entendait parler d'une montre en diamants.

— Mais je l'aimais toujours, reprit Lipski. Vous savez ce que c'est : il est impossible de se sortir certaines femmes de l'esprit. J'aurais recommencé avec elle en une seconde. Or elle a disparu. Elle s'est volatilisée, comme on dit. J'ignorais à ce moment-là qui était le type qu'elle voyait, je savais juste qu'il était riche. Des mois se sont écoulés. La police a classé l'affaire dans le dossier des disparus. Autrement dit, on ne la cherchait même plus, hein ? Je ne pouvais pas rester sans rien faire, il fallait que je sache ce qui s'était passé. Une fille comme ça ne disparaît pas du jour au lendemain, quelqu'un devait y être pour quelque chose. J'ai alors découvert par un vieux copain du commissariat central de Los Angeles que Ronald Perrin l'avait engagée comme secrétaire et qu'elle était devenue sa maîtresse... Je suis certain qu'elle est morte, ajouta Lipski avec calme. J'ai ce pressentiment, je flaire quelque chose de louche.

— Je comprends, dit Mac.

128

Décidément, Ronald Perrin était dans de beaux draps ! Pas étonnant qu'il se soit évanoui dans la nature.

— C'était moi, l'autre soir, chez Perrin, précisa Lipski.

— Comment êtes-vous entré ?

— Il suffit parfois de connaître quelqu'un, répondit-il avec un haussement d'épaules désabusé. Un employé nourrissant un grief envers son patron, prêt à voler la clé pour vous… Je gagne ma vie en trouvant qui… pourquoi… Quoi qu'il en soit, j'ai la clé et le code de l'alarme.

— Non ? s'exclama Mac. Ça a été aussi simple que ça ? Lipski secoua la tête.

— Non. Je suis particulièrement malin.

Mac se mit à rire. Apparemment, l'habit ne faisait pas le moine. Il avait affaire à une fine mouche.

— J'ai vu Perrin sortir dans la rue et j'ai pensé que la maison était vide, reprit-il. Ça m'a fait un drôle de choc quand la femme est descendue. Et avec un revolver, en plus ! Je ne lui voulais aucun mal, mais je ne tenais pas non plus à me retrouver en prison pour effraction. Pour arriver à m'enfuir, je l'ai poussée. Elle est tombée et j'ai pris mes jambes à mon cou. Je ne me suis pas trompé en estimant qu'elle aurait bien trop peur pour me poursuivre avec son arme. J'ai réussi à filer sans problème.

— Que cherchiez-vous chez Perrin, au juste ?

— Des preuves, répondit Lipski, laconique. Il a tué ma petite amie. On devrait pouvoir découvrir quelque chose, non ?

Ses yeux très noirs qui paraissaient enfoncés dans son visage étroit plongèrent droit dans ceux de Mac.

— Vous devez m'aider, monsieur Reilly. Je vous en prie. S'il vous plaît.

21

En proie à un sentiment de profonde solitude, Allie, à sa fenêtre, luttait contre cette impression étrange et familière d'être coincée dans la prison qu'elle s'était construite pendant que le reste du monde s'amusait. C'était comme un relent des dimanches de son adolescence quand, dans sa petite ville du Texas, il lui semblait passer à côté de la vie.

Ses pensées allèrent à la belle Mexicaine. Jamais Sunny Alvarez ne s'autoriserait à passer à côté de la vie. Sa superbe chevelure brune emprisonnée dans un casque argenté, elle fonçait sur la voie rapide avec sa Harley, comme Hermès en plein vol. Ne lui avait-elle pas dit de l'appeler si elle avait besoin de parler ? Et que, parfois, l'opinion d'une autre femme pouvait aider à y voir plus clair ?

Mais elle avait dû lui faire cette suggestion par politesse. Sunny profitait bien trop de chaque minute pour avoir envie de perdre son temps à écouter ses doléances. Il était vrai que, pour les autres femmes, ses plaintes pouvaient paraître égoïstes : Allie Ray n'était-elle pas censée avoir tout ce que l'on pouvait désirer ?

Après avoir longuement hésité, Allie se décida enfin à prendre son BlackBerry. La sollicitude dans le regard de Sunny avait paru sincère. Après tout, hormis sa dignité, qu'avait-elle à perdre ? Ayant obtenu le numéro par les

renseignements, elle le composa. Sunny décrocha immédiatement.

— Bonjour, Allie, fit-elle, un peu étonnée. Je suis
contente de vous entendre.

— Vraiment ? demanda son interlocutrice, non moins
surprise.

— Bien sûr, vraiment ! Ça vous dirait d'aller prendre
un café ? Au Starbucks, par exemple… Ah, mais j'oubliais !
Vous ne pouvez même pas sortir boire quelque chose, vous
risqueriez de provoquer une émeute de fans. Et si vous
veniez chez moi ?

— Vous êtes sûre que je ne vais pas perturber votre
journée ? s'enquit la star avec précaution.

— Absolument pas ! la rassura son interlocutrice, même
si ce n'était pas tout à fait la vérité. Un espresso, ça vous
ira ?

— Parfait ! répondit Allie, oubliant ses réserves sur la
caféine.

Après lui avoir donné son adresse, Sunny appela le client
potentiel avec lequel elle avait rendez-vous pour le prier de
l'excuser : elle avait un contretemps, elle le recontacterait.
Même si cela lui coûtait un contrat, elle devait s'occuper
d'Allie Ray qui était seule et avait besoin de parler. Elle lui
avait promis de l'écouter.

Une demi-heure plus tard, l'actrice sonnait chez Sunny.
D'un coup d'œil à la ronde, elle nota le style décontracté
de la décoration, les photos de la Harley, de Junon, et le
désordre de bon aloi.

— Désolée pour tout ce fatras, s'excusa son hôtesse en
se précipitant vers le canapé encombré par des piles de
papiers. Je ne comprends pas pourquoi, ça revient toujours.
Mettez-vous à l'aise.

Allie s'assit sur le rebord du canapé et désigna le tee-
shirt que son hôtesse portait avec son jean. *LOVE IS ALL
YOU NEED*, proclamait-il en lettres scintillantes.

— Vous y croyez vraiment ? Moi non, mais c'est une pensée bien agréable.

Elle se releva et suivit Sunny jusqu'à la cuisine. Étonnée par le contraste qu'offrait la pièce immaculée, elle se jucha sur un tabouret devant le bar central.

— À quoi d'autre croyez-vous ? demanda-t-elle.

Sunny leur servit deux cafés dans des petites tasses vert sombre et réfléchit un instant :

— Je crois à l'honnêteté, à la loyauté… À un bon amant, à la fête, ajouta-t-elle avec un sourire.

— Et à l'amour.

— Ça va avec le reste, affirma-t-elle en poussant un sucrier et des sucrettes vers son invitée.

Elle but une gorgée de café, puis s'accouda sur le marbre noir du bar.

— Alors, où en êtes-vous, Allie ? s'enquit-elle.

— Je ne sais pas trop, en fait, répondit cette dernière avec un haussement d'épaules las. Je souffre surtout de solitude. C'est l'un des pires sentiments au monde. Juste avant de vous téléphoner, je pensais à mon adolescence. J'avais exactement cette impression, d'être condamnée à rester prisonnière d'une vie grise et étouffante pour toujours. Aujourd'hui, malgré mon succès, il semblerait que je sois revenue au point de départ.

— Pourtant, vous êtes parvenue à vous en échapper, à l'époque ?

Allie leva sa tasse de café en guise de salut.

— C'est vrai. J'ai pris mes cliques et mes claques et n'ai laissé aucune trace. Je ne veux plus revoir ma ville natale. Jamais ! J'ai filé, direction Vegas. Vous voyez une autre destination pour une fille dans mon genre ? J'étais serveuse, je préparais les cocktails, je passais de casino en casino. Ces atroces tenues moulantes et dénudées que l'on me faisait porter…

Les yeux mi-clos, elle s'interrompit, comme perdue dans ses souvenirs. Puis elle reprit :

— Ensuite, j'ai trouvé un job dans un *steak house*. Après ce que j'avais vécu, c'était le paradis. Je me sentais en sécurité. Et j'y ai rencontré mon premier mari... C'était un homme gentil, vous savez, poursuivit-elle avec conviction en fixant des yeux Sunny. Il me traitait comme une dame. Et croyez-moi, à ce stade, j'étais loin d'être une dame. Je vous en parlerai après.

— Je comprends, se contenta de répondre Sunny.

Allie n'avait pas besoin de se montrer plus explicite, ses premières activités n'étaient pas difficiles à deviner !

— Il n'était pas vraiment riche, continuait-elle, mais, pour moi, il l'était. Je n'avais jamais rencontré quelqu'un qui pouvait vous emmener dîner dans un grand restaurant et dire : « Prends ce que tu veux, chérie. » Il m'offrait des cadeaux, des fleurs, des bijoux. Il était plus âgé : il avait la cinquantaine, moi, dix-huit ans. Je pouvais me reposer sur lui. J'avais besoin de lui, je suppose. Alors, quand il m'a demandée en mariage, j'ai accepté. Et je me suis retrouvée encore une fois prise au piège. Mais j'ai été une bonne épouse. Quand il a voulu que je démissionne, je suis restée à la maison. Je lui faisais à dîner, je regardais la télévision avec lui. J'essayais de paraître plus âgée et je racontais que j'avais vingt et un ans. Tout le monde s'en fichait sûrement, moi pas. Je désirais me sentir à ma place.

— Et vous y étiez ? demanda Sunny en lui versant un autre café avant de s'asseoir sur le tabouret à côté d'elle.

— Pas vraiment, avoua-t-elle avec un soupir. Je l'ai quitté, je suis partie pour New York. Nous avons divorcé un an plus tard. Je n'ai plus jamais entendu parler de lui.

— Mariée à dix-huit ans, divorcée à vingt ! s'exclama son interlocutrice qui avait peine à dissimuler son étonnement.

— Je n'ai pas eu la chance de faire des études comme vous. Nous n'avions pas d'argent pour l'université et, de toute façon, mon père était contre. Ma mère et moi étions ses souffre-douleur, expliqua Allie en frissonnant au souvenir de cette vie sinistre. À vingt-deux ans, j'ai de nouveau travaillé comme hôtesse – dans une brasserie chic de Manhattan, cette fois. J'habitais un bouge infesté de cafards, à Greenwich Village. C'était comme si l'histoire se répétait, hormis le fait que j'étais plus âgée et un peu plus sage, et que je me savais belle. J'étais résolue à ne plus à gâcher cet atout, et quand j'ai rencontré l'homme qui est devenu mon deuxième mari, je me suis assurée qu'il était riche.

Elle marqua une pause et regarda Sunny d'un air pensif.

— Cela n'a fait aucune différence, nous avons rompu aussi. Cette fois, néanmoins, il a été correct et m'a versé une petite pension, ce qui m'a permis de partir pour Los Angeles et de louer un appartement. De même que des milliers d'autres avant moi, je voulais faire du cinéma et essayer de devenir actrice. J'étais comme toutes les jolies filles de Hollywood : je donnais l'impression d'avoir confiance en moi, alors que je n'avais jamais joué la comédie de ma vie. J'ai suivi des cours de théâtre, appris mon métier, passé des auditions, joué sur des petites scènes ici et là, des rôles sans importance. Quelques années ont filé, tout allait bien : j'avais des jobs, des seconds rôles dans des films, à la télévision. Mais je ne perçais pas. J'étais courtisée par de nombreux tombeurs de Hollywood, que je décourageais. Et puis j'ai rencontré Ron.

Elle interrompit son monologue afin de regarder de nouveau Sunny.

— Vous me comprenez si je vous dis que ce qui s'est passé entre Ron et moi était écrit ? C'était comme si nous nous étions connus dans une autre vie.

— Vous étiez folle de lui...

Allie eut un petit rire avant de répondre :

— Lui aussi était fou de moi. Nous avons lié connaissance à une soirée de Saint-Sylvestre, à Aspen. Nous avons laissé les autres invités à leurs « Bonne année ! » et à leur champagne pour regagner le chalet en bois de Ron, enseveli sous la neige, dans la forêt. Mes jolies chaussures achetées avec l'argent de mes déjeuners étaient fichues, mais je ne voulais qu'une chose : être avec lui. Et j'ai eu de la chance, il voulait être avec moi. Ron est un skieur hors pair. Il est assez trapu, mais très musclé et sportif. Quand il dévalait les pistes dans sa combinaison de ski noire, il ressemblait à un oiseau de proie. Je n'étais pas aussi douée. J'avais une combinaison blanche à capuche bordée de fourrure, un véritable équipement de star de cinéma. Il m'a fait promettre de ne plus la mettre. Il disait que porter du blanc était trop risqué ; que, s'il m'arrivait quelque chose, un accident, une chute, une avalanche, l'équipe de sauvetage ne pourrait jamais me repérer dans cette neige. Le lendemain, il m'a emmenée dans les boutiques et m'a offert une combinaison rouge vif et des bottes assorties. Puis un diamant, en gage de fidélité. « Ce n'est que le début, mais je sens dans mon cœur, dans ma chair, que c'est pour l'éternité », m'a-t-il affirmé en me prenant par les épaules et en me fixant droit dans les yeux.

Elle marqua un nouveau silence, le regard toujours rivé sur le visage de Sunny.

— J'ai alors senti nos âmes s'unir. Je savais qu'il avait raison : nous étions faits l'un pour l'autre. Nous avons pris le téléphérique jusqu'au sommet de l'Ajax où nous avons fêté nos « fiançailles » devant un chocolat chaud. Il me couvrait de petits baisers tendres. C'est un aspect de sa personnalité qu'il ne laisse jamais paraître mais, dans le fond, Ron est un grand sentimental. En affaires, dans les salles de réunion du monde entier, il s'est entraîné à rester de marbre, à ne jamais trahir la moindre émotion. À être dur et à ne céder à aucun prix... Il m'a trouvé mon premier vrai grand rôle dans le film qui m'a rendue célèbre. Même si je l'étais déjà un peu, grâce à lui j'ai tourné *Good Heavens, Miss Mary*, une comédie fraîche et romantique, à la fois sexy et glamour, le genre de film qui, depuis, est ma marque de fabrique. Ce rôle m'a permis de faire fortune.

J'étais à Hollywood depuis dix ans mais, en une soirée, je suis devenue une célébrité. Nous avons fêté mon succès par un voyage en Europe, en nous arrêtant à Paris pour faire les boutiques, puis à Saint-Tropez où nous avons passé notre temps à traîner sur la plage ou à table en buvant du rosé. La vie était douce, alors... Je dois beaucoup à Ron, conclut Allie. C'est pourquoi je ne l'oublierai jamais.

— Et maintenant vous l'avez perdu, fit Sunny avec douceur.

La star l'enveloppa d'un regard empreint de mélancolie et lui demanda :

— Vous a-t-on jamais brisé le cœur ?

— Je croyais que oui, à une ou deux reprises, constata-t-elle après un temps de réflexion. Mais en vous écoutant, j'ai su que je me trompais : je n'ai jamais connu un tel désespoir.

— Vous comprenez donc pourquoi je suis malheureuse.

— Parce que vous êtes seule, compatit Sunny en passant un bras autour de ses épaules. Et que vous souffrez.

— Je croyais avoir réussi, que tout était à sa place dans ma vie, et maintenant tout tombe à l'eau.

Allie ne pleurait pas, mais Sunny voyait des larmes perler à ses paupières.

— Merci de m'avoir parlé, lui dit-elle avec gentillesse. Jamais je ne trahirai votre confiance.

— Je suis désolée d'être venue pleurer sur votre épaule, murmura Allie avec mélancolie.

— C'est à cela que servent les amies, la réconforta Sunny en se penchant vers elle pour déposer un baiser sur sa joue.

La star prit congé, un peu embarrassée, comme si elle s'était laisser aller à trop de confidences. Elle promit à Sunny de lui téléphoner prochainement, mais, sans pouvoir se l'expliquer, cette dernière n'y crut pas. Elle espérait néanmoins que d'avoir vidé son cœur l'avait aidée d'une façon quelconque.

136

Allie était partie depuis quelques minutes à peine quand le téléphone sonna. C'était Mac. Sunny commença à lui raconter la visite-surprise.

— Plus tard, l'interrompit-il d'une voix pressante. J'ai quelque chose de plus important à te dire.

Il lui raconta alors son entrevue avec Lipski, n'omettant aucun détail – en particulier la montre en diamants de très grande valeur offerte par Perrin à l'une de ses secrétaires aujourd'hui disparue et que Lipski soupçonnait d'avoir été assassinée.

— Intéressant ! fit Sunny, en pensant à la pauvre Allie qui, en dépit de tout, voulait toujours voir son mari comme un type bien.

— Ce qui est encore plus intéressant, c'est que je m'apprête à m'introduire chez Perrin exactement comme l'a fait Lipski.

— Pourquoi ? demanda-t-elle, étonnée.

— Pour trouver des preuves, enfin !

— Tu ne peux pas faire ça. Ce serait un délit.

— Non, répliqua Mac d'une voix calme. Je n'entre pas par effraction. J'ai les clés.

— En théorie, c'est un délit.

— Je te raconterai, répondit-il en riant.

— Non, Mac, attends ! J'arrive. Promets-moi de m'attendre.

— D'accord, je promets.

22

Le soleil s'enfonçait dans l'océan telle une boule de feu, zébrant le ciel bleu électrique d'éclairs corail. La circulation sur Pacific Coast Highway était, comme à l'accoutumée, un véritable cauchemar. Coincée devant Surfrider Beach sur sa moto vrombissante, Sunny regardait les jeunes surfeurs musclés et bronzés. Certains déambulaient, de minuscules serviettes autour des hanches. D'autres, derrière leurs voitures arrêtées, retiraient leurs combinaisons moulantes.

Un spectacle, certes, pas désagréable. Quand on avait le temps, il pouvait même pimenter votre trajet. Mais le moment était mal choisi pour se laisser aller à des fantasmes érotiques. Juste après sa discussion avec Mac, elle avait téléphoné à Roddy pour solliciter son aide et lui demander de dissuader son patron de s'introduire chez Perrin. Hélas, il était parti en week-end à Cape Cod, d'où il ne pouvait pas faire grand-chose. Elle n'avait donc d'autre choix que de prendre elle-même l'affaire en main.

Pourquoi diable Mac s'était-il mis en tête de commettre cette effraction ? Ni Marisa, ni Demarco, ni Ruby Pearl, ni, surtout, Ronald Perrin n'en valaient la peine. Elle allait devoir user de toute sa persuasion féminine pour lui éviter de faire l'imbécile et de finir avec sa photo dans le journal et en route pour le tribunal de Malibu. Elle l'imaginait déjà les menottes aux poignets, hirsute et pas rasé, l'air coupable.

La circulation se fit plus fluide et elle arriva enfin à la Colony. Après avoir salué de la main le garde, elle alla se garer devant chez Mac et ne prit pas la peine de sonner pour annoncer son arrivée : comme d'habitude, la porte était ouverte.

En l'entendant entrer, Pirate leva la tête, sans doute pour s'assurer que la redoutée Tesoro n'était pas avec elle. Satisfait, il remua joyeusement la queue puis se remit à ronfler. Mac se leva pour accueillir Sunny avec un peu plus de chaleur.

— Salut, collègue cambrioleur ! dit-il en l'embrassant avec fougue.

— Comment ça, collègue cambrioleur ?

— Ne t'inquiète pas. En principe, ce n'est pas une effraction : je t'ai dit que j'avais les clés.

— Où les as-tu trouvées ?

— Cadeau de Lipski. Je dois lui reconnaître ce mérite, et il m'a même donné les codes des alarmes.

— Nous voilà bien !

Elle se laissa tomber sur la chaise longue et la sentit se plier encore sous son poids plume.

— Il serait temps de remplacer tes chaises, fit-elle remarquer au passage.

— J'y penserai. Maintenant, écoute-moi. Pour le moment, la police n'est pas de la partie. Perrin est juste un homme riche qui est parti se cacher quelque part. C'est une habitude chez les gens riches, tu sais.

— Non, je l'ignorais, répondit-elle avec un regard dédaigneux.

Ses longs cheveux flottaient dans la brise. Mac se pencha vers elle et, d'un geste tendre, les repoussa en arrière. Il resta un moment à contempler son visage éclairé par les derniers rayons du soleil, puis il l'embrassa.

— Je t'aime, Sonora, murmura-t-il en promenant ses lèvres de ses cheveux à la base de la gorge, là où battait le pouls, son endroit préféré.

Elle lui sourit.

— Tu es juste en train de me faire du charme, répliqua-t-elle d'un ton las mais en s'adoucissant.

— C'est vrai. Mais je vais peut-être remettre ça à plus tard.

— Après le cambriolage ?

— Voilà. En attendant, pourquoi Perrin a-t-il disparu ? Est-ce parce que le FBI lui court après pour fraude, ou pour blanchiment d'argent ? Ou bien est-ce parce qu'il a tué Ruby Pearl, qui en savait trop ? Auquel cas Marisa et Allie sont peut-être les suivantes sur sa liste...

— Mon Dieu ! s'exclama Sunny avec effroi.

Mac s'assit au bout de la chaise longue, les mains jointes sur ses genoux, et fixa la jeune femme d'un air intense.

— Je ne sais pas si Perrin est vraiment un assassin, mais je crois que Lipski a raison sur un point : il doit y avoir quelque chose dans cette maison, une preuve, ou tout au moins un indice. Rappelle-toi, je t'ai raconté que le matin où je suis allé le voir, Perrin était en train de détruire des documents. J'espère qu'il en reste... Je voudrais que tu m'aides, car à deux nous irons plus vite pour fouiller les lieux. Tu marches ? ajouta-t-il d'un air anxieux.

Elle poussa un soupir. Il devait bien se douter de sa réponse.

À la nuit tombée, ils gagnèrent la plage déserte. Pirate était resté chez son maître. La marée descendait, ce qui inquiéta Sunny : leurs empreintes dans le sable mouillé allaient être visibles jusqu'à la maison des Perrin. Mais Mac lui dit qu'elle devait arrêter de se prendre pour Sherlock Holmes, personne ne regardait.

Quand ils arrivèrent devant le perron du milliardaire, Sunny monta vivement les marches sur les talons de Mac, sans cesser de jeter des coups d'œil anxieux derrière son épaule. Et quand il ouvrit la porte et que l'alarme se déclencha, elle attendit en se tordant les mains avec nervosité qu'il l'ait coupée pour entrer.

— Seigneur ! s'écria-t-elle, tremblante. Mac, dis-moi que je ne suis pas en train de faire ça. Je suis folle ou quoi ?

— Parfaitement, approuva-t-il, posté à côté de la fenêtre, à l'endroit exact où il se tenait quand Marisa avait pointé son revolver sur lui. Je suis sûr que nous allons trouver quelque chose, une preuve oubliée par Perrin, chuchota-t-il.

— Oui, acquiesça-t-elle en cessant de trembler, mais sa peur était toujours aussi palpable.

Dans un renfoncement du gigantesque salon, ils découvrirent un ordinateur. Mac l'alluma et tomba sur une page d'accueil de forum Internet où des photos de jeunes femmes étaient accompagnées de messages incitant à prendre contact. Leurs jupes étaient encore plus courtes que leurs biographies.

Le détective émit un petit sifflement. Ainsi, Marisa avait dit vrai : Perrin surfait sur des sites de rencontres. Elle avait avoué l'avoir connu de cette façon — tout comme Ruby, selon Lipski. Pour le milliardaire, procéder ainsi en restant anonyme était plus malin que d'avoir recours aux services d'une maquerelle de Hollywood, toujours susceptible d'être arrêtée et de tout révéler de votre activité et de vos préférences sexuelles.

Ils entreprirent de fouiller la maison de fond en comble. Mac prit l'étage, Sunny le rez-de-chaussée. Ils râlèrent en faisant chou blanc. Les dossiers et la déchiqueteuse avaient disparu.

Sunny était dans la cuisine, quand elle entendit le portail de la rue s'ouvrir.

— Mon Dieu ! cria-t-elle d'une voix stridente. Quelqu'un arrive.

Mac débaroula dans l'escalier, lui saisit la main et l'entraîna par une porte qui donnait sur le garage. Là, il s'immobilisa une fraction de seconde pour laisser à ses yeux le temps de s'habituer à l'obscurité.

Il s'était demandé quel genre de voiture conduisait Perrin. Il avait la réponse : une Hummer à la carrosserie argent – la couleur de Ronald Perrin, semblait-il –, avec des vitres teintées de noir qui dissimulaient l'intérieur. À côté s'alignaient une Porsche elle aussi argentée et une Harley rouge. Dans un coin, une superbe Indian Motor-cycle d'époque.

— Quelle merveille ! s'exclama Sunny, pleine de respect.

Mac regarda dans la cuisine à travers une fente de la porte. Il aperçut un homme. Il n'avait pas allumé la lumière. À l'instar de Lipski, il ne tenait manifestement pas à ce que sa présence sur les lieux soit découverte. L'intrus se tourna vers la porte du garage.

Hormis l'intérieur des voitures, ce garage impeccable-ment rangé n'offrait aucune cachette. Le détective ouvrit la portière arrière de la Hummer et, sans ménagement, poussa Sunny à l'intérieur.

— Couche-toi par terre, la pressa-t-il. Et quoi qu'il advienne, ne dis pas un mot.

— Mon Dieu ! répéta-t-elle, paniquée. C'est le FBI ?

Mac grimpa à l'avant et s'étala du mieux possible. Puis il ferma les portières de l'intérieur.

— C'est Demarco, souffla-t-il alors.

— Oh !

Malgré sa crampe à l'épaule et sa tête coincée sous le volant, Mac eut presque envie de rire en entendant le gémissement de Sunny. Mais il remarqua alors que la clé de la Hummer était enfoncée dans le starter, au-dessus de lui, et que parmi les multiples autres clés du porte-clés il y avait une télécommande. Il attrapa le jeu de clés et le glissa dans sa poche.

— Il fait une chaleur à crever, chuchota Sunny. Je vais mourir.

— Mais non, répondit-il d'une voix rassurante, même si être allongé sur le plancher de ce véhicule lui donnait l'impression de se trouver dans un corbillard sans cercueil et s'il transpirait.

Sunny s'agrippa aux vide-poches dans l'espoir de trouver une position plus confortable. Ses doigts rencontrèrent un morceau de papier et elle le fourra dans la poche de son short.

Demarco était entré dans le garage et regardait autour de lui d'un air perplexe. Avec son costume à rayures, il ne ressemblait guère à cambrioleur.

En entendant le gémissement apeuré de Sunny, il se dirigea vers la Hummer et Mac se baissa brusquement. Le « bras droit » de Perrin essaya d'ouvrir la portière et, s'apercevant qu'elle était fermée, poussa un juron. Il se rabattit sur la Porsche dont il inspecta l'intérieur. Apparemment, il ne trouva pas ce qu'il était venu chercher. Il regagna la cuisine à grandes enjambées, refermant la porte derrière lui.

Mac fouilla alors ses poches, à la recherche des clés données par Lipski. En vain.

— Devine quoi, fit-il à l'intention de Sunny. J'ai laissé les clés dans la maison.

La tête de la jeune femme surgit de derrière sa banquette.

— Tu veux dire que nous sommes coincés dans le garage ?

— Chut ! lui intima-t-il en indiquant la maison d'un geste. Et oui, nous sommes enfermés.

— Je vais mourir ici, se lamenta-t-elle. Je laisserai un message pour demander à être enterrée avec l'Indian Motorcycle... Nous devons sortir, ajouta-t-elle. Qui va faire dîner Pirate ?

Mac s'extirpa de la voiture et l'aida à en descendre.

— Toi, répondit-il. Tu vois ça ?

Il désignait une porte qui donnait sur la plage. Fermée à clé, elle était percée d'une grande chatière.

— La chatière ?

— Elle a dû être conçue pour le bichon maltais d'Allie. Tu penses pouvoir y arriver ? demanda-t-il en lui jetant un coup d'œil encourageant.

— Explique-moi pourquoi nous ne sortons pas tout simplement par la porte du garage, bougonna-t-elle.

— Parce que nous ne voulons pas trahir notre présence illégale en passant par la rue. Surtout si Demarco est toujours dans le coin, quoique j'en doute. Tu sors, puis tu fais le tour par la plage et tu rentres dans la maison par la fenêtre ouverte. Tu récupères les clés sur la table de la cuisine et tu me libères.

Elle le foudroya du regard.

— J'ai bien envie de te laisser croupir ici.

— Allez ! Tu dois admettre que ça vaut le coup d'essayer.

Le regard fixé sur la chatière, elle poussa un soupir à fendre l'âme.

— Je ne te le pardonnerai jamais !

Quelques minutes plus tard, Sunny était dehors et aspirait avec soulagement l'air frais des embruns salés.

Mais il ne fallait pas traîner. Elle devait faire sortir Mac sans éveiller les soupçons de quiconque et, surtout, avant le retour de Demarco. À pas de loup, elle regagna la cuisine et libéra le détective qui attendait derrière la porte du garage.

Après l'avoir remerciée, il actionna de nouveau le système d'alarme et ils se hâtèrent de ressortir sur la plage, en refermant à clé la porte de la terrasse derrière eux.

— Que dirais-tu d'une coupe de champagne, chérie ? proposa Mac. J'ai une bouteille au frais, juste pour toi.

— Je te déteste ! lui lança-t-elle, son sourire démentant ses paroles.

Après sa deuxième coupe, Sunny se sentit enfin rassérénée. Elle accepta d'arrêter de surveiller la plage devant la maison de Perrin et raconta à Mac la visite d'Allie et ses confidences.

— Elle avait juste besoin de s'épancher auprès d'une personne non impliquée, une oreille amicale.

— Alors, que penses-tu d'elle maintenant ? demanda le détective.

— Je l'aime bien, répondit Sunny après un silence. Je pense qu'elle vit une période difficile. Et je l'admire. Elle vient d'un milieu défavorisé et s'est battue pour s'en sortir, même si elle dit que c'est Perrin qui lui a donné la dernière poussée pour atteindre le statut de star. Mais je pense qu'elle traverse une crise. Elle a perdu tous ses repères et son mari lui manque. J'ai eu l'impression qu'elle se reposait sur lui pour tout. Dans ce milieu qui ne fait pas de cadeaux, Ronald Perrin était son pilier.

— Tu es sûre qu'il lui manque ? s'étonna son compagnon.

— Absolument ! répondit Sunny d'un ton ferme. En fait, je serais prête à parier qu'elle l'aime encore.

23

Quelques jours avaient passé. Allie, seule sur la terrasse de la luxueuse suite qu'elle occupait au Grand Hôtel du Cap-Ferrat, réfléchissait à son plan d'action. Les doigts crispés sur une coupe de champagne, elle buvait par petites gorgées pour calmer ses nerfs. Du jardin en contrebas montaient des bribes de conversations, des rires, qui se mêlaient au doux clapotis de la Méditerranée venant lécher le rivage. Des pins parasols se découpaient sur le ciel indigo du crépuscule, un bleu assorti à celui de la mer. Une brise légère caressait sa peau.

Elle pensa à Malibu. Là-bas, l'océan ne vous laissait jamais oublier qu'il était le maître. Ses hautes vagues d'un vert glacial s'écrasaient sur la rive dans un torrent d'écume blanche avant de refluer en mugissant sur les rochers. Là-bas, il y avait Ron et leur maison au bord de l'eau. Elle se revit avec son mari à l'époque où ils l'avaient achetée, écoutant depuis leur lit la mer, qui les berçait de son chant jusqu'à ce qu'ils s'endorment. Et elle se rappela la modeste villa de Mac, en équilibre précaire sur ses pilotis de bois, aussi simple et agréable que son propriétaire.

Un coup d'œil à sa Cartier en or lui indiqua qu'il était presque l'heure. Il lui restait juste un dernier coup de fil à passer. Elle composa le numéro de Sheila, priant pour qu'elle soit là. Par chance, sa fidèle amie décrocha immédiatement.

— Sheila, ça y est, annonça Allie d'une voix douce. Plus rien ne me retient.

— Tu es sûre, mon chou ? demanda Sheila, une pointe de panique dans la voix.

— Je n'ai jamais été aussi certaine de quelque chose depuis que j'ai voulu fuir cette horrible petite ville du Texas. C'est ce que je dois faire, Sheila. Ce que j'ai besoin de faire. Je ne sais pas comment ça finira, mais il faut que j'agisse seule. Je dois essayer de démarrer une nouvelle vie.

— Mais comment comptes-tu t'y prendre ?

Malgré son inquiétude, sa vieille amie sentit une énergie nouvelle chez Allie quand celle-ci répondit :

— Je n'en ai aucune idée, mais je vais trouver, je suppose. Je te tiendrai au courant, tu es mon amie. Tu promets de ne rien dire à personne ? Je compte sur toi.

— Pas même à Ron ? S'il revient, bien sûr.

— Surtout pas à Ron !

— Et à ce détective ? Reilly ?

L'hésitation d'Allie fut brève. Elle devait se débrouiller seule.

— Pas même à Mac Reilly, déclara-t-elle d'un ton ferme.

Sheila lui souhaita bonne chance, ajoutant qu'elle penserait à elle, et Allie s'engagea à lui retéléphoner très vite. Puis elle rentra. Après un dernier coup d'œil à son image dans le miroir en pied, elle appela le groom pour le prier d'emporter sa petite valise dans la limousine qui l'attendait.

Après avoir pris une profonde inspiration, elle se dirigea vers la porte et se retourna pour admirer une dernière fois la charmante chambre avec vue sur la mer. Elle regarda le seau à glace en argent où une bouteille d'excellent champagne était ouverte ; les bouquets de fleurs parfumées ; les piles de vêtements de luxe que la femme de chambre rangeait pour elle. Puis elle referma la porte sur sa vie de star en route pour la première de l'un de ses films et descendit par l'ascenseur. Son metteur en scène l'attendait dans le hall.

La lueur de désapprobation dans son regard ne lui échappa pas. À l'évidence, il trouvait sa tenue trop banale. Il prit quand même la peine de lui sourire et de la complimenter sur sa beauté.

— Parfois, il vaut mieux jouer la carte de la simplicité, déclara-t-elle. Je regrette simplement de ne pas avoir fait ce film dans cet esprit.

Pendant les quarante minutes que dura le trajet au lieu des vingt habituelles, ils ne prononcèrent pas un mot. La circulation était un enfer. Nerveux, le metteur en scène se rongeait les ongles. Il avait peur d'être en retard. Mais Allie savait qu'ils l'attendraient. On l'attendait toujours.

La limousine se gara devant le palais des Festivals. Elle descendit et, souriante, posa pour les photographes. Au milieu des paillettes, des robes du soir et du glamour, la simplicité de sa tenue fit sensation : un pantalon cigarette en soie noire, un chemisier blanc en taffetas dont elle avait roulé les manches et, pour tout bijou, ses créoles en or. Ses cheveux blonds, tirés en chignon, étaient retenus par un nœud de satin noir, lui donnant un faux air de Grace Kelly dans les années 60. Sa ressemblance avec la défunte princesse de Monaco était vraiment frappante. Les commentaires allaient bon train. Et pourquoi portait-elle toujours son alliance, si son mariage battait de l'aile ?

La main dans celle de son metteur en scène, elle s'avança vers l'imposant escalier recouvert d'un tapis rouge du palais. Professionnelle jusqu'au bout des ongles, elle souriait, saluait la foule d'une main, s'arrêtait, repartait, faisant en sorte de satisfaire les photographes. Elle s'acquitta alors de la fameuse montée des marches et, arrivée au sommet, se retourna pour un dernier salut. Personne n'aurait pu se douter qu'à cet instant précis elle avait le sentiment d'être la femme la plus seule au monde.

Elle assista à la projection de son film dont le titre, *Songe d'une nuit d'été*, était emprunté à Shakespeare. Malgré quelques bonnes coupures de dernière minute, ses craintes se confirmèrent : le rythme était lent, le scénario ne suscitait aucune émotion. Dès les premiers jours de tournage, il avait été modifié quotidiennement. Il ne restait plus rien de la charmante histoire d'amour qui avait servi de base. Elle s'en fichait bien, désormais. Son film appartenait au passé.

Elle pensa à Mac Reilly. Avant son départ pour la France, il lui avait téléphoné pour lui souhaiter bonne chance.

« Vous êtes sûr de ne pas vouloir changer d'avis et venir avec moi ? » lui avait-elle demandé.

Bien que connaissant d'avance sa réponse, elle avait décidé qu'elle ne perdrait rien à essayer. Si elle avait montré du cran lors de sa conversation avec Sheila, ce qu'elle s'apprêtait à faire la terrifiait.

Le film était fini. Il était temps d'affronter la presse, de répondre aux interviews, de poser encore une fois pour les photographes. Puis il y aurait le cocktail donné par le studio sur l'énorme yacht ancré dans la baie, suivi du dîner au Moulin de Mougins, le fameux restaurant où, une fois de plus, la belle Sharon Stone présiderait une vente aux enchères en faveur de la recherche contre le SIDA.

Et après ? Eh bien, après, elle serait enfin libre de son temps.

Au cours du dîner, Allie eut la surprise de gagner une luxueuse croisière pour deux. Généreusement, elle s'empressa de la faire remettre en jeu. Ensuite, elle chuchota à son metteur en scène qu'elle était fatiguée, le salua et s'éclipsa.

Elle récupéra sa petite valise dans le coffre de la limousine et demanda au chauffeur de la conduire à l'aéroport de Nice. Sur la banquette arrière, elle ouvrit son bagage, en sortit un long cardigan et l'enfila. Elle se coiffa d'une capeline qu'elle ajusta de façon que les larges bords lui couvrent le visage. Elle essuya son rouge à lèvres et compléta sa transformation par une paire de lunettes de soleil carrées.

Une fois à l'aéroport, elle donna cent dollars de pourboire au chauffeur et, refusant son aide, prit sa valise. Dans le hall des départs, elle se dirigea vers les toilettes.

Dans un box, elle troqua rapidement son pantalon noir et son chemisier blanc pour un jean et un sweat-shirt. Après quoi, sa valise toujours à la main, elle s'approcha de l'agence de location de voitures. C'était le test. Allait-on la reconnaître ?

L'hôtesse, fatiguée et indifférente, lui confirma que sa voiture était prête. Il lui fallait juste son permis de conduire, son passeport, sa carte de crédit et une signature.

Retenant son souffle, Allie lui tendit son nouveau passeport, établi à son vrai nom, Mary Allison Raycheck, et sa nouvelle carte de crédit. L'hôtesse la regardait-elle pour vérifier ? Elle fut soulagée de l'entendre dire, sans même lever les yeux :

— Rangée C, numéro 42. À gauche en sortant. Bon voyage !

Arrivée à la petite Renault bleue, Allie jeta sa valise dans le coffre et s'installa au volant. Bon voyage ! se répéta-t-elle. Si seulement cette femme s'était doutée qu'il s'agissait du voyage de sa vie !

Elle referma la portière d'un coup sec mais resta un moment immobile, submergée par une peur subite. En désespoir de cause, elle prit son BlackBerry pour appeler Ron à Malibu. Pas de réponse. Elle tenta le numéro de Palm Springs, toujours sans succès. Elle composa alors celui de Mac Reilly. En vain. Elle ignora le message enregistré demandant de laisser son nom et un numéro.

Des larmes perlaient à ses paupières. Elle les refoula.

Tout le monde se fichait bien de ses faits et gestes, mais au moins elle tournait la page. Fini les lettres de menaces, le fou qui la harcelait, ses amours compliquées ou, plus exactement, son manque d'amour. Fini la star de cinéma ! Elle était libre. Elle était Mary Allison Raycheck.

Retour à la case départ.

24

La journée de Roddy était remplie de rendez-vous qui ne l'enchantaient guère. Il commença par aller voir la gouvernante d'Allie, Ampara, qui en son absence gardait la maison. La luxueuse cuisine où elle le reçut aurait pu faire la couverture du magazine *Architectural Digest*. La pièce était si spacieuse que Roddy avait l'impression de se trouver dans une salle de bal. Après lui avoir servi un thé glacé, Ampara prit place en face de lui, Fussy sur les genoux.

Roddy l'aurait décrite comme « rassurante » : petite et replète, un peu comme une grand-mère. Elle n'avait pourtant que quarante-cinq ans. Elle parlait un anglais parfait, ce qui, lui expliqua-t-elle, était essentiel pour obtenir une bonne place comme la sienne, car elle pouvait prendre des messages. Le poste qu'elle occupait depuis quatre ans lui permettait, après avoir connu la pauvreté, d'envoyer régulièrement de l'argent à sa famille au Salvador.

— Y a-t-il eu des messages pour Mlle Ray depuis son départ ? s'enquit le détective.

La gouvernante secoua la tête d'un air affligé.

— Non, monsieur. Pas de messages pour M. Ron non plus. Et comme ils sont tous les deux partis, et peut-être en train de se séparer, je ne sais pas ce que va devenir mon poste.

— Mais vous êtes toujours payée ? s'inquiéta Roddy.

— Oh oui, monsieur. Les comptables s'en sont occupés. Seulement je m'ennuie, toute seule dans cette grande maison. Surtout le soir. J'ai mon appartement au-dessus du garage. Je n'ai pas honte d'avouer que je m'y enferme avec Fussy et que je mets le verrou... Je suis heureuse d'avoir la petite chienne, ajouta-t-elle en la soulevant pour l'embrasser sur la truffe.

Roddy aurait pu jurer que Fussy venait de sourire : rien à voir avec la créature hargneuse de la plage, l'autre soir.

Les appréhensions de la gouvernante lui semblaient justifiées. Cette grande maison était faite pour grouiller de monde, pour être montrée, admirée. Un peu comme Allie elle-même, songea-t-il.

Il interrogea Ampara sur le personnel, les employés des sociétés de services qui assuraient le ménage, l'entretien de la piscine, les jardiniers. Elle lui expliqua que tous travaillaient pour Allie depuis des années. La seule exception étant l'assistante de la star, Jessie Whitworth, qui, au bout d'un an, avait été « remerciée » quelques mois auparavant.

— Je pense que Jessie a été surprise quand Mlle Allie lui a dit ne plus avoir besoin d'une assistante. Mlle Allie lui a expliqué qu'elle comptait travailler moins, faire moins d'apparitions publiques et que, désormais, elle voulait prendre sa vie en main.

Roddy tendit l'oreille. Une assistante personnelle renvoyée pouvait être une ancienne assistante en colère et désireuse de se venger. Mais, lorsqu'il posa la question à Ampara, elle dit que non. Jessie n'était pas comme ça : c'était une gentille jeune femme, tranquille, toujours polie et souriante.

Les tueurs en série aussi, songea Roddy en notant le nom, l'adresse et le numéro de téléphone de Jessie Whitworth.

— Je peux vous offrir un autre thé glacé ? lui proposa la gouvernante.

— Non, merci. Je dois vous laisser. Et merci, aussi, pour m'avoir apporté une aide précieuse.

Le visage rond de la gouvernante paraissait triste.

— J'espère vraiment que Mlle Allie et M. Ron se remettront ensemble, monsieur. Je ne suis pas bien ici, toute seule. J'ai besoin de m'occuper de quelqu'un. C'est pour ça que j'aime tant Fussy.

La chienne dans les bras, elle raccompagna le détective à travers l'immense vestibule d'où partait la double volée de marches, et quand il se mit au volant elle le regarda s'éloigner en le saluant de la main.

Roddy composa le numéro de Jessie Whitworth. La jeune femme répondit presque immédiatement, d'une voix agréable, basse et précise, professionnelle : la parfaite secrétaire. Elle accepta de le retrouver au Starbucks, à proximité de Wilshire et de la Third, à Santa Monica.

À son arrivée, elle l'attendait déjà, à une table en coin. Même si elle n'avait pas agité la main pour le saluer, il aurait su que c'était elle. Les clientes étaient presque toutes en jean taille basse et tee-shirt découvrant leur nombril, leur chevelure blonde cascadant dans le dos. Mlle Whitworth, en revanche, portait un chemisier boutonné jusqu'au cou et un pantalon marron bien coupé, ainsi que des mocassins Gucci. Grande, coiffée d'un impeccable carré brun, elle affichait une beauté discrète, comme si elle mettait un point d'honneur à passer inaperçue. Ce devait être la seule façon de survivre en tant qu'assistante de VIP : celles-ci ne se comportaient-elles pas parfois comme si elles étaient plus importantes que dans la réalité ?

Ils commandèrent deux *macchiatos* au lait écrémé, et Roddy fit part à la jeune femme de sa surprise devant la sobriété de son allure. Elle lui décocha un sourire éclatant et il fut frappé par la beauté de ses dents.

— Je suis payée pour ça, expliqua-t-elle. Ce n'est pas moi qui suis au centre de la scène, ajouta-t-elle, l'air soudain sombre.

— Mais cela ne vous déplairait pas ? demanda-t-il avec intérêt.

— Il y a une douzaine d'années, quand j'étais jeune et assez bête pour croire que j'avais du talent, Hollywood a eu vite fait de m'enlever mes illusions. Mais je n'ai pas eu trop de regrets. Je me suis rendu compte que je n'étais pas faite pour jouer le jeu. Je ne désirais qu'une chose, être comédienne. Et vous voulez que je vous dise, monsieur Kruger ? Je n'étais pas assez douée, c'est aussi simple que ça.

Roddy voyait parfaitement de quoi elle parlait. Si lui-même n'avait jamais brigué la carrière d'acteur, il avait des amis qui, caressant toujours l'espoir de décrocher le contrat qui changerait leur vie, acceptaient un petit rôle par-ci, un rôle muet par-là, et étaient même prêts à travailler comme figurants.

— C'est une vie difficile, compatit-il.

Mlle Whitworth et son honnêteté lui plaisaient.

— Allie ne m'a pas exactement renvoyée, précisa-t-elle. Elle m'a dit que sa vie changeait et qu'elle avait besoin d'être plus indépendante. De couper tous les liens. Ce genre de truc. Je savais qu'elle était malheureuse, au bord de la rupture avec Ron, et au début j'ai pensé que c'était une réaction à cette situation. Je croyais qu'elle s'en remettrait, qu'elle passerait à autre chose. Mais apparemment ce n'est pas le cas.

— Vous croyez qu'elle était toujours amoureuse de Ronald Perrin ?

— Je dirais que oui, répondit-elle en le fixant de ses yeux gris. Oui, sans aucun doute. Ils se chamaillaient parce que... enfin, vous savez ce qu'il en est des couples. Je ne veux pas parler de la vie privée de mes employeurs, ajouta-t-elle. Ce ne serait pas correct.

— Je comprends.

Il s'apprêtait à l'éliminer de la liste des suspects quand elle déclara d'un ton amère :

— Bien sûr, Allie m'a payé trois mois de salaire, mais malgré son excellente lettre de recommandation, je n'ai toujours pas de poste fixe. En ce moment, je fais de l'intérim aux studios Mentor, les producteurs de son dernier film. Je suis l'assistante d'une assistante de production. Autrement dit, simple secrétaire. J'ai régressé.

Il surprit de la colère dans son regard. Ainsi, Mlle Parfaite était capable d'émotions. Et pas des plus sympathiques, manifestement.

— Merci d'avoir accepté de me rencontrer, mademoiselle Whitworth. Vous m'avez aidé à éclaircir quelques points.

— Comme le fait qu'Allie projetait de changer de vie ?

— Vous le croyez, non ?

Elle hocha la tête.

— Je pense qu'elle s'est lassée d'être la star chérie de l'Amérique, et de ne plus avoir de vie privée.

Sans doute avait-elle raison songea Roddy en lui serra la main. Mais, arrivé sur le seuil du café, tandis qu'il lui adressait un dernier geste de salut, il se dit aussi que cette femme était un drôle d'oiseau et qu'il allait vraiment falloir garder un œil sur elle.

Il attendit dans sa voiture qu'elle sorte à son tour, et s'étonna de la voir monter dans une Porsche Carrera bleu roi : un bien beau véhicule pour une assistante de VIP devenue secrétaire volante.

À présent, il avait fait le tour du personnel figurant sur la liste fournie par Mac : les coiffeurs, maquilleurs, créateurs et les autres. Il était temps de rendre visite aux studios Mentor. Il allait y fouiner un peu, faire parler les gens sur la star.

Lorsqu'il y arriva, le vigile posté à l'entrée vérifia son nom dans l'ordinateur et lui remit son passe visiteur. Il était recommandé par le producteur du dernier film d'Allie.

— Le parking se trouve sur votre gauche, monsieur, lui indiqua-t-il en lui faisant signe de passer.

155

Roddy prit la direction indiquée et longea une rangée de voitures collées les unes aux autres. Il devait y avoir beaucoup de travail dans le cinéma, pensa-t-il en s'engageant dans une autre allée, en quête d'une place.

Soudain, il donna un brusque coup de freins et recula pour s'arrêter à la hauteur d'une Sebring décapotable noire aux vitres très sombres.

25

Roddy retourna à l'entrée des studios. Étant donné la façon dont le garde avait procédé avec lui, il devait pouvoir lui fournir une liste de tous les visiteurs et le numéro d'immatriculation de leur véhicule. Il expliqua donc qui il était et ce qu'il désirait. À sa grande contrariété, le garde lui répondit qu'il n'était pas autorisé à donner ce type de renseignements.

Il ne lui restait plus qu'à faire intervenir les producteurs d'Allie. Quelques minutes plus tard, Roddy obtenait les informations qu'il cherchait. Ou tout au moins une partie.

— Ce véhicule est sur le parking depuis plusieurs semaines, indiqua le garde. C'est une voiture de location. La femme qui la conduisait m'a dit qu'elle était tombée en panne et que la société de location viendrait la chercher… Jusqu'ici, je n'ai vu personne, ajouta-t-il avec un haussement d'épaules. Leur façon de gérer leurs affaires me dépasse.

— Et qui était cette conductrice ? demanda Roddy en s'efforçant de ne pas laisser paraître son agitation : peut-être était-il à deux doigts d'identifier la personne qui harcelait Allie.

— Elle s'appelle Elizabeth Windsor, monsieur. Difficile d'oublier un nom pareil puisque c'est celui de la reine d'Angleterre.

— La reine d'Angleterre, ici ? Dans votre parking ? Imaginez un peu !

Les deux hommes partirent d'un éclat de rire, puis le détective reprit :

— Vous pourriez essayer de me la décrire ?

— Pas difficile. Elle avait un physique marquant : grande, blonde, de longues jambes.

Il dessina des courbes avec ses mains et ils échangèrent un sourire entendu.

— Quel âge ?

— Oh, je ne sais pas. Une vingtaine d'années, je suppose. Maintenant que j'y pense, elle ressemblait assez à Allie Ray.

— Plus belle femme que la reine d'Angleterre, plaisanta Roddy. Plus jeune, en tout cas.

Excité par sa découverte, il appela Mac pour lui annoncer la nouvelle.

— Je suis devant la Sebring. Il y en a probablement des centaines d'autres à Los Angeles, bien sûr, mais celle-ci est garée sur le parking des studios où Allie Ray a fait son dernier tournage. De plus, c'est une voiture de location au nom d'Elizabeth Windsor.

— La reine d'Angleterre ?

— Exact ! Sauf que notre reine est une grande blonde dans la vingtaine et ressemblant un peu à Allie.

— Suis la piste ! lui enjoignit Mac. Vois si quelqu'un se souvient d'elle et de ce qu'elle faisait sur le parking des studios.

Roddy soupira. Il était fatigué et on approchait de dix-neuf heures. Il avait plutôt envie d'aller boire une vodka martini glacée au bar de l'Hôtel Casa del Mar, à Santa Monica et de se détendre en contemplant l'océan. Il vivait non loin de là, dans un appartement tout blanc – et, grâce au ciel, sans chien – qui donnait seulement sur les jardins voisins.

Il rapporta à Mac sa conversation avec Jessie Whitworth, lui fit part de ses soupçons concernant la Porsche qu'elle conduisait.

— Coïncidence, elle travaille comme intérimaire aux studios Mentor, précisa-t-il.

— Elle n'est pas grande et blonde, par hasard ?

Roddy se mit à rire.

— Tout le contraire. Un peu insignifiante, en fait, mais le genre très efficace. Elle sait où est sa place et elle s'y tient.

— Et comment Mlle Whitworth peut-elle s'offrir une voiture d'une telle valeur ?

— Tu sais bien que, dans la Cité des Anges, tout est possible !

— Oui, mais ça ne colle pas avec la description que tu fais de cette petite dame, remarqua Mac d'un ton pensif. Et elle ne doit pas non plus être la personne qui harcèle Allie. Celle-là est complètement timbrée, peut-être dangereuse et ce n'est pas l'image de Mlle Whitworth que tu donnes.

— Je suis d'accord. Cela dit, je ne suis pas sûr qu'elle ait digéré son licenciement.

— Tu as raison, nous ne pouvons pas l'écarter aussi vite. Je vais mener ma petite enquête sur elle, d'accord ?

— D'accord, répondit Roddy, soulagé de ne pas avoir à travailler toute la nuit : son cocktail se rapprochait.

— Je vais aussi me renseigner au sujet de la Sebring… Merci, Roddy. Tu sais que tu es le meilleur ? plaisanta Mac.

Son adjoint sourit et deux fossettes creusèrent ses joues.

— J'ai toujours eu une assez bonne opinion de moi-même, répliqua-t-il, en s'admirant dans le rétroviseur.

26

Mac ne fut pas long à découvrir que l'agence de location à laquelle appartenait la Sebring se trouvait à l'aéroport de Los Angeles et qu'elle avait porté plainte pour vol. Le permis de conduire au nom d'Elizabeth Windsor était un faux, et la carte de crédit qui avait été utilisée pour le paiement correspondait à une fausse adresse, dans une autre ville.

Tout en se rendant à cette agence, il réfléchit. Cette Elizabeth Windsor pouvait-elle vraiment être la personne qui harcelait Allie ? Celle qui lui écrivait ces horribles lettres de menaces ? En général, ce genre d'individu était un homme, mais c'en était peut-être un qui utilisait les femmes ? Elizabeth Windsor pouvait n'être qu'un pion dans son jeu...

Sur le parking de l'agence, tandis que les avions volaient bas au-dessus de sa tête, Mac se retrouva au milieu de voyageurs un peu hagards, qui se hâtaient de prendre leur véhicule pour aller se fondre dans les célèbres embouteillages de Los Angeles.

La chance était avec lui : le jeune gérant se souvenait de Mlle Windsor.

— Une grande blonde aux cheveux longs. Plutôt belle femme, pour ceux qui aiment ce genre.

C'était à l'évidence son cas. Il l'aurait déjà oubliée, sinon.

— Et d'où venait-elle ?

— Une seconde, je vais vous le dire.

Il tapota sur le clavier de son ordinateur et lui fournit la même fausse adresse que celle de la police.

— Elle avait l'air d'une femme bien, reprit-il. Et agréable. Pas du genre à voler une voiture.

— Elle ne l'a pas volée, précisa Mac. Apparemment, elle a juste oublié de la rendre.

Ce soir-là, Mac ne dormait pas quand, à vingt-trois heures, le téléphone sonna. Surpris, il décrocha d'un geste vif et Pirate, couché à ses pieds sur le lit, ouvrit un œil. Ce ne pouvait pas être Sunny : elle était à New York pour affaires et, sur la côte Est, il était trois heures du matin.

— Allô ?

— Monsieur Reilly, c'est moi, Ampara, la gouvernante de Mlle Allie.

— Oui, Ampara ? fit-il en se redressant d'un bond.

— J'ai peur, monsieur Reilly. Je viens de remarquer que le système d'alarme a été désactivé, alors que je suis la seule à savoir le faire marcher, et que j'ai fermé la maison à dix-huit heures. Je suis toute seule avec la petite chienne de Mlle Allie et j'ai vraiment peur. J'aimerais téléphoner à la police, mais M. Ron ne veut pas les voir chez lui... Je ne sais pas quoi faire, monsieur.

— Vous êtes bien barricadée dans votre appartement, Ampara ?

— La porte est fermée à clé, le verrou est mis, et toutes les fenêtres sont également fermées.

Mac réfléchit un instant. Pour le moment, la gouvernante ne risquait rien. Il allait appeler la police, mais il devait d'abord se rendre sur place. S'il y avait vraiment un intrus chez les Perrin, il avait la clé et savait éteindre l'alarme. Ce pouvait être l'individu qui harcelait Allie.

— Surtout, ne bougez pas ! recommanda-t-il à Ampara. Je vais venir vérifier moi-même. Vous ne me verrez pas arriver, parce que mes phares seront éteints et que je laisserai ma voiture au bout de l'allée. Je vous appelle dès que je suis là, d'accord ?

— D'accord ! répéta la gouvernante d'un ton pas très convaincu.

— Ampara ?

— Oui, monsieur ?

— Si vous entendez le moindre bruit, ou que vous voyez qui que ce soit approcher de votre appartement, appelez aussitôt la sécurité et la police.

— Oui, monsieur Reilly, je le ferai, promit-elle, visiblement soulagée.

Sans perdre une seconde, Mac appela Lev Orenstein pour lui résumer sa conversation avec la gouvernante et lui demander de le rejoindre chez Perrin.

À l'arrivée de Mac, Lev était déjà là et avait garé sa Mustang noire sous un arbre aux branches basses qui la dissimulait à moitié. Mac se rangea derrière tandis que son adjoint le rejoignait. Avec sa haute taille, son air déterminé, son col roulé et son jean noirs, l'arme en bandoulière, il ressemblait à un garde du corps de cinéma, paré pour sa mission.

Mac, lui, portait un short et son éternel tee-shirt, enfilés à la hâte avant de partir. Assis à l'arrière de la Prius, Pirate les regarda s'éloigner, l'air inconsolable de ne pas être de la partie. Mais le corniaud n'était pas dressé à ne pas aboyer.

— Le portail est fermé et je n'ai aperçu aucune voiture à proximité, dit Lev. Mais le type a pu se procurer la clé et se garer près de la maison.

— Ce serait très osé de sa part, répliqua Mac tout en composant le numéro d'Ampara.

— Oh, monsieur Reilly, c'est vous ! s'exclama-t-elle, et sa voix trahissait son soulagement.

— Je suis devant le portail avec Lev Orenstein. Pouvez-vous nous ouvrir, s'il vous plaît ?

162

Lentement, les deux battants s'effacèrent en silence, et les deux hommes s'élancèrent en courant sur le bas-côté herbeux de l'allée principale. Ils ne virent aucune voiture et, à l'exception des deux lampes qui illuminaient les marches, la maison était plongée dans le noir le plus complet.

Mac rappela la gouvernante.

— Ne laissez-vous pas les lumières allumées, d'habitude ?

— Si, monsieur Reilly. Dans le vestibule, la cuisine et la grande chambre. Toujours !

— Prêt ? lança Mac à son adjoint.

Il poussa la porte d'entrée. Elle n'était pas fermée à clé et l'alarme ne se déclencha pas. Il se glissa à l'intérieur en rasant le mur, Lev derrière lui. Ils s'arrêtèrent quelques secondes pour laisser leurs yeux s'accoutumer à l'obscurité et tendirent l'oreille. Malgré le silence, Mac sentait une présence. Dire qu'Allie avait passé toutes ces nuits seule dans cette maison, ignorant que quelqu'un avait sa clé et le code de l'alarme ! songea-t-il. Il était soulagé de la savoir en France.

Il suivit Lev, qui connaissait les lieux, à travers les vastes pièces du rez-de-chaussée, jusqu'à la cuisine où ils furent accueillis par le ronronnement du réfrigérateur. Sur les divers appareils électroménagers, presque aussi nombreux que dans une cuisine de restaurant, de multiples lumières vertes indiquaient l'heure.

De retour dans le vestibule, ils montèrent à pas de loup l'escalier en arc de cercle. Devinant que la double porte du palier donnait sur la chambre principale, Mac en poussa les deux battants.

Soudain, un bruit les fit se retourner, armes à la main. Il provenait de derrière une autre porte fermée, sur leur droite. Ils se ruèrent vers elle et se plaquèrent contre le mur de chaque côté, comme deux policiers de choc. Puis

Lev l'ouvrit d'un vigoureux coup de pied et Mac alluma la lumière.

Ils se trouvaient dans un dressing. Le bruit avait été causé par une pile de cintres vides tombant d'une étagère où ils avaient été jetés en vrac. Les magnifiques robes d'Allie étaient en tas sur le sol, lacérées. L'intrus avait fait du beau travail : rien n'avait échappé à son couteau.

— Nous arrivons trop tard, constata le détective. Mais nous avons un aperçu de ce que ce malade aurait pu faire à Allie.

— Bon sang ! s'exclama Lev, paniqué. Quand je l'aurai trouvé, ce salaud va payer.

Mac ne pouvait plus tenir la police à l'écart : ce fou devait être coincé avant d'avoir causé des dommages plus graves. Il téléphona au commissariat de Beverly Hills et informa son interlocuteur de l'effraction et du saccage.

Puis il téléphona à Ampara pour lui annoncer l'arrivée de la police. Il voulait néanmoins qu'elle fasse ses valises et qu'elle aille s'installer dans un endroit plus sûr.

— Vous avez des amis qui peuvent vous héberger ? Sinon, nous allons vous louer un appartement le temps qu'il faudra.

La gouvernante répondit qu'elle avait un point de chute et qu'elle emmènerait la chienne.

À peine quelques minutes plus tard, la police était sur les lieux : à Beverly Hills et à Bel Air, on ne plaisantait pas avec les effractions. Après avoir inspecté les vête-ments en loques et le système d'alarme, relevé les empreintes et pris des photos, les forces de l'ordre se concertèrent avec les deux détectives. Le lieutenant chargé de l'enquête, qui connaissait bien Mac et son émission, fut d'accord pour tenir les médias à l'écart.

— Inutile de faire peur à tout le monde, déclara-t-il. Mais il va falloir prévenir M. Perrin et Mlle Ray.

— Je ne demanderais pas mieux, répliqua Mac. Le problème, c'est qu'Allie Ray est en France et que personne ne sait où est parti Ronald Perrin.

— Sans doute sur quelque île tropicale pour boire des mai tais et s'offrir un bronzage de luxe, railla le policier.

Mac était sceptique, mais il décida de garder ses doutes pour lui. Peu importait où se trouvait Perrin, il valait mieux que lui non plus n'ait pas assisté au massacre de la garde-robe de sa femme.

Une étrange idée lui traversa alors l'esprit : et si, en fait, le milliardaire avait été présent ? Il allait devoir se pencher sur la question.

27

Le lendemain matin, Mac se rendit à l'adresse donnée par Jessie Whitworth, sur Doheny, à West Hollywood. Si elle était chez elle, il demanderait à s'entretenir avec elle au sujet d'Allie. Sinon, il discuterait avec le gardien pour savoir ce que ce dernier pensait d'elle et si elle était une locataire sérieuse.

L'immeuble était de bon standing, avec une entrée surmontée d'un bel auvent neuf. Les appartements, bien entretenus, semblaient être pour la plupart des studios. Mac appuya sur la sonnette portant le nom « J. Whitworth ».

N'obtenant pas de réponse, il recommença, toujours sans succès. Il sonna alors chez le responsable de l'immeuble.

Une femme répondit. Mac prétendit avoir vu le panneau « À louer » à l'extérieur et vouloir visiter.

— Une minute, je descends, fit la voix.

Très élégante dans un haut vaporeux, un jean court et des sandales à talons, la gardienne arriva d'un pas vif.

— Mila, se présenta-t-elle. Je dois me dépêcher, ajouta-t-elle avec un sourire réjoui. J'ai rendez-vous et je suis en retard. Suivez-moi.

— Désolé de vous déranger, dit Mac. J'ai une amie qui habite ici. Elle m'a dit combien elle aimait cet endroit et me l'a chaudement recommandé. Elle s'appelle Jessie Whitworth.

— Jessie ?

Pressée de faire visiter l'appartement à louer, la gardienne en avait déjà ouvert la porte, mais elle se retourna et, pour la première fois, regarda Mac droit dans les yeux.

— Je vous connais, non ? Mon Dieu, c'est bien vous ! s'écria-t-elle, stupéfaite. Mac Reilly, de l'émission télévisée.

Mac sourit.

— Gagné !

— Mais... comment un homme aussi célèbre que vous peut-il vouloir louer un appartement comme ça ? s'étonna-t-elle. Ils sont bien, d'accord, mais pas de votre standing.

Il lui jeta un coup d'œil penaud.

— Oh, oh ! J'ai fait une gaffe ?

— À la vérité, je fais des recherches pour une femme que je connais, mais je ne tiens pas à le crier sur les toits. Vous comprenez ?

— Je comprends. Bien sûr. Je suis la discrétion même. Tout le monde ici vous le dira.

— Et comment va Jessie ? lança Mac d'un ton détaché. Je ne l'ai pas vue depuis un moment.

— Jessie ? Elle est partie tôt ce matin, en vacances à Cancún, au Mexique, avec une amie. Quelle chance elle a !

— Oui, lâcha le détective qui faisait le tour des lieux, ouvrant les placards, inspectant la salle de bains. Vous savez quelle est cette amie ?

— Elizabeth ?

— Je ne connais pas d'Elizabeth.

Mila avait une étrange conception de la discrétion : elle était très bavarde et toujours prête à raconter la vie des autres.

— C'est sa colocataire. Un peu bêcheuse, à mon avis. Mais je pense qu'elle n'est pas méchante. Une grande blonde. Elle se croyait très belle et avait des ambitions à Hollywood. En fait, elle ressemble pas mal à Allie Ray, la star de cinéma. Vous voyez qui je veux dire ?

Mac acquiesça et suivit la gardienne sur le palier.

— Cancún, hein ? fit-il d'un air rêveur. Eh bien, merci de m'avoir fait visiter l'appartement, Mila. Je cherche quelque chose d'un peu plus grand, mais si je change d'avis je vous tiendrai au courant.

— Merci, monsieur Reilly, répondit-elle en lui décochant un sourire aguicheur et plein d'espoir. Téléphonez-moi quand vous voudrez.

De retour dans sa voiture, Mac appela Roddy et Lev sur Bluetooth en *conference call*.

— Elizabeth Windsor est bien une blonde qui ressemble à Allie Ray. Un sosie.

— Peut-être un sosie jaloux, suggéra Roddy.

— Et dangereux, je parie ! renchérit Lev.

— En tout cas, elle est la colocataire de Jessie Whitworth et cette dernière a les clés de la maison de Bel Air. Je parie qu'elle a aussi les codes du système d'alarme.

— Bingo ! s'exclama Roddy.

— Elles sont toutes les deux parties pour Cancún ce matin. En vacances.

— Tu es sûr de leur destination ?

— Je sais à quoi tu penses, Roddy, répliqua Mac. Mais Allie est au Grand Hôtel du Cap, à Saint-Jean-Cap-Ferrat. Avec le Festival de Cannes, la sécurité est renforcée, et il est impossible de s'y introduire. D'ailleurs, je vais lui téléphoner tout de suite pour prendre de ses nouvelles.

Mais, quand il composa le numéro de la star, personne ne décrocha. Et quand il appela la réception on l'informa que Mlle Ray avait quitté l'hôtel.

28

Mac apprit la disparition d'Allie par la radio alors qu'il roulait sur Pacific Coast Road pour déjeuner rapidement avec Roddy à la Malibu Fish Company.

Le journaliste rapportait que la star avait quitté seule le dîner de gala à Mougins et gagné l'aéroport de Nice. Mais elle n'avait pas pris l'avion et n'avait pas été vue depuis.

On supposait que, comme son dernier film avait été descendu en flammes par les critiques, elle cherchait peut-être simplement à fuir la presse. Mais il y avait aussi les rumeurs sur son mariage qui battait de l'aile et sur l'intérêt de Perrin pour une autre femme. Après tout, Allie allait avoir quarante ans... Quoi qu'il en soit, et en dépit des apparences, sa vie était plus mouvementée que ne le croyaient ses fans.

« Mais c'est Hollywood, conclut le reporter d'une voix joyeuse. Un jour on est au firmament ; le lendemain on n'est plus rien, oublié. Alors ? Est-ce un au revoir, Allie Ray ? »

Mac vira à droite pour gagner le parking. Il descendit de voiture et se dirigea vers le cabanon en bois où on pouvait acheter du poisson frais quand on avait la chance de savoir cuisiner. Sinon, assis dehors sur des bancs à la peinture écaillée, on commandait une grande assiette de lutjanidé ou de flétan, ou de toute autre créature de la mer, avec une montagne de frites – un bonheur pour les amateurs de glucides.

Mac choisit le sandwich au saumon sauce cajun, prit son ticket de commande et alla s'installer sur la terrasse qui surplombait la plage. Les mouettes mendiaient avec insistance des restes, des escadrons de pélicans marron fendaient le ciel. Le soleil baignait le paysage d'une lumière dorée. Encore une belle journée de Californie. Protégé de la brise par un auvent de plastique clair, il buvait son Coca light tout en pensant à Allie.

Aurait-il dû accepter de l'accompagner à Cannes ? Non, il avait eu raison de refuser : il n'avait pas à s'immiscer dans sa vie, et de plus cela aurait mis en péril sa propre relation avec Sunny.

Il consulta sa montre : midi, donc vingt et une heures en France. Il fit le numéro de portable d'Allie. Aucune réponse. Pourtant, le téléphone sonnait et, connaissant les femmes, il était certain qu'elle l'emportait partout avec elle. Elle ne devait pas être bien loin.

De plus en plus nerveux, il pianota sur la table. Pourquoi n'avait-elle pas au moins pris contact avec lui ? Elle savait bien que, quoi qu'il arrive, il était de son côté.

Il regarda de nouveau sa montre. Roddy était en retard. On appela alors son numéro de commande et il dévala les marches de bois pour aller chercher son sandwich. Une fois revenu à sa table, il mordit à belles dents dedans puis téléphona à Sunny.

Il la trouva à son club de remise en forme où elle se faisait faire un massage. Son masseur, furieux de la voir répondre, maugréa qu'elle allait gâcher l'ambiance. Mac entendait de la musique new age en bruit de fond. Pourquoi, dans ce genre d'endroit, s'obstinait-on à passer des disques d'Enya pour apaiser l'âme ? Que diable reprochait-on à Bach ?

— Allie a disparu, annonça-t-il avant de prendre une nouvelle bouchée.

— Où est-elle allée ? demanda Sunny.

— Si je le savais, je me dirais pas qu'elle a disparu !

— Exact. Eh bien, après toutes ces critiques je ne suis pas étonnée. Elle a probablement eu besoin de s'échapper quelque temps pour trouver un peu de paix et de tranquillité.

— Elle n'a contacté personne, objecta Mac.

— Pas même toi ?

— Non.

Il marqua une pause et reprit :

— Si elle ne revient pas bientôt, je vais peut-être devoir partir à sa recherche.

L'exclamation furieuse de Sunny résonna dans son oreille.

— Ce n'est pas ce que tu penses, s'empressa-t-il d'affirmer.

— C'est ce qu'ils disent tous.

— Enfin, Sunny ! Arrête avec ça ! Elle a disparu. Comme Ronald Perrin a disparu : Marisa l'attend toujours à Rome.

— Comment le sais-tu ?

— Elle m'a envoyé un mail hier. Elle est paniquée, se demande que faire.

— Est-ce que Demarco ne s'occupe pas d'elle ? Et son producteur italien ?

— Je suppose que si. Mais je vais sans doute devoir retourner à Rome aussi. Voir un peu ce qui s'y trame.

— Je t'accompagne.

— D'accord.

— Oh ! s'étonna Sunny, car elle s'attendait à des protestations. En fait, je vais peut-être te laisser y aller seul, cette fois. Je travaille sur un contrat qui requiert ma présence.

— Tu vas me manquer, déclara Mac.

— Bien sûr, je vais te manquer. À propos, où es-tu ?

— À la Malibu Fish Company, où j'attends Roddy en mangeant un sandwich cajun. Les cheveux au vent et le cœur glacé de solitude.

— Idiot ! lança-t-elle.

Mais il entendit le rire dans sa voix.

29

Roddy grimpa les marches quatre à quatre, un maxi Coca dans une main, une salade de crevettes dans l'autre.

— Je n'arrête pas de te dire que tu devrais boire du Coca light. Tu vas grossir, à ce rythme, l'avertit Mac.

— Grossir ? Moi ?

D'un geste théâtral, Roddy renvoya ses cheveux blonds en arrière.

— C'est plutôt toi qui devrais penser à te surveiller. Regarde un peu ce que tu manges… Fais comme moi, Mac Reilly, ajouta-t-il en agitant une crevette sans sauce sous son nez. Je sais ce qui est bon pour toi.

— J'espère que tu sais d'autres choses…

— L'identité de celui qui s'est introduit chez Allie et qui a lacéré ses robes, par exemple ? Je regrette, aucune idée.

— Quoi, alors ? demanda Mac.

— Je connais tous les ragots sur Perrin. Et crois-moi, c'est juteux.

— Dis-moi juste ce qu'il trafique en affaires.

— D'accord. C'est un véritable imbroglio : des sociétés multiples, des transferts multiples, tout est multiple. Impossible de savoir d'où vient l'argent ni où il va, mais on pense fort aux îles Caïmans et aux Bahamas. Ce sont deux de ses destinations régulières. Perrin part en jet privé, en prétextant toujours la pêche en haute mer ou le jeu, et toujours en compagnie d'une bonne demi-douzaine d'amis de sexe masculin. Jamais de femmes, en revanche.

— Ainsi, nous pouvons supposer que Perrin n'emmène pas que ses copains avec lui : il va placer une partie de sa fortune dans des paradis fiscaux.

Roddy hocha la tête avant de préciser :

— Le FBI a fini par flairer qu'il y avait anguille sous roche et Perrin l'a appris. Nous avons donc affaire à un homme qui a très peur.

— En plus, les avocats d'Allie lui ont demandé tous ses comptes, ce que, manifestement, il n'a pas pu fournir. Sans parler de Marisa qui le harcelait pour se faire épouser ou pour lui soutirer de l'argent, on n'en sait trop rien. Enfin, il y a l'affaire de la femme qui a disparu, Ruby Pearl.

— Ruby Pearl ? répéta Roddy en penchant la tête de côté d'un air intrigué. La mère de cette pauvre fille était dans la joaillerie, pour l'affubler d'un prénom pareil ! Je me trompe ou j'ai loupé un épisode ?

Mac lui raconta son entretien avec Lipski et son intrusion chez Perrin, quand il avait surpris Demarco à fureter chez le milliardaire.

— Je n'ai pas trouvé grand-chose sur Demarco, fit Roddy. À part que, comme Perrin, il semble avoir beaucoup d'argent. Il vient de se faire construire une immense maison à Palm Springs, dans un quartier très chic peuplé de célébrités et de nantis. Notre M. Demarco ne fréquente que le gratin.

— Je n'en suis pas surpris. Et, en parlant de Palm Springs, j'ai un coup de fil à passer, déclara Mac avant de composer le numéro de Lipski.

— J'espère que vous avez de bonnes nouvelles pour moi, monsieur Reilly, lança aussitôt le privé qui paraissait au bord du désespoir.

— Pas encore, désolé, Lipski, répondit Mac en soupirant. J'ai fouillé la maison de Malibu. Aucun intérêt... Je pars en France pour quelques jours, mais je vous promets que dès mon retour je ferai un saut chez Perrin à Palm Springs. Vous avez l'adresse ?

Il la nota et raccrocha peu après.

— Pardon ? s'exclama Roddy, les yeux écarquillés. En France ?

Mac jeta un coup d'œil à sa montre.

— En me dépêchant, je peux attraper le vol Air France du soir pour Paris.

— Paris ?

— Ensuite je prendrai une correspondance pour Nice. Je rentre dans quelques jours.

— Merci de m'avoir prévenu, fit Roddy en détournant la tête d'un air vexé. Je suppose que tu ne comptes pas non plus me dire ce que tu vas y faire.

— Allie Ray a disparu.

— Non ! lâcha Roddy, l'air ébahi. Et tu pars sur ton fringant destrier ? Le chevalier à la rescousse de la pauvre jouvencelle ?

— Tu as tout compris ! répondit Mac avec un sourire.

30

Sunny faisait les cent pas dans son appartement, suivie par Tesoro qui, en mal d'affection, lui pinçait les chevilles pour attirer son attention. En vain. Pour une fois, les caprices de sa chienne la laissaient indifférente.

Toute à ses pensées, elle ruminait son regret de ne pas avoir accompagné Mac en France. Elle avait perçu le désespoir d'Allie, sa solitude ; elle s'inquiétait pour elle. Une femme, surtout quand elle était célèbre, ne disparaissait pas ainsi. Mais est-ce que ce n'était pas justement ce que lui avait dit la star au sujet de son mari ? Or lui aussi était introuvable.

Avant de s'envoler pour la France, Mac avait rapporté à Sunny les soupçons qui pesaient sur Perrin concernant un blanchiment d'argent. Il avait déjà fait ça et semblait avoir recommencé. « Un escroc reste un escroc », avait-elle affirmé, et il lui avait répondu que c'était probablement vrai.

Pensive, elle regarda dehors. Dans la marina, les yachts et les voiliers de luxe se balançaient doucement. Ce soir, elle avait envie de se changer les idées, d'aller boire des martinis dans un bar avec des copines, de dîner dans un bon restaurant...

Elle se décida à prendre Tesoro dans ses bras, mais celle-ci en profita pour lui mordre la main dans le simple but de se faire remarquer. Agacée, elle la reposa, gagna sa chambre d'un pas vif et fouilla dans sa penderie en quête d'une tenue.

L'un de ses shorts traînait par terre. Comme elle le ramassait pour le mettre dans la panière à linge, une boule de papier froissé tomba d'une poche. D'un geste impatient, elle la jeta dans la poubelle, mais s'aperçut ensuite qu'elle portait ce short, le jour où Mac et elle s'étaient introduits chez Perrin. Ce papier était sans doute celui qu'elle avait ramassé dans le vide-poches de la Hummer.

Elle le récupéra et le lissa. C'était le reçu d'un impôt foncier versé par Ronald Perrin pour une résidence baptisée Villa de los Pescadores et située à Nuevo Mazatlán, à Mexico.

L'importance de sa trouvaille ne la frappa pas d'emblée. Mais soudain, avec un cri de joie, elle reprit la chienne dans ses bras et se mit à valser à travers la pièce.

— Comme dit le Pr Higgins dans *My Fair Lady*, « je crois que j'ai compris », Tesoro ! cria-t-elle joyeusement.

Elle composa le numéro de Mac. Avec un peu de chance, elle arriverait peut-être encore à le joindre à l'aéroport. Hélas, son téléphone était éteint. L'avion devait avoir décollé. Elle essaya Roddy et à son grand soulagement, il décrocha. Très excitée, elle lui fit part de sa découverte.

— Écoute, mon ange, nous passons trois jours en amoureux dans la Napa Valley, répondit-il d'un ton patient. Nous faisons des dégustations de vins. Je ne vois pas l'intérêt d'interrompre mon week-end pour me précipiter à Mazatlán. Ce n'est pas la porte à côté. Je m'en occupe dès que je rentre, lundi. Si Perrin est vraiment au Mexique, nous irons ensemble. Et, après avoir bu quelques margaritas, « nous le ramènerons vivant », comme ils disent dans les westerns.

Exaspérée, Sunny leva les yeux au ciel. Visiblement, Roddy ne la prenait pas au sérieux.

— Mais il pourrait s'évanouir dans la nature, entre-temps, répliqua-t-elle.

— S'il est vraiment là-bas, ma belle. Pour l'instant, nous n'en sommes pas sûrs...

Cette conversation ne menait à rien. Sunny y mit fin et, en proie à un sentiment de frustration grandissant, se remit à arpenter l'appartement. Un tel indice était trop sérieux pour être ignoré. Chaque minute comptait. Il pouvait arriver n'importe quoi. C'était à elle de prendre l'initiative. De plus, jouer à la détective lui plaisait beaucoup...

Un sourire éclaira son visage. Mac serait fier d'elle.

Elle posa la chienne sur le canapé, passa quelques coups de téléphone rapides et, après avoir entassé des vêtements de rechange dans un fourre-tout, mit Tesoro dans son sac de voyage pour chien. Elle allait la confier au chenil chic, près de l'aéroport, où elle serait traitée comme la princesse qu'elle était. Le personnel connaissait parfaitement ses goûts.

À peine une heure plus tard, Sunny était dans la salle d'embarquement, lancée sur la piste de Ronald Perrin. Elle allait le retrouver, découvrir ce qui le motivait et ce qu'il savait sur la disparition de sa femme.

31

« LA STAR BOUDE SON NOUVEAU FILM – SON PUBLIC EN FERA AUTANT »

Assise dans un coin d'un restaurant d'autoroute, Allie referma le journal. Elle en était à son troisième café et à son second croissant. Elle étala une carte Michelin devant elle et réfléchit. Tout ce qu'elle voulait, c'était disparaître. Mais sans idée de destination précise, décider d'un itinéraire n'était pas une mince affaire.

Elle jeta un coup d'œil dans la salle. Les clients étaient absorbés par leur petit déjeuner, personne ne faisait attention à elle. De toute façon, qui aurait pu la reconnaître ? Elle avait passé sa première nuit incognito dans un petit hôtel sur l'autoroute du Soleil. Là, elle avait coupé ses cheveux jusqu'à obtenir une masse hirsute qu'elle avait teinte en brun. Avec cette nouvelle coiffure, ses lunettes carrées sur le nez et sans maquillage, elle ressemblait à l'idée qu'un enfant se fait d'une maîtresse d'école. Son jean et son tee-shirt large lui donnaient l'apparence de l'une de ces excentriques qui parcourent seules les routes de France. Pour la première fois de sa vie, on ne la remarquait pas et elle trouvait cela bien agréable.

La dernière goutte de café avalée, elle sortit sur le parking où l'attendait la Renault bleu ciel. La cité fortifiée de Carcassonne se découpait à l'horizon, évoquant un décor de conte de fées. À proximité de la voiture, couché à l'ombre d'un arbre, un gros chien leva la tête en la voyant approcher. Croisé de berger allemand et de labrador, il était couvert de longs poils crottés.

— *Hi dog !* le salua-t-elle, un peu nerveuse, en anglais avant de continuer en français : Ou devrais-je dire « Bonjour le chien » ?

Il se contenta de la regarder d'un air las. Même à l'ombre, il haletait, la langue pendante. Elle s'étonna. Était-il abandonné ? Avait-il été jeté hors d'une voiture ? Ne voulait-on plus de lui ? « Débrouille-toi tout seul, vieux ! » lui avait-on sans doute dit.

— Bon, d'accord. Je suppose que tu as faim. Attends-moi ici, je reviens tout de suite.

Le restaurant ne vendait plus que du café. Le règlement stipulait que le déjeuner était servi entre midi et quatorze heures. Voyant qu'elle ne trouverait pas de viande, elle se dirigea vers le distributeur où elle acheta deux sandwichs jambon-fromage et une bouteille d'eau, puis elle gagna la boutique et y fit l'acquisition d'un bol affichant fièrement « Bienvenue à Carcassonne ».

Le chien était là où elle l'avait laissé, le museau entre les pattes. Il leva les yeux et la regarda. À l'évidence, il n'attendait rien et avait l'habitude qu'il en soit ainsi.

Elle s'agenouilla près de lui, versa de l'eau dans le bol et le plaça sous son nez. Il se leva péniblement et commença à laper. Il n'avait visiblement pas bu depuis des heures, des jours peut-être. Elle déballa les sandwichs et déchira les tranches de jambon en petits morceaux. Après les avoir reniflés avec une délicatesse surprenante pour un animal de cette taille, il se mit à manger. Allie s'étonna de voir qu'il ne dévorait pas sa nourriture. Même affamé, ce chien restait civilisé.

Une fois qu'il eut fini, il se rassit sur son train arrière et la fixa de ses yeux pleins de douceur. Elle crut y surprendre une lueur de gratitude. D'un geste prudent, elle effleura sa fourrure. Elle était rêche de la poussière incrustée dans ses poils.

— Brave chien ! fit-elle en remplissant de nouveau son bol.

Elle déchiqueta le reste du sandwich, le plaça devant lui et l'observa tandis qu'il dévorait.

— Bon, d'accord, répéta-t-elle en lui adressant un petit salut de la main. Tu es seul, comme moi. Alors, je te souhaite bonne chance.

Le chien la regarda d'un air grave.

— Allez ! Au revoir et bonne chance, le chien ! ajouta-t-elle en français.

Elle se remit au volant et se dirigea vers la sortie du parking pour rejoindre l'autoroute. Elle avait décidé de mettre le cap au nord. Un coup d'œil dans le rétroviseur lui indiqua que le chien était toujours assis au même endroit, les yeux rivés sur la voiture qui s'éloignait.

— D'accord, tout va bien, se répéta-t-elle avec nervosité pour la énième fois. Tout ira bien. C'est juste un chien, après tout. Quelqu'un va le trouver, s'occuper de lui.

Elle se surprit à ralentir, et fut dépassée par des véhicules dans un concert de coups de klaxon furieux. L'histoire de Pirate lui était revenue à l'esprit. Quand Mac Reilly l'avait découvert agonisant, le vétérinaire lui avait dit qu'après avoir sauvé un être de la mort on était responsable de son âme à jamais. Elle se redit qu'elle était idiote, folle même. N'avait-elle pas assez de mal à gérer sa propre vie ? Personne ne se préoccupait de sauver son âme. Pas plus Ron que Mac Reilly.

Pourtant, elle n'arrivait pas à chasser le chien de son esprit ! Elle s'engagea dans la bretelle de sortie de l'autoroute, prit le pont qui l'enjambait et repartit en sens inverse.

Elle trouva le chien là où elle l'avait laissé, à côté du bol « Bienvenue à Carcassonne ».

Elle s'arrêta en faisant crisser ses freins, descendit et ouvrit la portière du passager. Leurs regards se croisèrent.

— Allons ! lança-t-elle avec un soupir résigné. Monte !

Sur le siège avant, le gros chien était fermement planté sur ses quatre pattes et contemplait l'autoroute devant lui.

— Assieds-toi, mets-toi à l'aise, dit Allie en le gratifiant d'une petite tape affectueuse.

Il tourna la tête vers elle, puis s'allongea avec lassitude sur le siège à peine assez vaste pour sa corpulence.

— Tu comprends l'anglais ? s'étonna-t-elle.

Il lui répondit par un gémissement.

— Au moins tu as une voix ! reprit-elle avec un sourire. Je ne sais pas où nous allons, toi et moi, mais je suppose que, désormais, nous sommes dans le même bateau.

Après avoir quitté l'autoroute, elle fit halte dans le premier bourg qu'elle traversa et s'arrêta dans un hôtel où, comme dans de nombreux autres lieux publics en France, les chiens étaient acceptés. Le propriétaire lui recommanda un salon de toilettage où ils furent accueillis par des regards noirs. Le pauvre chien était en bien piteux état.

— Madame devrait faire plus attention ! lui jeta la propriétaire, glaciale.

Mais, dès qu'Allie lui apprit qu'il s'agissait d'un chien recueilli sur la route, elle s'adoucit et recommanda une visite au cabinet vétérinaire. Une fois l'animal propre, Allie le conduisit à l'adresse indiquée par la toiletteuse. Là, elle répéta son histoire. Après l'avoir examiné sous toutes les coutures, le vétérinaire conclut que le chien souffrait de malnutrition et que ses blessures au dos étaient probablement dues à des coups. Il lui fit quelques piqûres, donna à Allie un gel antibiotique et des gélules nutritives. Elle le remercia et prit congé avec une provision de croquettes pour un mois.

Elle considéra son nouveau compagnon avec fierté. Il n'avait plus rien à voir avec l'animal ramassé sur le bord de la route. Sa grosse tête de berger se relevait avec davantage d'assurance ; ses griffes avaient été limées, ses oreilles nettoyées. Après un bon bain, son pelage s'était révélé soyeux, d'une chaude teinte brune à reflets dorés, assortie à la couleur de ses yeux.

Dans le restaurant où elle avait commandé une assiette de cassoulet, la spécialité locale, il dîna avec elle. À côté de sa table, il avait un bol rempli d'eau et une gamelle en métal pleine de croquettes qu'il mangea comme un parfait gentleman. Il accepta avec des battements de queue reconnaissants les morceaux de viande de canard et de saucisse qu'elle lui donna, puis se coucha près de sa chaise.

À l'hôtel, ses griffes crissèrent sur les marches de bois qu'ils gravirent pour gagner la chambre réservée par Allie. Elle prit une douche, se mit au lit. Il s'allongea sur le sol, les yeux tournés vers elle.

— Tu montes la garde, c'est ça ? lui demanda-t-elle, contente.

Pendant la nuit, elle se réveilla et perçut la respiration paisible de son nouveau compagnon. Il avait une bonne odeur de chien propre. Elle se sentit soudain moins seule. Même s'il n'avait toujours pas de nom, ce chien était à elle, et personne ne pourrait jamais le lui prendre. Un sourire flotta sur ses lèvres. Après tout, elle non plus n'avait pas de nom.

32

Ronald Perrin était assis dans sa véranda, sa bouteille de Corona à ses pieds, face à la mer et à ses pensées. Une migraine lui vrillait le crâne. Il avait un peu abusé de la tequila, la veille.

Si la Villa de los Pescadores, ainsi nommée parce qu'elle avait appartenu à un pêcheur mexicain, n'était pas son seul secret, aujourd'hui c'était sûrement le mieux gardé. Il possédait cette maison depuis longtemps déjà, mais n'y avait jamais amené personne et en avait dissimulé l'existence à tous, en particulier à Demarco et Allie.

« Villa » était un bien grand mot pour décrire la construction délabrée, édifiée à partir de matériaux bon marché. Pourtant, Perrin se disait parfois que l'affreuse petite construction aux murs jaunes, pâlis par le temps, était son seul vrai chez-lui. Avec son sol en tomettes de Saltillo qui craquaient, ses murs envahis de fils électriques pendouillant, sa plomberie capricieuse et ses coupures d'eau, cette bicoque de bord de mer était l'endroit idéal pour se retirer du monde. Ici, il pouvait être lui-même.

Oubliés, Malibu, le train électrique miniature et les tableaux de maître. Oubliés, les pièces somptueuses, l'opulente décoration d'intérieur, les objets d'art, les jardins de Palm Springs, de Bel Air. Cette véranda juste assez large pour une chaise et une table était le seul endroit qui l'apaisait.

Et quand il était en mal de compagnie, il pouvait prendre sa voiture, pousser jusqu'à Mazatlán et trouver le réconfort dans une bouteille de tequila en se régalant d'une langouste locale couverte de piquants, au son d'un orchestre mariachi acceptable. Ici, la vie était simple. Aux yeux de tous, il était le gringo excentrique et taciturne qui avait un faible pour la tequila.

Une mélodie lancinante s'échappait du lecteur de CD. *Will you still love me tomorrow ?*, chantait Brian Ferry. Perrin augmenta le volume afin de couvrir le bruit du ressac et, avec un soupir, ferma les yeux un instant. Malibu ne lui avait jamais procuré une telle quiétude. Là-bas, les vérandas de ses voisins surplombaient la sienne, leurs téléphones sonnaient sans cesse, ses problèmes ne lui laissaient pas de répit. Alors, il avait fui pour essayer de les oublier. Mais, ce soir, il n'arrivait pas à les chasser de son esprit.

Perdu dans sa contemplation de la mer, il but une gorgée de Corona, revit la maison de la Colony où il avait vécu avec sa femme. Allie, son seul grand amour... Peut-être même l'Amour de sa vie.

Comment expliquer, alors, qu'il soit incapable de le lui dire ? Pourquoi la traitait-il aussi mal ? Pourquoi devait-il constamment lui prouver sa puissance et sa virilité en collectionnant des conquêtes dont il se fichait ? Quelque chose ne tournait pas rond chez lui, c'était comme une maladie qu'il ne savait pas soigner.

La tristesse l'accablait. Il aurait voulu tout effacer, redémarrer de zéro. Si c'était à refaire, il ne répéterait pas ses erreurs. Avec Allie, il serait un autre homme. Il oublierait l'amertume, les mauvais souvenirs, et tomberait fou amoureux d'elle comme il l'avait été au début.

Malgré le fracas des vagues, il entendait gargouiller son estomac : il avait faim. Généralement, Leticia lui laissait à manger. Elle venait deux fois par semaine faire le ménage – un grand mot pour son balayage paresseux et son rapide coup de serpillière sur les dalles. Mais, de temps à autre,

185

elle changeait les draps et emportait son linge sale chez elle pour le lui rapporter la semaine suivante. Puisqu'il lui fallait une semaine entière pour faire sa lessive, il se demandait si le mari de Leticia ne portait pas ses vêtements une partie de ce temps. Mais cela ne l'empêchait pas de dormir. Il fallait bien que tout le monde vive, pas vrai ?

Il remit le CD de Brian Ferry et, l'air misérable, fredonna tout bas : *Will you still love me tomorrow ?*

Ses pensées revinrent à Allie. L'image de sa femme s'imposa à son esprit : il la revit le jour où il l'avait rencontrée, presque quinze ans auparavant. Si longtemps, déjà ?

La frêle beauté blonde du grand écran, avec son teint éclatant, sa peau dorée comme une pêche mûre, l'avait fixé de ses yeux bleu Méditerranée, le transperçant jusqu'à l'âme. Comme cela arrivait si rarement dans une vie, il avait immédiatement reconnu en elle la femme qu'il attendait. Pourtant, malgré les protestations d'Allie, qui, depuis leur première nuit ensemble, l'assurait de son amour, il n'avait jamais pu chasser de son esprit cette question lancinante : Une femme d'une telle beauté pouvait-elle vraiment aimer un homme aussi laid, aussi rustre que lui ?

Le soir même de leur rencontre, ils avaient fui les noctambules du nouvel an pour rejoindre le chalet en rondins niché dans les forêts enneigées d'Aspen. Il entendait encore la voix de Brian Ferry les berçant, tandis qu'ils se tenaient enlacés dans son grand lit. Après cette première nuit, ils ne s'étaient plus quittés. Jusqu'à ce jour où, aveuglé par l'amertume, il l'avait perdue comme il était sur le point de perdre sa fortune.

Il avait alors décidé que, sa réputation de salaud étant bien établie, il ne lui restait plus qu'à fuir tant la loi que ses émotions et à se retirer sur cette plage déserte du Mexique, près de Mazatlán, la station balnéaire branchée.

Coupant court à ses réflexions, il reposa la bouteille de bière vide et se leva. La solitude ne lui valait rien, il se laissait miner par ses réflexions morbides. Il gagna la salle de bains miteuse et prit une douche, pestant contre la pression de l'eau quasi nulle, ce soir. Après avoir peigné ses cheveux en arrière, dégageant son front bronzé, il enfila un vieux tee-shirt aux couleurs défraîchies arborant le nom *MAZA-TLÁN*, un bermuda à fleurs et des tongs : il était paré pour la vie nocturne de la station.

Il savait exactement où aller. Un boui-boui sur la plage où l'alcool coulait à flots, où les haut-parleurs diffusaient la musique mariachi à plein volume et où personne ne le connaissait. Il pourrait se soûler encore une fois. En paix !

33

Sunny était impatiente d'arriver à Mazatlán pour vérifier si sa théorie sur Ronald Perrin était juste. Heureusement, le vol Alaska Airlines Los Angeles – Mazatlán ne durait que deux heures et demie.

À peine débarquée avec la cargaison de vacanciers déjà en bermuda et débardeur, elle alla chercher la voiture de location qu'elle avait réservée, puis, après s'être fait indiquer l'itinéraire par l'hôtesse, elle prit la route de Nuevo Mazatlán.

Le soleil brillait dans un ciel aussi bleu qu'une fresque de Raphaël. Suffocant presque à l'intérieur de la petite Seat qui était une véritable fournaise, elle releva sa jupe sur ses cuisses et mit en marche l'air conditionné. La route de l'aéroport longeait de modestes ranchs devant lesquels des chiens faméliques reniflaient la terre, en quête de restes de nourriture, et des prés où des vaches noires et maigres paissaient l'herbe rare. Elle dépassa des maisons délabrées, des garages, de misérables échoppes, surmontées d'auvents en plastique censés protéger du soleil, qui vendaient des *mariscos* et des *tacos*. Puis une école aux murs jaunes et un chapelet de maisons lavande, roses, turquoise.

Après avoir traversé les faubourgs, elle entra dans Mazatlán et se faufila à travers la circulation congestionnée du quartier de la marina et de ses immeubles neufs. Elle quitta le centre-ville par un pont et s'enfonça dans la paisible campagne de Nuevo Mazatlán, où les constructions étaient beaucoup plus espacées.

Dans son silence bruissant du chant des insectes, le paysage sec et rocailleux, émaillé de broussailles et d'arbustes rabougris, lui rappela la Provence.

Guidée par les panneaux, Sunny finit par arriver à l'Emerald Bay Hotel, à l'entrée duquel un garde contrôla son identité. Elle s'engagea dans la longue avenue qu'elle remonta lentement jusqu'à l'hôtel et se gara devant la porte surmontée d'un grand auvent. Des macaques et des perroquets au plumage mordoré l'accueillirent de leurs cris.

Au centre du hall, sous un dôme gigantesque, trônait une fontaine également démesurée. La mélodie apaisante de l'eau eut un effet immédiat sur Sunny. Elle retira ses sandales et, savourant la fraîcheur du dallage, gagna la réception où elle trouva une jeune femme souriante.

Dix minutes plus tard, vêtue d'une vaporeuse jupe blanche qui virevoltait en découvrant ses genoux gracieux, d'un tee-shirt noir et de sandales, une bouteille d'eau à la main, Sunny s'apprêtait à sortir de sa chambre quand elle eut une seconde d'hésitation. Devait-elle appeler Mac ? Ou Roddy ? Leur expliquer ce qui se passait ? Elle esquissa un sourire. Non, ils pouvaient attendre. Ils verraient bien assez vite combien elle était compétente.

La porte claqua derrière elle, et elle hâta le pas le long du passage envahi par la végétation tropicale qui menait à l'entrée, où sa voiture l'attendait déjà. Elle s'arrêta cependant de nouveau à la réception, pour s'enquérir du nom des bars et des restaurants les plus populaires de la ville. Puis elle demanda comment se rendre à la Villa de los Pescadores, où elle espérait bien rencontrer le tristement célèbre Ronald Perrin.

La route déserte suivait la longue plage en croissant, laissant la civilisation derrière elle –, pour autant qu'une station balnéaire soit représentative de la civilisation. Des enfants qui jouaient devant des terrasses de bars improvisés et de pauvres cabanes la saluaient de la main. Deux roquets marron la pourchassèrent au passage. Avec une pointe de nostalgie, elle pensa à Tesoro, sans nul doute en train de bouder dans son chenil très chic, sur son canapé rempli de coussins, devant son téléviseur pour chien. Tant pis ! À cet instant précis, elle avait des préoccupations plus importantes.

Dans le crépuscule qui tombait sur le paysage de plus en plus vide, le trajet lui parut interminable. Un sentiment de solitude l'envahit, exacerbé par la chaleur, et, pour la première fois, la nervosité la gagna. Mais soudain, au bout de la plage, une maison surgit. Elle ralentit pour lire le nom peint sur le rocher au début du sentier sablonneux : « VILLA DE LOS PESCADORES ».

Elle jeta un regard dubitatif sur le petit cube jaune si décati. Le milliardaire cosmopolite qu'était le flamboyant Ronald Perrin passerait-il vraiment ses vacances dans une bicoque aussi modeste ? Une image de sa somptueuse résidence de Malibu se présenta à l'esprit de Sunny. Elle devait se tromper, jamais un homme comme lui ne vivrait dans un endroit pareil. Il n'y resterait même pas une nuit. Elle non plus, d'ailleurs, pensa-t-elle en s'engageant dans le sentier plein d'ornières qui menait à la maison.

La porte en planches de bois brut était fermée. Ne voyant pas de sonnette, elle frappa puis attendit, tout en jetant un coup d'œil anxieux à la ronde. Il faisait de plus en plus sombre et elle était seule dans un endroit désert. Elle savait pourtant qu'une femme dans un pays étranger ne devait jamais commettre ce genre d'erreur. Et, comme si cela ne suffisait pas, elle était sur la piste d'un criminel. Qui savait comment il allait réagir quand elle se retrouverait face à lui ?

Mal à l'aise, elle frappa plus fort et patienta en suçant les jointures de ses mains meurtries. Toujours pas de réponse. Elle essaya la porte, qui s'ouvrit sans résistance. En fait, elle n'avait pas de verrou.

Après s'être annoncée par un « Bonjour », elle entra dans ce qui était la pièce unique, petite et délabrée. Dans un coin, un lit étroit, défait, et une lampe de chevet. Deux fauteuils mexicains de piteuse qualité faisaient face à une cheminée d'angle en pisé qui, à voir les traces noires sur son manteau, devait fumer beaucoup. Sur le plan de travail carrelé et dans l'évier s'entassaient des bouteilles de bière vides et des assiettes. Un placard ouvert laissait entrevoir quelques chemises. D'autres vêtements débordaient des tiroirs en piles désordonnées. Un vieux lecteur de CD était posé sur la table, à côté d'un disque de Brian Ferry.

— Il y a quelqu'un ?

Elle voyait bien, pourtant, qu'il n'y avait personne. Restait la salle de bains archaïque. Sans pouvoir retenir un frisson d'angoisse, elle jeta un coup d'œil à l'intérieur de la pièce exiguë puis sortit sur la terrasse, si l'on pouvait appeler ainsi le mouchoir de poche qui surplombait la mer. L'endroit lui rappela vaguement la maison de Mac.

Dans le silence seulement troublé par le bruit assourdi de la mer et les cris des mouettes, une brise fraîche qui soufflait du large agitait ses cheveux. Entre deux prosopis noircis, les puissantes vagues vertes venaient s'écraser sur le long croissant de sable avant de se retirer bruyamment. Une escadrille de pélicans passa devant ses yeux et, haut dans le ciel, les oiseaux qui tournoyaient lui firent penser à Batman.

Elle tomba soudain sous le charme du cabanon. Elle avait compris : Perrin venait ici en quête de paix et de simplicité. Et elle se surprit à espérer qu'il y avait trouvé ce qu'il cherchait.

Reprenant ses esprits, elle se rappela sa mission et la raison réelle de la présence du milliardaire. Pour elle, le doute n'était pas permis : il était impliqué dans la disparition de sa femme. Il savait où était Allie, elle en aurait mis sa main au feu. En tout cas, il se soustrayait à la loi. Elle allait découvrir pourquoi et, elle l'espérait, le ramener.

191

Elle quitta la maison. En trébuchant sur les cailloux du sentier, elle regretta de ne pas avoir mis des tennis plutôt que des petites sandales. Puis elle remonta en voiture et refit la route en sens inverse. Arrivée à Mazatlán, elle se gara, héla un taxi Mini-Moke et demanda à être conduite à La Costa Marinera.

Le bar donnait sur une rue menant à la plage. La bonne demi-douzaine de Harley garées à l'extérieur impressionna Sunny. Et elle n'était pas encore à l'intérieur que déjà les trompettes des mariachis lui déchiraient les tympans.

L'endroit était bondé : des gens du cru, des touristes, dans leur tenue de sortie du samedi soir. Tout le monde entamait sa seconde ou sa troisième margarita. Les cocktails étaient servis dans d'immenses verres. Les tables en bois étaient pleines et des serveuses musclées, en jupes jaunes, brandissaient d'énormes assiettes de fruits de mer au-dessus de leur tête. Une odeur de poisson-chat grillé, de crevettes, de piments et de *nachos* au fromage flottait dans l'air. Les clients assis sur la terrasse savouraient la fraîcheur de la brise nocturne, tout en s'empiffrant de guacamole et de *salsa* pimentée. Après avoir dit au serveur qu'elle cherchait un ami, Sunny se faufila entre les tables, repoussant les invitations d'admirateurs.

Un groupe de mariachis, en pantalons noirs moulants et vestes courtes brillant de clous et de sequins argentés, jouait très fort des chansons mexicaines. Les deux violonistes étaient des femmes au regard chaleureux, leur longue chevelure brune dansant sur leurs épaules. Un vieil homme tenait l'énorme basse traditionnelle mexicaine. Quatre guitares et deux trompettes complétaient l'ensemble. Sunny s'arrêta pour les écouter et, imitant le reste de l'assistance, se mit à battre des mains en cadence.

Dans un coin retiré de la terrasse, les propriétaires de Harley étaient assis, bras dessus, bras dessous, à une grande table ronde jonchée de bouteilles de Tecate et de Corona, avec d'énormes assiettes d'écrevisses accompagnées de riz et de haricots rouges devant eux. L'air désapprobateur, elle les regarda avaler des verres de tequila, priant pour qu'ils ne rentrent pas chez eux à moto.

Installé seul à une table, Ronald Perrin prit une nouvelle gorgée de tequila, puis but un peu de bière dans une bouteille couronnée d'un zeste de citron vert. Lui aussi regardait les motards, qui crièrent « *Guadalajara* ! » à l'intention des mariachis.

— *Guadalajara* ! hurla-t-il à l'unisson.

C'était sa chanson préférée.

En entendant l'accent américain, Sunny se retourna et se trouva face à celui qu'elle était venu chercher : le milliardaire au visage buriné et aux sourcils broussailleux, affublé d'un bermuda hawaïen à fleurs et d'un vieux tee-shirt.

— *Guadalajara*, entonna-t-il en espagnol d'une voix de ténor.

Les serveurs s'agglutinèrent pour se joindre au chœur. Perrin, qui connaissait toutes les paroles, finit par un « Youpi ! » dans le plus pur style mexicain, avant de saluer à la ronde sous les applaudissements et les acclamations.

Sunny se dirigea vers lui. La tête maintenant baissée, il fixait son verre d'un air sombre.

— Ronald Perrin.

Ce n'était pas une question, c'était une constatation. Il le savait. Il releva la tête et fixa la jeune femme de son regard brun et humide qui avait la douceur des yeux d'un chiot.

— Et merde ! grommela-t-il en prenant sa bouteille, je suis foutu !

34

Voyant qu'il ne semblait pas vouloir l'inviter à se joindre à lui, Sunny avança une chaise et s'assit à sa table. Sa jupe blanche vaporeuse remonta sur ses jolis genoux qui, elle le remarqua, n'avaient pas échappé au regard de Perrin. Même en situation de crise, il restait un homme à femmes.

Il leva la main pour appeler un garçon.

— Que voulez-vous boire ? demanda-t-il, toujours poli, en dépit des circonstances.

— Une margarita à la mangue, on the rocks, sans sel.

— Vous êtes folle ? Qui diable boit des margaritas à la mangue ?

— Je vois que vous n'êtes pas sorti dans les bons cercles, monsieur Perrin. La margarita à la mangue est un cocktail très en vogue.

— Ah bon ! Eh bien, moi, je préfère la tequila pure.

— J'avais deviné.

Ils se regardèrent en silence, chacun d'un côté de la table, s'étudiant mutuellement. Même ivre, Perrin dégageait un étrange magnétisme par ce regard si particulier qui contredisait sa réputation d'homme dur. Pourtant, Sunny savait qu'il ne fallait pas se frotter à lui, qu'il intentait des procès dans le monde entier, et que personne, hormis sa femme, n'osait lui tenir tête.

— Et d'abord, qui êtes-vous, nom d'un chien ? lui lança-t-il. Vous n'êtes ni la police ni le FBI.

— C'est ce que vous attendiez ?

Le garçon lui apporta sa margarita. Les yeux levés sur Perrin, elle commença à la siroter avec une paille. Son trajet sur cette route poussiéreuse lui avait desséché la gorge.

— Vous êtes une très belle femme, constata-t-il en esquivant sa question. Je suis venu ici justement pour échapper à tout ça.

— On dirait que vous y êtes arrivé, répliqua-t-elle avant de boire une nouvelle gorgée.

Le problème, avec les margaritas à la mangue, c'était qu'on y sentait à peine la tequila et que deux de ces cocktails suffisaient à vous mettre le corps en feu. Elle avait faim, tout à coup. Elle fit signe au serveur et commanda des *nachos*.

— Vous n'avez pas encore besoin de vous soucier de votre ligne, lui fit alors remarquer Perrin.

Était-il en train de la draguer ? Non, sans doute pas, malgré son regard admirateur. Il avait l'air moins ivre, soudain.

— Et vous parlez un espagnol parfait, poursuivit-il.

— Mon père est mexicain. Je fais les meilleurs *tamales* du monde, après ceux de ma grand-mère. Et comme elle n'a jamais eu de problème de poids, j'espère avoir hérité de ses gênes autant que de ses recettes.

Les *nachos* arrivèrent, et Sunny se jeta sur les haricots frits nappés de fromage qui s'étalaient sur des tortillas craquantes.

— Goûtez-les, ils sont délicieux, suggéra-t-elle au milliardaire.

Soudain, elle se figea. Que lui arrivait-il ? Ronald Perrin était son ennemi, sa proie, et elle se comportait comme s'ils avaient été deux amis en train de dîner ensemble. Après une nouvelle gorgée de margarita, elle demanda :

— Alors, dites-moi, qu'est-ce qui vous amène ici, monsieur Perrin ?

Il lui sourit, ses épais sourcils se faisant proéminents.

— Je pensais que vous le saviez. Sinon, pourquoi êtes-vous ici ?

— Nous tournons en rond, constata-t-elle en lui souriant.

Encore une fois, force lui fut d'admettre que Ronald Perrin avait un certain charme. Elle était censée être là pour le questionner, comme l'aurait fait Mac, et elle papotait avec lui.

— Quoi qu'il en soit, s'empressa-t-elle d'ajouter, c'est vous que je suis venue voir. Nous devons parler.

— Comment m'avez-vous trouvé ?

— Grâce à l'avis d'imposition pour cette villa. Il était dans le vide-poches de votre Hummer.

— J'aurais dû le détruire, fit-il avec un soupir. Mais je n'ai pas pu tout faire, je n'ai pas eu le temps. À part ça, que faisiez-vous dans ma Hummer ?

Le visage de la jeune femme s'empourpra.

— Oh, mon Dieu ! Il va falloir avouer, répondit-elle en baissant les yeux pour éviter son regard.

— Alors ?

Il attendait une réponse.

— Je pense que vous pourriez appeler ça une « intrusion par effraction », admit-elle avec un soupir. Nous cherchions des indices.

— Des indices de quoi ?

Elle releva la tête et lui lança un coup d'œil plein d'incertitude. La conversation prenait une mauvaise tournure. N'était-ce pas elle qui devait poser les questions ?

— Ne vous inquiétez pas, nous n'avons rien trouvé, à part cet avis, se contenta-t-elle de répondre.

Ils se fixèrent en silence. Perrin finit sa tequila.

— Et le train électrique ? demanda-t-elle.

Il haussa les épaules d'un air dégagé.

— J'ai eu une enfance trop pauvre pour en avoir un. Disons que j'ai réalisé un rêve de gosse.

Elle lui sourit avec bienveillance.

— Vous ne m'avez toujours pas dit qui vous étiez, insista-t-il.

— Je m'appelle Sunny Alvarez.

À sa grande surprise, il lui serra la main à travers la table, en l'étreignant une seconde de plus que nécessaire et en plongeant son regard dans le sien. Puis il reprit :

— Et qui est exactement Sunny Alvarez – avec un père mexicain et une grand-mère qui fait les meilleurs *tamales* du monde ?

— Vous voyez qui est Mac Reilly ? Je suis sa...

Elle s'interrompit juste à temps. Elle avait failli dire « fiancée », ce qu'elle n'était pas, bien sûr. « Petite amie » était un peu trop mièvre.

— ... son assistante.

— J'aurais dû m'en douter. Je lui avais demandé de travailler pour moi. Il a refusé... S'il avait accepté, je ne serais peut-être pas dans une telle panade, ajouta Perrin non sans amertume.

— Et de quelle panade s'agit-il précisément ?

Là, elle l'avait coincé. Maintenant, il allait tout lui dire.

Au lieu de cela, il fit signe au serveur d'apporter une deuxième margarita.

— Bien, à présent, donnez-moi la vraie raison de votre présence ici, la pressa-t-il avec son froncement de sourcils si caractéristique.

— Allie Ray, répondit-elle sans hésitation.

Il fixa son verre en silence avant de répondre, soudain glacial.

— Ne me dites pas que vous êtes venue avec une assignation en justice.

Elle secoua la tête.

— Et vous, Ronald Perrin, ne me dites pas que vous ignorez qu'Allie a disparu.

Le milliardaire la dévisagea.

197

— Vous devez savoir qu'elle a disparu pendant le Festival de Cannes, insista Sunny. J'ai pensé que vous aviez une idée de l'endroit où elle était allée.

Il parut se ressaisir.

— Pourquoi devrais-je être au courant des pérégrinations d'Allie ? C'est une femme libre.

Il feignait la désinvolture mais Sunny ne fut pas dupe. À son regard vide, elle comprit qu'il ne voulait rien laisser paraître de son trouble. Mais ses épaules affaissées et la lassitude soudaine qui se reflétait sur ses traits trahissaient son désespoir. Était-il sincère en affirmant ignorer où sa femme se trouvait ?

— Je vois que vous êtes inquiet, malgré tout, murmura-t-elle.

D'un nouveau haussement d'épaules, il lui signifia son indifférence. S'il était choqué par la disparition de sa femme, il ne voulait pas en parler.

— Qu'est-ce que ça peut faire ? Elle va son chemin, et moi le mien.

Il commanda une nouvelle tequila qu'il but d'un trait. Puis, sa bouteille de Corona à la main, il enchaîna :

— De toute façon, vous n'êtes pas ici pour parler sentiments. J'ai compris que vous vouliez passer une sorte de marché avec moi.

— Allie n'est pas la seule à avoir disparu, lança alors Sunny. Et Ruby Pearl ?

Il la dévisagea sans chercher à dissimuler sa surprise.

— Ruby a travaillé pour moi comme secrétaire pendant quelques semaines. J'ignore où elle est allée ensuite.

— Et puis, il y a Marisa. Elle est toujours à Rome à attendre de vos nouvelles. Elle nous a montré le diamant que vous lui avez donnée comme bague de fiançailles – vous ne vous êtes pas fichu d'elle ! Elle nous a dit que vous aviez promis de l'épouser... Elle s'inquiète, Ron, ajouta Sunny en le regardant durement.

— Je n'ai jamais parlé ni d'amour ni de mariage à Marisa, répondit-il, l'air contrarié, en passant une main dans ses cheveux clairsemés. Cette bague n'était pas symbolique. Comme elle l'admirait dans une vitrine, je la lui ai offerte. Ça lui a fait plaisir, mais ce n'était pas une bague de fiançailles. N'oubliez pas que je suis toujours un homme marié.

— Dommage que vous n'y ayez pas réfléchi avant d'avoir une aventure !

— Écoutez-moi bien, Sunny Alvarez, rétorqua Perrin en se penchant vers elle par-dessus la table. Malgré ce qu'elle a pu vous raconter au sujet de cette bague, Marisa n'avait aucune illusion. Elle savait à quoi s'attendre et, croyez-moi, je n'ai pas été le premier homme riche avec lequel elle sortait. Marisa a plus d'un tour dans son sac.

— Elle nous a aussi parlé de votre goût pour le sado-masochisme.

— Quoi ? s'exclama-t-il en blêmissant de surprise. C'est n'importe quoi !

— Je me doutais qu'elle mentait, le rassura Sunny. J'ai même pensé qu'elle avait peut-être l'intention de vous faire chanter. Qu'elle vous menacerait de vendre ce genre d'histoire aux tabloïdes si vous ne teniez pas votre promesse. Mais, dites-moi, que s'est-il passé à Malibu, le soir où Mac l'a entendue hurler ? Vous avez beau l'avoir nié, je sais qu'elle se trouvait chez vous.

— D'accord, elle y était bien. Comprenez-moi, je ne tenais pas à ce que le monde entier l'apprenne. Pouvez-vous m'en blâmer ? Je suis un homme marié. En fait, j'étais à une réunion et elle m'attendait chez moi. Elle a dit avoir entendu des bruits de pas et avoir eu peur. Et qu'ensuite Reilly a fait irruption dans la pièce.

— Alors, elle a voulu le descendre.

— Pas exactement.

— Elle a essayé.

— Si un inconnu entre chez vous par la porte-fenêtre à minuit, répliqua-t-il avec un haussement d'épaules méprisant, vous allez tirer sur lui, vous aussi.

— Mais pourquoi étiez-vous avec Marisa, de toute façon ?

Sunny était curieuse, tout à coup. Sous son attitude de gros dur blasé, cet homme avec son bermuda hawaïen et son vieux tee-shirt cachait bien des choses. Elle voulait creuser plus profond, découvrir ce qu'il était en fait, débarrassé de sa superbe.

— Vous voulez la vérité, Sunny Alvarez, déclara-t-il d'une voix presque imperceptible, le regard glacial ? J'étais avec elle pour me consoler de mon chagrin d'amour... Allie ne m'aime plus, enchaîna-t-il en s'affalant sur la table, la tête entre les mains. Si elle m'a jamais aimé... Puis-je l'en blâmer ? Non, bien sûr. Beaucoup d'hommes auraient voulu être M. Allie Ray ! C'était ce que je souhaitais le plus au monde – plus que l'argent, les maisons, les richesses, le pouvoir. Je voulais Allie, et maintenant je l'ai perdue. Et pour répondre à votre question, miss Détective, je suis venu dans mon lieu de prédilection avec l'espoir d'y retrouver mon âme.

— Je suis vraiment désolée, chuchota Sunny, pleine de compassion.

— C'est la première fois qu'une femme a pitié de moi, maugréa-t-il. Je ne sais pas si ça me plaît... Je suis fatigué, c'est pour ça que je parle autant, reprit-il avant de se lever, un peu chancelant. Je dois rentrer.

Il plongea sa main dans sa poche et en sortit une poignée de pesos qu'il tendit au serveur. Puis, ignorant Sunny, il se dirigea vers la sortie. Elle le suivit jusque dans la rue.

— Comment êtes-vous venu ici ?

— En voiture, évidemment, fit-il en cherchant ses clés dans sa poche.

— Ah, eh bien, pas question que je vous laisse conduire dans cet état. Pas après avoir avalé toute cette tequila.

— Êtes-vous en train d'insinuer que je suis ivre ? rétorqua-t-il avec l'arrogance des gens en état d'ébriété avancé.

— Absolument, Ron Perrin ! affirma Sunny en hélant un taxi qui passait.

Elle ouvrit la portière et l'y installa.

— Ramenez-le chez lui, déclara-t-elle au chauffeur en lui indiquant l'adresse.

Affalé sur la banquette arrière, Perrin la regarda à travers ses paupières mi-closes.

— Je parie que vous êtes amoureuse de Mac Reilly. Une femme comme vous peut mener n'importe quel homme par le bout du nez.

— J'aimerais bien, avoua-t-elle avec un sourire. Écoutez, je viendrai vous voir demain matin. Nous parlerons un peu plus longuement.

— De quoi ?

— Vous le savez bien, de blanchiment d'argent, répondit-elle, et elle regretta immédiatement sa réponse. Peut-être aussi d'amour, ajouta-t-elle pour se rattraper.

Elle claqua la portière et, pensive, regarda le taxi s'éloigner jusqu'à ce qu'il tourne à gauche et disparaisse. Le doute n'était pas permis : Ronald Perrin était toujours amoureux de sa femme, et de plus il avait des ennuis. Demain, elle verrait comment l'aider.

Le jour suivant, Sunny se leva tôt et sortit faire une longue promenade sur la plage ensoleillée, s'emplissant les poumons d'air marin. Devant elle, les pélicans plongeaient comme des bombardiers dans l'eau, pour en émerger avec des poissons argentés scintillant dans le bec.

Elle prit sur la terrasse un café d'un noir profond, accompagné de viennoiseries qui lui parurent les meilleures de sa vie. Puis elle se fit préparer une thermos de café et, sans se presser, se mit en route pour la maison de Perrin.

Mais, lorqu'elle frappa à la porte, elle n'obtint aucune réponse. Elle tourna la poignée et entra.

— C'est moi, Sunny, s'annonça-t-elle. Je vous ai apporté du café, j'ai pensé que vous en auriez peut-être besoin.

Elle se débarrassa de la thermos et regarda autour d'elle. La pièce était vide, la terrasse déserte. Et sur la table gisait le CD de Brian Ferry, cassé en deux.

Elle ne rentrerait donc pas à Los Angeles en ramenant triomphalement Perrin à Mac, constata-t-elle démoralisée.

35

Il faisait chaud à Cannes en ce début d'après-midi. Mac avait baissé la capote de sa Peugeot de location, dans l'espoir que la brise légère l'aiderait à surmonter les effets du décalage horaire. Après avoir pris une chambre à l'hôtel Martinez, il se renseigna auprès du concierge sur les services de limousines dans la région.

Ayant obtenu une liste complète, il gagna sa chambre, prit une douche et passa un bermuda. Même si ce n'était plus l'heure, il appela le room-service pour commander un petit déjeuner et, installé sur la petite terrasse, savoura la vue sur la mer. Allie occupait toutes ses pensées.

Il en était sûr, elle avait fui une vie qu'elle n'aimait plus. Elle en avait eu assez d'être une star de cinéma, assez de ne pas être la seule femme dans le cœur d'un homme connu pour ses infidélités, assez de la vie à Hollywood avec son glamour et sa richesse. En fin de compte, comme elle le lui avait avoué, elle avait des goûts simples et ne s'était jamais sentie bien dans sa peau de star. Ce monde dans lequel elle jouait un rôle si important lui avait toujours été étranger. Elle voulait retrouver sa vie privée, son anonymat.

Mac avait demandé à Sunny de lui envoyer par e-mail les dernières photos d'Allie prises au Festival. Elles la montraient belle et sereine, posant pour la presse, saluant ses fans de la main. Allie ne pourrait aller nulle part sans être reconnue, songea Mac tout en buvant le jus d'oranges fraîchement pressées et en dégustant ses œufs brouillés aux cèpes. Il lui faudrait choisir un déguisement quelconque pour changer son apparence.

La première chose qu'elle ferait serait à coup sûr de couper sa magnifique chevelure, blonde et soyeuse, qui était l'une de ces caractéristiques. Cette idée arracha une grimace à Mac. Il faudrait ensuite qu'elle les teigne. Elle adopterait une tenue plus simple, sans doute un jean et un tee-shirt, et devrait porter des lunettes. C'est du moins ainsi qu'il procéderait s'il était chargé de la faire passer incognito. Mais cette transformation pouvait ne pas suffire ; pour plus de sûreté, Allie quitterait la clinquante Côte d'Azur. Elle mettrait probablement le cap au nord et se cacherait à la campagne.

Mac se mit à étudier les axes principaux sur la carte Michelin qu'il avait achetée à l'aéroport de Nice. L'un menait au Lubéron, une région qui grouillait de gens du cinéma, d'écrivains et de *people* en vacances. Les autres allaient soit vers l'ouest via Toulouse, soit vers le nord via Agen. Avec un soupir, il replia la carte : la France était plus grande que ce qu'il pensait.

Il sortit alors la liste que lui avait remise le concierge et appela l'un après l'autre les services de limousines pour tenter de trouver celui qui avait fourni la voiture d'Allie pendant le Festival. Au quatrième essai, la chance lui sourit. Après avoir annoncé au directeur de la société de location qu'il arrivait tout de suite, il mit une chemise et des sandales, puis gagna la périphérie de Cannes en voiture.

Au premier abord, l'homme qu'il avait eu au téléphone se montra méfiant.

— Nous avons déjà été harcelés par beaucoup trop de reporters. Je ne discute jamais de mes clients avec eux, déclara-t-il, glacial.

— Je travaille pour Mme Ray. Je m'occupe de sa sécurité, expliqua Mac en sortant sa carte professionnelle. Je voudrais m'entretenir avec le chauffeur qui l'a emmenée à l'aéroport.

Le directeur s'adoucit alors et fit appeler l'employé qui répondait au prénom de Claude et s'apprêtait justement à prendre son service. De petite taille, avec un gros nez et des yeux de fouine, il arriva les sourcils froncés et l'air renfrogné. Mac se leva pour lui serrer la main aussi chaleureusement que possible, mais le chauffeur ne manifestait aucune envie de coopérer. Il avait visiblement peur d'avoir des ennuis.

— Mme Ray n'a pas disparu, affirma-t-il avec nervosité. Personne n'a signalé son absence à la police et les flics ne la cherchent pas.

Le chauffeur avait raison, songea Mac. Personne d'autre que lui ne cherchait sans doute aujourd'hui à savoir où se trouvait Allie. Et, comme il était presque sûr qu'elle avait choisi de s'enfuir, il ne tenait pas à lancer la police sur ses traces.

— C'est exact, acquiesça-t-il donc. J'ai juste besoin de savoir où vous avez déposé Mlle Ray et ce qu'elle a fait ensuite.

Claude insista sur la discrétion qu'exigeait son métier. Il n'avait pas dit un mot aux journalistes. Mais, sa carte professionnelle à l'appui, Mac lui répéta ce qu'il avait déclaré au directeur et le chauffeur finit par coopérer.

— Je l'ai déposée aux Départs. Elle est montée dans ma limousine en tenue de soirée, mais, quand elle en est descendue, elle portait un pull, un chapeau sur ses cheveux tirés et des lunettes noires. Elle ne m'a pas laissé porter son bagage, elle a pris sa petite valise elle-même. Ensuite, elle m'a donné un gros pourboire et m'a remercié. Voilà, monsieur, c'est tout ! conclut-il avec un haussement d'épaules.

— Vous l'avez regardée partir ?

— Pendant une minute, oui. Je l'ai vue entrer et je suppose qu'elle a filé à l'enregistrement. J'ignore où elle allait, et je n'en sais pas plus.

Mac poussa un soupir. Il n'était pas bien avancé. Il avait juste appris que, le soir où elle avait disparu, Allie était partie pour l'aéroport de Nice à moitié déguisée. Une fois descendue de la limousine, elle avait pu opter pour n'importe quel moyen de transport : avion, taxi, voiture.

Après avoir remercié Claude, Mac fila à l'aéroport de Nice, où il vérifia tous les vols qui étaient partis cette nuit-là – la liste des passagers et leur destination. Le nom de la star ne figurait nulle part. Dans le hall des Arrivées, il opéra la même vérification auprès des agences de location de voitures. Sans plus de succès.

Il était dans une impasse. Conscient d'avoir perdu son temps, il regagna son hôtel, où l'attendait un e-mail de Sunny disant : « Moi aussi, je pars faire un petit voyage. Je t'appelle en rentrant. »

Il lui téléphona sur-le-champ, sans obtenir de réponse. Que pouvait-elle donc manigancer ? s'interrogea-t-il en soupirant.

Les femmes de sa vie lui causaient bien du tracas.

36

Allie contourna Toulouse, paniquée par les embranchements des autoroutes où les panneaux indiquaient Barcelone, Bordeaux ou Paris. Aucune de ces destinations ne l'intéressait.

Prise en sandwich entre des voitures dont la plupart étaient conduites par des Français pleins d'assurance et qui avaient l'oreille vissée au téléphone, elle klaxonna furieusement et, appuyant sur l'accélérateur de sa petite voiture, elle se faufila entre eux. Ils se dispersèrent dans un concert de klaxons.

Un panneau indiqua enfin Agen. Sa destination, décida-t-elle. Son voyage avait été plus long que prévu et elle était fatiguée de conduire. Elle voulait trouver la campagne – la France rurale des cartes postales dont rêvent les touristes, celle des routes bordées de platanes et des prés verdoyants traversés par des ruisseaux qui gazouillent.

Elle se dirigeait maintenant vers Bergerac. À coté d'elle, le chien ronflait doucement dans son sommeil. Elle fit halte dans la petite ville de Castillonnès pour qu'il marche un peu et en profita pour boire un café. Après s'être fait indiquer l'itinéraire touristique, elle s'enfonça dans la campagne.

De part et d'autre de la route s'étendaient des prés d'un vert éclatant. Une rivière serpentait paresseusement avant d'aller se jeter dans les eaux bouillonnantes de la Dordogne.

À l'ombre de marronniers séculaires broutaient des vaches caramel. Des sentiers rocailleux escaladaient des collines coiffées de mystérieux châteaux forts. Des chevaux s'ébrouaient dans leurs herbages, et au fond de longues allées blanches bordées de peupliers ondulant sous la brise se dressaient de paisibles gentilhommières. Les fermes et leurs granges en bois semblaient être là depuis des siècles.

Un concert de gloussements la fit soudain freiner. Un groupe de poules au plumage rouille caquetait d'un air mécontent devant la barrière d'une ferme. Le chien passa sa tête à travers la vitre baissée. Un énorme coq s'avança sur la chaussée, regarda à droite puis à gauche et se mit à piailler en battant des ailes pour renvoyer son harem. Celui-ci se hâta alors de rentrer dans la cour, pour éviter une petite voiture qui descendait la route à vive allure dans un nuage de poussière. Le coq attendit qu'elle se soit éloignée et retourna sur la route. Encore une fois, il en inspecta les deux côtés et, constatant que la voie était libre, il escorta son troupeau dans le champ d'en face.

Ébahie, Allie sourit. Elle ignorait que les volailles françaises connaissaient le Code de la route ! La pensée d'une bonne omelette aux œufs frais lui fit venir l'eau à la bouche. Elle accéléra. Elle voulait trouver un gîte et, avec un peu de chance, un restaurant à proximité.

Comme par hasard, son souhait fut exaucé. Elle s'était arrêtée pour faire le plein sur une petite route à proximité du village médiéval d'Issigeac. La seule autre cliente de la station-service était une femme aux cheveux roux. Rassemblant son courage, Allie ajusta son chapeau et remonta ses lunettes noires avant de lui demander dans un français hésitant si elle connaissait un endroit où dormir.

— Oui, répondit la femme en anglais. Mon amie Petra tient des chambres d'hôtes, tout près d'ici. Elle pratique des prix très raisonnables.

Elle lui indiqua la direction et ajouta que Petra avait récemment ouvert un petit restaurant.

— Ça doit être le paradis ! s'exclama Allie avec un sourire.

La femme lui lança un regard pénétrant.

— Ce n'est pas tout à fait le paradis, mais c'est peut-être exactement ce que vous cherchez, si votre voyage a été long et pénible.

Allie la remercia et s'empressa de détourner les yeux. Elle ne devait rien laisser deviner de son désarroi.

— À propos, je ne me suis pas présentée, reprit la rousse. Je m'appelle Red Shoup.

— Enchantée, répondit Allie avant d'ajouter, employant ce nom pour la première fois : je suis Mary Raycheck.

Red Shoup hocha la tête sans cesser de l'observer d'un air intrigué. Puis elle remonta dans sa voiture et sortit de son sac à main une carte de visite.

— Voici mon numéro. Si vous avez besoin d'aide, téléphonez-moi. Et, surtout, dites bien à Petra que vous venez de ma part.

Allie la regarda s'éloigner. Cette femme avait-elle des soupçons sur son identité ? Ou la voyait-elle simplement comme une personne à l'air troublé parcourant la France avec pour seule compagnie un chien étrangement sage et beaucoup trop gros ?

À son tour, elle se remit au volant et, après avoir suivi les indications de Red, elle arriva à l'entrée d'une allée. Au bout, un petit château se découpait sur un rideau d'arbres à l'ombre desquels des vaches broutaient. Elle s'y engagea, les graviers crissant sous les pneus de la voiture. Deux colleys se précipitèrent à leur rencontre et, l'air soudain inquiet, son chien eut un mouvement de recul.

Comme Allie se garait devant le perron, la porte du château s'ouvrit et une grande blonde bien potelée, vêtue de ce qui semblait être une nuisette en satin rouge, descendit les marches.

— Bonsoir, ma chère, l'interpella-t-elle dans un français teinté d'un fort accent anglais. C'est vous qui cherchez une chambre ? Red vient de me téléphoner pour m'annoncer votre arrivée. Ne vous inquiétez pas, mes chiens ne sont pas méchants ; tout ce qu'ils aiment, c'est courir après les moutons. Non qu'il y en ait beaucoup ici, mais nous en avions dans notre ferme, au pays de Galles. Allez ! ma belle, descendez de voiture. Je vais vous donner la plus belle chambre de la maison.

Son flot de paroles s'arrêta et elle adressa un sourire rayonnant à Allie. Celle-ci ne bougea pas, comme pétrifiée par la blonde quinquagénaire en chemise de nuit rouge qui la fixait de son regard de myope.

— Je ne sais pas votre nom, mon ange, déclara Petra.

— Oh, pardon ! Je suis Mary. Mary Raycheck.

— Ce n'est pas banal. Polonais, non ?

— À l'origine, je crois que oui. Et vous êtes Petra ? dit Allie en descendant de voiture.

Les deux femmes se serrèrent la main, puis Allie attacha son chien avec sa laisse toute neuve et suivit son hôtesse à l'intérieur.

— Je m'appelle Petra Devonshire, déclara cette dernière avant de remarquer, en lui donnant un coup de coude complice : c'est un nom chic pour quelqu'un comme moi, non ?

Elle partit d'un grand éclat de rire et ajouta :

— J'étais danseuse. Des émissions de variété à la télévision, des tournées, ce genre de chose, même si tout le monde disait que j'étais plutôt du type Benny Hill. Vous savez, la nana en bas résille et porte-jarretelles qu'on pourchasse dans le jardin ? Bref, je me suis retrouvée ici. Rappelez-moi de vous raconter toute l'histoire, ma belle, un de ces soirs, quand nous n'aurons rien d'autre à faire que papoter devant un verre de vin.

Petra n'avait toujours pas pris le temps de respirer. Son étrange tenue et son invitation à écouter l'histoire de sa vie avaient beau laisser Allie un peu perplexe, elle était charmée par sa vitalité et enchantée par son style de vie anticonformiste.

— Suivez-moi, trésor, l'invita Petra en s'engageant dans un large escalier sur les murs duquel s'alignaient des portraits de famille. Aucun ne m'appartient, précisa-t-elle. Ils étaient là quand j'ai emménagé.

Arrivée sur le palier du premier étage, elle ouvrit une porte.

— Voilà ! Ma plus belle chambre. Elle vous plaît ?

Éblouie, Allie regarda le lit Empire à dorures, capitonné d'un tissu damassé bleu. L'armoire en pin patiné, la coiffeuse raffinée avec ses trois miroirs mouchetés et ses deux chandeliers argentés, le tapis moelleux en peau de mouton et les rideaux de satin dont la couleur pourpre d'origine, pâlie par le temps, avait viré au vieux rose. Devant une immense cheminée carrelée, surmontée d'un miroir massif doré à la feuille, trônait un vieux canapé affaissé, recouvert de chintz fleuri. Face à la grande fenêtre, un service à café sur un plateau rouge attendait sur une petite table. Une porte ouvrait sur une salle de bains neuve et rutilante, avec un bac à douche grand comme un mouchoir de poche.

Devant un tel décor, tous les souvenirs de la somptueuse suite de Bel Air s'envolèrent en fumée.

— Petra, fit-elle dans un souffle, une main sur la poitrine. J'adore ! Peut-être ne vous débarrasserez-vous jamais de moi.

Le rire rauque de Petra se mêla au sien.

— Tant mieux ! L'argent me sera utile. Maintenant, installez-vous. Ensuite, rejoignez-moi pour une tasse de thé. Et je vous en prie, mon ange, retirez cet affreux couvre-chef. Il ne vous va pas du tout. Vous trouverez un assortiment de chapeaux de paille sur le portemanteau du vestibule... Je vous attends dans la cuisine dès que vous serez prête.

211

Elle disparut dans un bruissement de satin rouge, parfaitement indifférente à sa tenue incongrue.

Allie alla ouvrir la fenêtre et passa la tête dehors. Ici, pas de bruit de circulation. Pas de sirènes. Personne pour la harceler. Le silence était à peine troublé par le chant de la brise dans les feuilles des peupliers et une vache qui meuglait au loin. Les deux colleys se pourchassaient dans le champ à l'entrée de la propriété. Un cheval à la robe lustrée, d'un noir de jais, paissait tranquillement. Deux vélos étaient appuyés sur un côté du perron flanqué de deux vasques de géraniums aux nuances de rouge les plus diverses. Et le parfum du jasmin qui grimpait à l'assaut des vieux murs en pierre de taille se mêlait à l'odeur du foin.

La jeune femme eut un soupir de contentement. Aurait-elle enfin trouvé le paradis ?

37

Après s'être douchée et avoir enfilé un jean noir et une chemise en lin blanc, Allie descendit rejoindre son hôtesse. L'armure qui montait la garde dans l'escalier, affublée d'un boa en plumes magenta, la fit sourire.

Elle trouva Petra dans la cuisine, une longue pièce aux murs à colombages. Deux des quatre côtés étaient occupés par des placards, un troisième était percé de hautes fenêtres à vitraux teintés. Au centre se dressait une table de bois qui pouvait accueillir au moins vingt personnes. Il y avait dessus des piles de linge et un énorme puzzle à moitié terminé sur la campagne de Dordogne ; deux chatons roux assoupis dans un panier rempli de pelotes de laine ; un vieux transistor qui diffusait les derniers tubes français, ainsi que des saladiers, des assiettes, des magazines et divers papiers.

Des livres s'empilaient sur des guéridons branlants. Les manteaux jetés sur les fauteuils devant l'énorme cheminée semblaient attendre des propriétaires qui les auraient oubliés. Par la porte ouverte entrait une brise chargée des parfums de la campagne.

Au milieu du désordre, Petra, sereine, un peignoir rose sur sa chemise de nuit en satin rouge, préparait le thé dans une grosse théière marron.

— Je ne sais pas pourquoi, mais le thé a toujours meilleur goût dans une théière marron, déclara-t-elle en repoussant d'un bras la pile de linge la plus proche pour faire de la place sur la table. Voilà, mon ange, je parie que vous êtes affamée. J'ai aussi des bons biscuits anglais, des *McVitie's chocolate digestives*. Et le chien ? Il s'appelle comment, à propos ?

— Il n'a pas de nom.

Petra la fixa de ses yeux bleus étonnés, cerclés de khôl noir et ombrés par des cils recouverts d'une épaisse couche de mascara.

— Comment ça ? Nous avons tous un nom. Comment l'appelez-vous pour le faire venir ?

— Brave chien, répondit Allie après un temps de réflexion. Du moins, c'est comme ça que je l'ai appelé jusqu'ici.

— C'est vrai qu'il a l'air brave. On pourrait l'appeler Bravo, pour faire plus court. Ton nom te plaît, mon vieux ? ajouta-t-elle en prenant la gueule du nouvellement baptisé Bravo au creux de sa main. Je vois que tu es un bon chien. Tu t'occupes bien de ta maman, hein ? C'est ton boulot. Entendu ?

Elle lança un coup d'œil inquisiteur à Allie et renchérit :

— D'autant qu'elle a l'air d'en avoir besoin.

La jeune femme but une gorgée du thé qui lui brûla la gorge et croisa le regard de son hôtesse.

— J'ai l'air si mal en point ?

— Cette coupe de cheveux est une catastrophe. Quelle mouche vous a piquée ?

Cachant son visage derrière son mug, Allie répondit :

— C'était une nécessité.

Petra prit une jatte blanche en forme de vache pour verser du lait dans son thé, puis y ajouta quatre cuillerées de sucre en poudre et remua vigoureusement le tout. Elle avoua ensuite d'un air entendu, en hochant la tête :

— Je suis passée par là. Deux fois... Problème de cœur, c'est ça ?

Submergée par un désespoir soudain, Allie mit sa tête entre ses mains.

— J'ai quitté mon mari, fit-elle dans un murmure. Ou plutôt, il m'a quittée. J'ai demandé le divorce.

Elle avait parlé si bas que son hôtesse avait dû s'approcher pour l'entendre.

— Aïe ! Ce sont des situations pénibles, compatit-elle avec un profond soupir.

— Il y avait une autre femme.

— C'est encore pire !

— Après, il a disparu. Personne ne sait où il est.

— Il essaie de couper au versement de la pension alimentaire, sûrement...

Petra poussa un nouveau soupir qui fit trembler sa généreuse poitrine.

— Les hommes, grommela-t-elle. Ils ne comprennent jamais leur chance, jusqu'à ce qu'il soit trop tard. Faites-moi confiance, mon ange : s'il a le moindre bon sens, ce que je suppose puisqu'il vous a épousée, il va revenir en courant et vous demander à genoux de le laisser rentrer à la maison.

— C'est ce qui s'est passé pour vous ?

Sans répondre, elle attrapa un biscuit et le plongea dans le mug.

— J'adore quand le chocolat fond, expliqua-t-elle avant d'enchaîner : Eh oui, et même deux fois.

Elle mangea son biscuit en silence. Il était visible qu'elle se régalait.

— Et vous les avez repris, tous les deux ?

Le rire de Petra fusa dans la pièce.

— Bien sûr que non ! J'étais déjà avec le salaud suivant. Je n'ai jamais su les choisir. J'en suis incapable, génétiquement parlant. Quatre maris et bien des amants plus tard, je me retrouve de nouveau seule et je dois avouer que cela ne me déplaît pas. Mais j'ai des vues sur un certain gentleman. Le hobereau local, en fait, propriétaire d'un

215

grand vignoble. Un très bel homme. Vous verriez l'allure qu'il a à cheval. Quand je l'ai en face de moi, j'ai les jambes en coton.

Elle s'interrompit et enveloppa Allie d'un regard pénétrant.

— En fait, vous devez être plus son type que moi. Vous avez davantage de classe, si vous voyez ce que je veux dire. À part la coupe de cheveux. Nous allons laisser carte blanche au coiffeur du coin et voir ce qu'il peut faire pour rattraper ça. Donnez-vous une chance, Mary, ce n'est pas parce que votre mariage bat sérieusement de l'aile que vous devez vous laisser aller, pas vrai ?

Allie se revit sur le tapis rouge, à Cannes, photographiée pour la presse du monde entier, et elle esquissa un sourire. Même si elle était affreuse, son déguisement semblait faire ses preuves.

S'appuyant des deux mains sur la table, Petra se releva et les chatons roux, apeurés, s'extirpèrent en miaulant de la corbeille à tricot. Au milieu du capharnaüm, elle dénicha alors un bol qu'elle remplit de lait. Mais, comme ils se mettaient à laper, les deux colleys surgirent par la porte ouverte et bondirent vers eux pour les renifler. Leur mouvement de recul fut cependant de courte durée : bientôt, les chatons se remirent à boire placidement. Bravo, lui, jeta un coup d'œil inquiet aux deux chiens. Il semblait sur le point de s'enfuir en courant et tourna sa grosse tête vers Allie. Avec un sourire rassurant, elle la tapota : tout allait bien.

— La paix règne, dit Petra. À présent, mon ange, je dois m'habiller. Mon restaurant ouvre à dix-huit heures et je n'ai même pas commencé la croûte du bœuf Wellington... Vous avez déjà fait du bœuf Wellington ? poursuivit-elle en haussant un sourcil. Non ? Alors ne vous lancez pas. Je ne sais pas ce qui m'a poussée à essayer, mais je vous garantis que le réussir n'est pas une mince affaire. Enfin, comme je l'ai toujours dit, qui ne risque rien n'a rien. Et comme mon affaire est plutôt récente, je dois proposer des plats un peu originaux. Vous êtes d'accord ?

Elle se dirigea vers la porte mais, au moment de sortir, se retourna.

— Vous voulez m'accompagner, Mary ? Vous devez avoir faim. Vous n'êtes pas obligée de commander le Wellington, j'ai des plats plus simples à la carte... À moins que vous n'ayez d'autres projets, bien sûr, reprit-elle après une hésitation.

— Oh, non ! Aucun, répondit Allie.

Elle n'avait aucun projet pour le reste de sa vie. Elle était en chute libre et, pour le moment, ne souhaitait qu'une chose : continuer à se laisser glisser en compagnie de Petra Devonshire.

— Vous voulez m'aider, alors ? Ou être une cliente ?

— Je vais vous aider. Je peux servir à table, faire la plonge, tout ce que vous voudrez.

— Bien. Voilà un tablier. Mettez-le, ma belle, et en route !

— Est-ce que Bravo peut venir ?

Petra regarda le chien, qui s'était redressé et était presque collé à Allie.

— Je crois que nous n'avons pas le choix, répondit-elle avec un large sourire.

38

Le Bistro du Manoir était une petite grange en pierre de taille qui avait été restaurée. On y accédait par un chemin de gravier, juste assez large pour que deux voitures s'y croisent et qui menait à un parking en terre battue. L'entrée était protégée des intempéries par un splendide auvent de verre à cannelures de style Art nouveau, semblable à ceux qui surplombaient certaines stations du métro parisien. Petra expliqua à Allie qu'elle l'avait fait copier par un souffleur de verre local.

À l'arrière, de hautes portes-fenêtres ouvraient sur une spacieuse pergola dallée, ombragée par une glycine centenaire qui croulait sous les fleurs pourpres se balançant dans l'air chaud de la nuit. Des bougies scintillaient sur les nappes roses, et le bar en zinc était déjà pris d'assaut par quelques irréductibles autochtones qui semblaient parfaitement chez eux.

— Bonsoir tout le monde ! les salua Petra en traversant la pièce à la vitesse d'une comète, Allie sur les talons. Jean-Philippe, lança-t-elle à l'intention du barman, ne laisse pas ces gens partir ivres, je ne veux pas qu'ils aient des accidents.

— Personne n'est ivre, grommela l'un des clients les plus jeunes.

— Super ! Tant que vous ne venez pas ici pour vous arsouiller, tout va bien.

Il lui rétorqua d'un ton irrité qu'il ne voyait pas pourquoi ils se fatiguaient à fréquenter son troquet si elle ne voulait pas qu'ils boivent. Ignorant sa question, elle lui sourit et entra dans la cuisine.

Là, elle commença par présenter Allie à Catherine, l'adolescente occupée à laver consciencieusement la laitue dans l'évier, et à son assistante temporaire, une autre Britannique, qui coupait du poulet pour une fricassée.

Puis elle entreprit de composer des petits bouquets de fleurs de son jardin dans des vases en verre, Allie étant chargée de les disposer sur les tables. Elle lui confia ensuite la préparation d'une ratatouille, tout en lui montrant comment faire une vinaigrette avec la bonne huile d'olive qu'elle se procurait chez Azari, à Nice. Une fois sa nouvelle recrue occupée, elle commença à préparer sa croûte.

Allie se retrouva ainsi avec deux tâches à réaliser en même temps : couper courgettes, aubergines, oignons, ail et tomates pour la ratatouille et terminer l'assaisonnement de la salade. Elle n'avait plus une minute pour réfléchir. Là-dessus, les clients firent leur apparition et, avant qu'elle ait compris ce qui lui arrivait, elle avait troqué son tablier de travail contre un autre, blanc et amidonné, et circulait dans la salle pour prendre les commandes.

À sa grande surprise, sa première cliente fut Red Shoup, très glamour dans une vaporeuse jupe Pucci.

— Oh, bonsoir ! s'écria Allie avec un sourire de bienvenue, son crayon en l'air, son bloc à la main.

— Bonsoir ! répondit Red en éclatant de rire. Alors, Petra vous a déjà mise au travail ? Elle n'a pas perdu de temps ! J'aurais dû vous prévenir, elle fait le coup à tous les clients de ses chambres d'hôtes. Elle leur dit qu'ils font ainsi l'expérience de la vie.

— Et ils tombent tous dans le piège, renchérit le bel homme à la moustache argentée qui l'accompagnait, avant de tendre la main à Allie. Jerry Shoup. Et vous devez être Mary Raycheck. Red m'a beaucoup parlé de vous.

— J'ignorais qu'il y avait tant à dire.

— Ne vous inquiétez pas, je ne lui ai parlé que du chien et de votre coupe de cheveux.

— Oh ! là ! là ! s'exclama Allie, une main sur la tête. Ça m'a prise comme un accès de folie. Un peu comme une autopunition. Mon mari est parti avec une autre femme.

— En tout cas, vous ne vous êtes pas ratée, constata Red en s'esclaffant. Mais ne vous en faites pas, le coiffeur va vous arranger ça.

— C'est ce qu'a dit Petra. Je ne vous remercierai jamais assez de m'avoir envoyée chez elle. Le Manoir est un endroit merveilleux, tellement plein de surprises !

— Oui, Petra est connue pour recueillir les éclopés de la vie, expliqua Jerry, mais, bien sûr, vous n'entrez pas dans cette catégorie, Mary. En fait, je vous soupçonne d'en être loin, ajouta-t-il en l'observant d'un air intrigué.

Déstabilisée par son regard, Allie leur demanda ce qu'elle pouvait leur apporter à boire et s'empressa de noter le nom du vin rouge régional.

— Je reviens, leur promit-elle en s'éloignant d'un pas rapide, son tablier amidonné craquant à chacun de ses pas.

— S'il vous plaît ! appela une voix qui venait de la pergola.

Elle jeta un coup d'œil dehors. Devant l'une des portes-fenêtres, un homme séduisant assis à une table face à une femme blonde très mince lui faisait signe.

— Pouvons-nous avoir une bouteille de Badoit et deux vodkas tonic ?

— Bien sûr, avec du citron ?

Ils étaient les seuls autres clients, mais elle nota quand même leur commande et leur numéro de table.

— Citron vert, s'il vous plaît, précisa la blonde.

Dans sa petite veste blanche cintrée, son débardeur et son pantalon de lin noirs, avec ses cheveux blonds tirés en arrière, elle était l'élégance incarnée.

— Entendu.

Allie esquissa un sourire et se hâta d'aller transmettre la commande au bar. Puis elle se précipita dans la cuisine pour prévenir Petra que les Shoup étaient dans la salle, ainsi qu'un bel homme brun accompagné d'une blonde.

— Robert Montfort, le hobereau dont je t'ai parlé, je suppose, répondit cette dernière qui n'avait pas été longue à adopter le tutoiement. Ne t'avais-je pas dit qu'il était séduisant ? Et c'est sa dernière petite amie en date, une Parisienne.

Elle étouffa un soupir de frustration avant de fulminer :

— Je ne sais pas pourquoi, il sort toujours avec des Parisiennes !

— Elle est très jolie, fit remarquer Allie en reprenant la direction du bar pour aller chercher ses commandes.

— Eh oui ! lança Petra avec une pointe d'ironie.

Jean-Philippe, le barman et sommelier, avait débouché la bouteille de vin pour les Shoup. Lorsque Allie la leur apporta, le hobereau était debout devant leur table, en grande conversation avec eux.

Elle se dépêcha d'aller chercher les vodkas et, avec précaution, en déposa une devant la blonde, toujours seule à la table.

— Je vous ai mis des glaçons, et quelques rondelles de citron vert en plus, au cas où, annonça-t-elle.

La blonde approuva de la tête.

— Mademoiselle, fit-elle en français en dévisageant Allie, avant de continuer en anglais, ne vous ai-je pas déjà rencontrée quelque part ?

Allie pensa que cette femme lui était vaguement familière. Sentant sa nervosité croître, elle répondit :

— Oh non ! Non. Je ne pense pas. Je ne suis arrivée qu'aujourd'hui. Je suis en chambre d'hôtes chez Petra Devonshire.

Le hobereau, qui les avait rejointes, la fixait de ses yeux bleus. Ses cheveux bruns étaient plaqués en arrière et son visage mince avait le hâle de ceux qui passent leur vie au grand air.

— Évidemment, intervint-il. Petra prend toujours des clientes séduisantes… malgré la coupe de cheveux, précisa-t-il, provoquant l'hilarité de la blonde.

Allie repartit en trombe vers la cuisine, où elle rapporta leur conversation à Petra.

— Robert est comme ça, répondit cette dernière tout en enveloppant un filet de bœuf farci dans la croûte.

Elle fit une série de petites entailles en forme de V dans la pâte qu'elle badigeonna d'un mélange à base de jaunes d'œuf.

— Pour un beau glaçage marron, informa-t-elle Allie qui suivait avec le plus grand intérêt le déroulement des opérations. Bon. J'espère que ce fichu truc ne va pas ressortir du four avec l'apparence d'une saucisse pas assez cuite ou avec celle d'un serpent à sonnettes brûlé… En tout cas, un bon conseil, méfie-toi de la blonde. C'est une journaliste qui travaille pour la télévision. Encore une de ces indiscrètes qui aiment déterrer des scandales et colporter des ragots sur les célébrités, pour le plus grand plaisir des gens de la plèbe qui n'ont rien de mieux à faire que de la regarder sur leur petit écran. Sauf qu'ici elle ne va trouver personne sur qui jaser. À part Robert, bien sûr. Mais, d'après Red, elle aurait jeté son dévolu sur lui.

Elle s'essuya les mains à une serviette et inspecta sa cuisine.

— Bon, mon ange, il est temps de prendre les commandes. Les tables commencent à se remplir. Dis bien aux clients que, ce soir, je propose un délicieux bœuf Wellington en plat du jour. Mais n'oublie pas de croiser les doigts derrière ton dos en même temps, ajouta-t-elle avec un clin d'œil.

Revenue dans la salle, Allie jeta un coup d'œil méfiant à la journaliste. Penchée sur la table, elle était plongée dans une grande conversation avec son compagnon. Le moment ne semblait pas propice pour les déranger. Allie décida de demander à Jean-Philippe de s'occuper d'eux. Les questions de la blonde l'avaient mise trop mal à l'aise et, de toute façon, les six autres tables étaient à présent occupées.

— C'est toujours comme ça, tout le monde arrive en même temps, déclara le barman. Il vaut mieux s'habituer.

Allie se mit à courir de table en table, distribuant les menus, annonçant le plat du jour et prenant la commande des boissons avant de foncer vers le bar pour les faire servir. Elle n'avait pas eu une minute de répit quand Petra passa la tête à travers la porte de la cuisine et cria :

— Vous avez oublié le chef ? Les premières commandes sont prêtes à être servies, Mary. Alors, active-toi !

Allie n'avait pas travaillé aussi dur depuis sa dernière semaine de tournage, où elle avait dû se laisser traîner par un cheval en fuite. Elle avait insisté pour faire ses propres cascades. Résultat, elle avait eu des courbatures pendant des semaines, mais en avait tiré le même genre de satisfaction personnelle que celle qu'elle ressentait à ce moment précis.

À vingt-deux heures trente, la plupart des clients étaient partis. Les quelques retardataires prenaient leur dessert. Le hobereau et sa petite amie étaient, eux, toujours installés sous la glycine et semblaient prêts à passer la nuit sur place, quand Petra émergea de la cuisine, sa toque de chef de travers sur sa chevelure.

— C'est vous, là-bas dans ce coin sombre, Robert Montfort ? demanda-t-elle d'une voix de stentor en s'essuyant les mains sur son tablier.

Elle se dirigea vers lui à grands pas et s'avança une chaise.

— Oui, répondit-il d'une voix résignée. Vous connaissez Félice de Courcy ?

— J'ai entendu parler de vous, bien sûr, fit Petra en serrant la main de la journaliste. J'ai regardé votre émission. Je doute toutefois que vous dénichiez beaucoup de scandales dans le coin. Mais, bon, je suppose que ce n'est pas ce qui vous amène, ajouta-t-elle avec un sourire éloquent à l'intention de Robert.

Allie se dépêcha de regagner la cuisine. La petite aide était rentrée chez elle depuis longtemps, elle était seule. Elle s'affaira à remplir les lave-vaisselle, mit les plats à tremper, essuya les plans de travail et rangea les ingrédients dans le cellier.

Puis elle sortit de la maison avec un os de gigot pour Bravo qui l'attendait, assis dans l'herbe. Il se précipita vers elle, la queue frétillante.

Elle revint dans la cuisine, se versa un verre de vin et, tout en grignotant les restes du bœuf Wellington, réfléchit à sa première soirée en tant que serveuse. Dans l'ensemble, à l'exception de la journaliste un peu trop curieuse, c'était une réussite. Pas une fois elle n'avait pensé à Ron, à son monde de star, à Mac Reilly. Elle avait hâte d'être au lendemain pour reprendre son service.

La vie était plutôt douce, ici, au paradis.

39

Mac était de retour de Cannes, via Paris. À peine arrivé chez lui, Sunny l'avait rejoint. Installés sur le canapé, ils mangeaient des sushis, arrosés d'un gewürztraminer. Ce n'était probablement pas le vin adéquat pour accompagner des rouleaux au thon épicé et du sashimi, mais ils se régalaient. Pirate, allongé aux pieds de son maître, le contemplait avec adoration. Sunny, en revanche, n'accordait pas un regard au détective de son cœur. Elle semblait très nerveuse, ce soir.

— Je ne pense pas qu'il soit arrivé quoi que ce soit à Allie, déclara-t-il, après lui avoir raconté qu'il était rentré bredouille. À mon avis, elle en a eu assez de tout, elle a voulu faire un break et elle est partie en quête d'une vie meilleure.

— Hum, c'est possible, approuva Sunny d'un ton pas très convaincu.

— Quoi qu'il en soit, les lettres ont cessé d'arriver et le harceleur s'est évanoui dans la nature. Tout comme, coïncidence, Jessie Whitworth et notre Elizabeth Windsor blonde.

— Ah bon ? s'exclama cette fois Sunny avec une expression surprise, mais sans pour autant chercher à en savoir plus car sa propre culpabilité la préoccupait trop.

— Sunny, que t'arrive-t-il ? demanda Mac en mettant un bras autour de ses épaules.

Sous ses cils baissés, elle lui jeta un regard en coin.

— Je dois te faire un aveu.

— Ne me dis pas que tu as acheté un autre chihuahua, la taquina-t-il.

— Si ça pouvait n'être que ça.

Devant son air accablé, il reprit son sérieux.

— D'accord, raconte.

— J'ai retrouvé Ronald Perrin...

Il la fixa d'un air incrédule.

— Continue.

Sunny lui raconta toute l'histoire, depuis la découverte du reçu des impôts dans la poche de son short jusqu'à sa conversation avec Perrin au Bar Marinera. Puis elle avoua qu'elle l'avait laissé s'échapper.

Mac étouffa un soupir de regret. Inutile de lui dire qu'elle aurait dû l'attendre, ce qui était fait était fait. Et puis, elle avait vraiment l'air contrariée.

— Ce n'est pas grave, tu n'es peut-être pas faite pour être détective, dit-il en lui serrant l'épaule dans un geste de réconfort. Ainsi, Perrin s'est enfui ? Au moins, nous savons maintenant qu'il est vivant et en bonne santé. Et je te promets que nous allons suivre sa piste.

— Qu'allons-nous faire alors ? lança-t-elle, pleine du fol espoir de s'entendre répondre : « Oublions tout ça, partons nous marier à Las Vegas. »

— D'abord rendre une petite visite à Demarco dans sa belle propriété neuve du désert. Et découvrir de quel bois il est fait.

— Je serai content de vous voir, affirma Demarco quand Mac lui téléphona pour lui annoncer leur visite pendant le week-end. Je donne une soirée samedi soir. Voulez-vous vous joindre à nous ? C'est une soirée costumée, précisa-t-il. Chacun doit se déguiser en son héros préféré.

Mac se félicita de cette invitation impromptue. Il pourrait ainsi observer le lion dans son habitat naturel.

Lorsqu'ils se mirent en route pour Palm Springs, Sunny, la conscience désormais tranquille, était bien décidée à profiter de cette escapade à deux, sans les chiens. Savourant la beauté de la Coachella Valley, à deux cents kilomètres de Los Angeles, elle admira, à l'horizon, les montagnes de Santa Rosa rosies par le soleil couchant. Le désert était émaillé de bouquets de palmiers touffus qui, au milieu d'une profusion de fleurs, évoquaient les oasis des *Mille et Une Nuits*. Les clubs de golf aux luxueuses maisons de style méditerranéen s'étaient multipliés.

Ils atteignirent La Quinta, hôtel renommé de Palm Springs et refuge de nombreuses célébrités de Hollywood en mal de tranquillité, à la fin des années 20. La modeste bâtisse en pisé d'origine était devenue un sublime ensemble de bâtiments aux toits corail, niché dans un parc à la végétation luxuriante, avec des piscines turquoise, des pelouses émeraude et des fontaines scintillantes.

Ils prirent la chambre réservée au nom de Mac, enfilèrent leurs costumes de vampire et gagnèrent le luxueux complexe gardé où habitait Demarco. Visiblement surpris par leur accoutrement, le garde les regarda longuement puis, avec un sourire narquois, leur fit signe de passer.

— Quel est son problème ? s'inquiéta Sunny en tirant nerveusement sur sa tunique. Tout va bien avec ma tenue ?

— Impeccable ! s'exclama Mac. Je parie que tu vas gagner le premier prix.

— Je ne savais pas qu'il y avait un prix, fit-elle avec satisfaction.

— Je blaguais.

Elle n'eut pas le temps de répliquer que déjà ils arrivaient devant une massive demeure à un étage, agrémentée d'un perron de marbre sur lequel se tenaient des voituriers prêts à bondir.

Pour Sunny, une « fête » impliquait quelque chose de joyeux. Or la grande pièce trop richement décorée était remplie de gens riches et âgés qui buvaient d'énormes martinis tout en devisant poliment. La musique de fond ne détendait en rien l'atmosphère empesée et, pour tout arranger, personne ne paraissait avoir compris qu'il s'agissait d'une soirée costumée. Si quelques femmes portaient de discrètes robes de garçonnes des Années folles, la plupart semblaient vêtues de robes couture. Quant aux hommes, ils étaient tous, y compris Demarco, en smoking.

Tous les yeux se tournèrent vers Sunny. Elle portait une tunique froncée dénudant une épaule, une jupe courte en cuir artistement zébrée et déchirée, des bottes Versace à talons très hauts et bouts pointus. Sous sa lèvre supérieure, deux féroces canines scintillaient à la lueur des bougies. Dans sa tenue en cuir noir du vampire Lestat, avec deux canines assorties à celles de sa compagne, Mac n'était pas en reste.

La jeune femme lui prit la main. Elle avait besoin d'un soutien moral. Puis elle bomba le torse et afficha un air aussi digne que le lui permettaient ses canines proéminentes. Un homme de haute taille aux cheveux argentés se détacha alors de la foule et s'avança vers eux.

— Je suis content de vous voir, Reilly. Mais j'ai bien failli ne pas vous reconnaître, dans cette tenue.

La réticence avec laquelle Mac serra la main tendue n'échappa pas à Sunny. Elle s'en étonna, mais ne tarda pas à en comprendre la raison quand leur hôte prit sa main pour la broyer dans la sienne, lui arrachant presque des larmes de douleur. Visiblement, il ne se doutait pas de sa force.

— Sam Demarco, se présenta-t-il.

Son sourire était jovial, mais son regard un peu trop pénétrant. Sunny remonta sa tunique sur son épaule. Les rôles auraient peut-être dû être inversés : elle s'imaginait très bien brandir une croix tandis que Mac transpercerait le cœur du vampire Demarco d'une lance d'argent. Mais elle ne devait pas oublier qu'il était leur hôte. Décidant de ne pas céder à sa méfiance instinctive, elle répondit avec un sourire :

— Enchantée. N'aviez-vous pas parlé d'une soirée costumée ?

— En effet. Mais mes invités sont un peu vieux pour se déguiser. Pour vous dire la vérité, certains sont tout le temps déguisés, fit-il en balayant l'assistance d'un regard découragé, avant de reprendre : Permettez-moi de vous offrir un verre et de vous présenter à quelques personnes.

Ils le suivirent en serrant diverses mains molles, certaines couvertes de bagues. Sunny avala une gorgée d'un martini très fort et se régala d'un canapé de pain de seigle noir recouvert d'un excellent caviar et d'un soupçon de crème fraîche. Puis elle essaya de lier connaissance avec d'autres invités. En vain.

— Ils nous regardent comme si nous avions été engagés pour animer la soirée, chuchota-t-elle à Mac. Je pense qu'ils s'attendent à ce que nous dansions un tango à la Fred Astaire et Ginger Rogers.

Ils s'éclipsèrent sur la terrasse, feignant d'admirer la lune, et, après un rapide conciliabule, décidèrent qu'ils n'avaient rien à faire ici. Sunny allait feindre un malaise.

Lorsqu'ils saluèrent Demarco, ce dernier s'inquiéta de savoir si elle n'avait pas mangé un mets avarié.

— Oh non, le rassura la jeune femme, d'un air aussi dolent que possible. Le caviar était divin. Merci mille fois pour cette excellente soirée. Je suis désolée de devoir rentrer si tôt, mais je ne me sens vraiment pas bien.

Elle n'eut pas à esquiver la main de fer. À sa grande surprise, Demarco baissa sa tête de lion patricien vers son visage et l'embrassa en lui frôlant les lèvres. Elle sentit son eau de Cologne citronnée et capiteuse, qui lui allait bien.

L'air aussi pathétique que possible, elle s'appuya sur Mac et sortit en titubant, laissant derrière elle les murmures discrets couverts par la voix d'Andy Williams, qui chantait *Moon River*, et un sillage de *Joy de Patou*. Une fois sur le

229

perron, ils demandèrent à l'un des voituriers d'aller chercher leur véhicule.

— Je me sens stupide dans cette tenue, fulmina Sunny, piaffant d'impatience sur les marches de marbre blanc. Ça ne valait vraiment pas le coup ! Pourquoi nous sommes-nous fatigués à venir, d'ailleurs ?

— Demarco nous a invités. Je voulais voir sur quel train il vivait.

— Et alors ?

— L'assistant de Perrin vit encore plus luxueusement que lui. Pour un simple bras droit, cet homme gagne un argent fou.

— Peut-être Perrin lui a-t-il donné des tuyaux secrets ? Du genre, acheter Yahoo ! Dix dollars l'action ! ajouta-t-elle avec un sourire narquois.

Des pneus crissèrent sur le goudron et la Prius s'arrêta juste devant eux. Le voiturier, qui était tout jeune, avait voulu tester le véhicule.

— Merci beaucoup, dit Mac en le foudroyant du regard.

Après avoir reçu son pourboire, le gamin s'empressa d'ouvrir la portière à Sunny tout en plongeant un regard réjoui dans son décolleté. Réprimant son envie de lui claquer la portière sur les doigts, la jeune femme lui décocha son regard le plus hautain.

— Bien, où allons-nous maintenant ? demanda-t-elle à Mac tandis qu'ils roulaient sur une route obscure traversant le désert caillouteux.

Les phares éclairèrent à cet instant un animal. Une fraction de seconde, ses yeux brillèrent comme des miroirs dorés, avant de s'évanouir dans la nuit.

— Un coyote, lui apprit Mac, ce que les aboiements de la meute au loin confirmèrent. Nous allons chez Perrin, ajouta-t-il.

— Super ! grommela Sunny, toujours irritée par son costume et le ridicule de leur présentation à la haute société de Palm Springs. On va encore bien rigoler ! Tu permets que j'aille d'abord me changer ? Mais, au fait, tu ne m'avais pas dit que tu avais retrouvé Perrin. Quand est-il rentré ?

— Il n'est pas rentré et je ne l'ai pas retrouvé, répliqua Mac tout en s'arrêtant devant d'énormes grilles de fer surmontées de piques.

La propriété était ceinte de hauts murs bardés de tessons. Sunny sentit un frisson lui parcourir le dos.

— Quelle horrible façon de vivre ! Derrière des murs couverts de verre cassé et des grilles armées de piques de fer.

Mac sortit le jeu de clés qu'il avait trouvé dans la Hummer de Perrin, le jour où ils s'étaient introduits chez lui, et il actionna la télécommande électronique qui y était accrochée. Les grilles s'ouvrirent. Sunny lui lança un regard anxieux.

— Nous sommes dans une propriété privée, fit-elle remarquer. Il doit y avoir des chiens, des dobermans par exemple.

— Il n'y a pas de chiens, répondit Mac d'un ton calme en se garant devant la maison, alors que le portail se refermait derrière eux.

Cette belle bâtisse en stuc rose datait de l'époque où les élégantes stars de l'entre-deux-guerres avaient fui Los Angeles, en quête de paix, pour aller se barricader à Palm Springs. Elles pouvaient ainsi se ressourcer et vivre leurs aventures torrides loin des journalistes. Aujourd'hui, la résidence appartenait à Ronald Perrin, qui l'avait ajoutée à ses nombreuses autres propriétés.

40

Dans un ciel constellé d'étoiles, la lune montait, sereine. On apercevait au loin les lumières tremblotantes des maisons construites sur les contreforts des chaînes montagneuses. Sunny ignorait comment Mac s'était procuré la clé de cette demeure, mais, une seconde plus tard, il était à l'intérieur et avait débranché l'alarme.

Nerveuse, la jeune femme chercha à percer la pénombre du regard depuis le seuil. Et, quand elle s'avança à son tour dans le vestibule, elle ne frissonnait plus... elle tremblait.

— Je n'aime pas beaucoup ça, murmura-t-elle en cherchant la main de son compagnon. Mac ! siffla-t-elle bientôt, paniquée, car elle ne rencontrait que du vide.

— Tais-toi ! lui chuchota-t-il à l'oreille.

Elle sursauta et pivota vers lui, sans le voir.

— Ne me fais pas ça ! fit-elle, ébranlée. Je ne suis pas aussi courageuse que je le pensais.

— Oh si ! Mais pour l'amour du ciel, chérie, tais-toi !

Elle fulminait intérieurement : pourquoi donc avait-elle accepté de se lancer dans cette expédition stupide, de porter ce ridicule déguisement de vampire ? Et, comme si cela ne suffisait pas, ses chaussures à bouts pointus lui faisaient un mal de chien.

Après un moment, l'obscurité parut se dissiper. Ils distinguaient maintenant autour d'eux les formes sombres des meubles, massifs et sculptés, de style espagnol. Un lustre aux pampilles de cristal se balançait doucement sous la brise légère qui entrait par la porte laissée entrouverte. Un merveilleux train électrique, encore plus élaboré qu'à Malibu, traversait la pièce sur toute sa longueur.

Sunny observa avec intérêt les nombreux tableaux qui ornaient les murs. Ces œuvres ne semblaient pas être de la peinture contemporaine, comme à Malibu, et rien à voir avec la célèbre collection d'impressionnistes d'une valeur inestimable qu'il y avait à Bel Air ; elles ressemblaient à de simples paysages de désert qu'aurait peint un amateur. Perrin en était-il l'auteur – à supposer, bien sûr, qu'il sache s'arrêter de négocier des contrats pour prendre le temps de vivre ?

Plusieurs portes donnaient sur différentes pièces. Mac ouvrit la première, à droite, et Sunny accourut derrière lui. Comme ses talons résonnaient sur le sol dallé, il retint avec peine une exclamation furieuse.

— Enfin, Sunny ! Nous pourrions tout aussi bien allumer les lumières et dire : « Bonjour, les amis, c'est nous ! Nous sommes venus cambrioler. »

— Et qu'est-ce qui te retient de le faire ? répondit-elle en songeant qu'y voir un peu plus clair ne serait pas un mal.

Il parcourut la maison d'un pas rapide, suivi à la trace par Sunny qui ne cessait de jeter des coups d'œil inquiets par-dessus son épaule. Aux pièces principales venaient s'ajouter sept chambres, toutes avec salle de bains, et toutes traversées par la voie ferrée de l'incroyable train électrique. Sunny s'arrêta pour l'examiner. Ses gares, ses locomotives et ses wagons miniatures étaient de véritables petits bijoux de technologie. Elle aurait pu passer la nuit à s'amuser avec.

Dans le bureau, Mac alluma les ordinateurs et, ébloui par la lumière verte des écrans, cligna des paupières. Il s'apprêtait à en inspecter le contenu quand, surpris, il s'arrêta dans son élan. Un grondement semblable à celui d'un express approchant allait s'amplifiant.

Sunny s'approcha de nouveau de la voie ferrée, s'attendant presque à voir un train surgir. Il y eut alors une secousse soudaine, et le sol se mit à tanguer sous ses pieds tandis que les murs tremblaient et que des objets tombaient des étagères. Le plâtre se détacha du plafond et la jeune femme fut précipitée derrière un tas de gravats.

— Sunny ! s'écria Mac.

Elle regarda autour d'elle avant de s'agripper désespérément à un pied de table car le sol recommençait à trembler.

— Mac, c'est un tremblement de terre ! hurla-t-elle, suffoquée par la poussière. Mac !

Le calme revint brusquement. Sunny n'entendit plus que le bruit de sa respiration et la chute des derniers gravats fumants. Puis, dans un fracas inattendu, le train miniature qui passait en bringuebalant sur la voie ferrée tordue, avec un coup de sifflet.

— Mon Dieu, Sunny ! Ça va ? demanda Mac en l'enlaçant. Je t'en prie, dis-moi que oui !

Les larmes aux yeux, elle nicha sa tête contre son torse. À la façon dont sa voix tremblait, elle savait qu'il l'aimait. Rien que cela valait la peine de frôler la mort.

Une nouvelle secousse ballotta le couple et, ancrés l'un à l'autre, titubant parmi les morceaux de verre brisé et les tableaux qui jonchaient le sol, ils ressortirent dans la nuit.

La lune baignait de sa clarté le splendide jardin de cactus, tous marqués d'une étiquette en métal indiquant leur origine et leur âge. Sans cesser de se tenir, Mac et Sunny s'arrêtèrent devant un haut cactus saguaro dressé comme une flèche sur un monticule de sable. Mais le sol s'ébranla de nouveau, leur donnant l'impression de tanguer sur de la gélatine. Au pied de la plante, le sable se mit à couler à vive allure comme un torrent miniature, et une forme qu'ils prirent d'abord pour un cactus en émergea lentement.

Stupéfaits, ils comprirent soudain qu'ils se trouvaient devant un squelette de bras humain. Autour de l'os du poignet, une montre en diamants scintillait dans la nuit.

— Seigneur ! hurla Sunny. Il y a un corps là-dessous ! Je t'en prie, Mac, dis-moi que c'est un cauchemar...

Le détective était déjà en train de vérifier la montre : elle marchait encore.

41

Pour Sunny, Palm Springs avait toujours été une agréable petite ville ayant su garder le charme si particulier de l'entre-deux-guerres, malgré quelques touches de modernité – le genre de ville où il ne se passait jamais rien. Assise dans un bureau du commissariat en compagnie de Mac, elle savait qu'ils pouvaient paraître un peu suspects, elle en Vampira et lui avec son air de Johnny Depp dans un rôle de psychopathe. Sales et couverts de bleus, ils avaient piètre apparence. Sans parler de leur terreur évidente, ou tout au moins, de celle de Sunny.

Pendant que Mac accompagnait les policiers jusque chez Perrin, elle attendit en buvant un café sous l'œil perplexe d'une jeune femme policier. Mal à l'aise, elles échangèrent quelques anecdotes sur leurs métiers. Sunny commençait à se trouver à court de café et de conversation quand Mac arriva à sa rescousse. Ils devaient retourner chez Demarco, que la police souhaitait interroger à son tour.

La maison du bras droit de Perrin semblait avoir bien résisté au tremblement de terre. Les seuls dégâts à signaler étaient quelques verres de martini cassés et des infarctus chez deux des invités les plus âgés.

Demarco répondit aux questions de la police avec un flegme étonnant, restant poli et énigmatique. Il n'avait aucune idée de l'identité du cadavre, ni de l'endroit où se trouvait son ami Perrin. Il fit remarquer que Mac pouvait en témoigner, puisqu'il l'avait engagé pour le rechercher. Il invita même les policiers à fouiller sa propriété, ajoutant qu'il n'avait rien à cacher.

Cependant, quand ils furent repartis, Mac rappela à Sunny à quel point le désert des Mojaves était vaste. Après avoir quitté une des villes-oasis créées par l'homme dans la Coachella Valley, on pouvait conduire pendant des heures dans la poussière de ses plaines arides et rocailleuses, parfois interrompues par des massifs montagneux, en ne rencontrant guère qu'une maison ou une cabane isolée. Y chercher Perrin serait comme essayer de trouver une aiguille dans une meule de foin.

Néanmoins, avec un cadavre découvert dans son jardin, le milliardaire était désormais suspecté pour meurtre et la police sur le pied de guerre.

— Il ne doit pas être bien loin, ajouta Mac. Et tu te souviens, dans l'affaire d'O. J. Simpson, de l'ami qui l'avait hébergé après le meurtre de sa femme ? Eh bien, c'est pareil pour Demarco : Il a tout à gagner en demeurant loyal envers Perrin. Il pourrait donc très bien le cacher quelque part.

42

Allie faisait désormais partie de la vie du Manoir et du Bistro. Comme tous les matins à la première heure, Bravo sur les talons, elle traversait les bouquets de bouleaux verdoyants et longeait des champs de tournesols d'un jaune éblouissant. Des lapins aux queues pâles bondissaient dans les haies et le chien les pourchassait, sans jamais les attraper.

Si elle évitait de lire les journaux, Allie savait cependant que le tapage initial autour de sa disparition avait cessé. Avec un pincement au cœur, elle se demanda pourquoi Ron n'avait rien entrepris pour la retrouver. De simple aventure, sa relation avec Marisa avait dû se transformer en véritable histoire d'amour...

Perdue dans ses pensées, elle marchait à présent le long d'un chemin sablonneux qui longeait des plants de vignes croulant sous d'énormes grappes de raisin mûr, entourées de larges feuilles émeraude. À l'extrémité de chaque rangée entretenue avec le plus grand soin s'épanouissait un rosier en pleine floraison. La vue de ces belles roses lui rappela Petra et elle décida de lui confectionner un bouquet. Mais à peine avait-elle sorti son petit couteau suisse, acheté en vue de pique-niques impromptus, qu'une grosse voix la fit sursauter :

— Hé ! Mais qu'est-ce que vous faites ? Vous êtes dans une propriété privée et ces roses sont là pour protéger la vigne.

Elle se retourna vivement, pour se trouver face à Robert Montfort dont les yeux bleus lançaient des éclairs.

— Oh, pardon ! Je ne le savais pas.

Machinalement, Allie lui avait répondu en français. Elle constata que, malgré son trouble, elle le parlait mieux.

— Je suis vraiment désolée, ajouta-t-elle. Je n'ai pas réfléchi.

— Une autre fois, vous serez peut-être moins distraite. Ces roses ont un rôle : elles attirent les insectes, qui ainsi ne s'attaquent pas aux vignes. Et cela nous permet également de savoir quels sont ceux qui les détruisent.

Elle hocha la tête, affichant un air aussi contrit que possible, avant de détourner les yeux sous son regard pénétrant. Mais non sans avoir constaté que Petra avait bon goût : il était « très séduisant », avec son vieux jean et sa chemise bleue entrouverte.

— Vos cheveux sont mieux, déclara-t-il en faisant un pas vers elle.

— Je suis allée chez Jackie, au village, expliqua-t-elle en les touchant d'un geste nerveux.

— Désolé, dit-il alors tandis qu'un sourire éclaira son visage. Je n'avais pas l'intention de me montrer impoli, pour l'autre soir, au Bistro ; je me suis mal exprimé.

— Ne vous inquiétez pas. Je le méritais sans doute.

— Personne ne mérite qu'on se moque de lui.

— Mes grands-parents étaient dans l'agriculture, lança-t-elle soudain. Ils étaient métayers et cultivaient le tabac dans le Vieux Sud.

Elle fut la première étonnée de ses paroles car elle ne les avait jamais connus et n'avait qu'un vague souvenir de ce que lui racontait sa mère dans ses rares moments de sobriété.

— Moi aussi, je suis dans l'agriculture, répondit-il. Dites-moi, Mary Raycheck, avez-vous déjà visité un vignoble ?

Elle fit signe que non.

— Dans ce cas, avez-vous envie d'en voir un ? reprit-il. Venez donc, je vais vous faire faire le grand tour.

Ils redescendirent le sentier au bout duquel était garée une vieille jeep toute cabossée. Le chien les suivit.

— Il s'appelle Bravo, précisa Allie en pressant le pas pour ne pas se laisser distancer par les grandes enjambées de Montfort. Je l'ai trouvé abandonné sur le parking d'un restaurant d'autoroute.

— Donc, vous aimez les chiens ?

Allie repensa à Fussy.

— Pas tous, dit-elle avant d'ajouter, se rappelant Pirate : Mais j'en connais un dont je suis amoureuse.

— C'est la première fois que j'entends quelqu'un se déclarer amoureux d'un chien, constata Robert.

Pour Allie aussi, c'était la première fois. Qui sait, elle pensait peut-être à Mac Reilly en évoquant Pirate ? Était-elle amoureuse du détective ? Aimait-elle encore Ron ? Et quel homme se cachait derrière cet inconnu qui l'attirait à cet instant précis ? Elle lui jeta un regard en coin. Elle pouvait sans doute mettre cette attirance sur le compte de sa solitude. Elle sentait bien qu'elle était en mal d'amour.

Montfort conduisit à vive allure avant de bifurquer sur un sentier plus étroit menant à un groupe de bâtiments en pierre dorée.

Il tourna sous une enseigne qui annonçait en lettres noires à la calligraphie soignée : « Château de Montfort », avec, au-dessous : « Appellation contrôlée ».

— Peu de vignobles de la région sont classés Appellation contrôlée, expliqua Robert. J'ai la chance de posséder un excellent terroir, l'une des meilleures propriétés du coin. Ma terre est idéale pour cultiver la vigne.

Après l'avoir entraînée dans un chai, il montra à Allie d'énormes cuves neuves en acier qui, selon lui, valaient largement les anciens fûts en bois. Puis il l'emmena dans la cave où il ouvrit un tonneau pour lui faire déguster son vin.

— Il est encore trop jeune, précisa-t-il, mais Allie le trouva bon jusqu'à ce qu'il ajoute : Maintenant, goûtez celui-ci. Il va être mis en bouteille puis commercialisé. J'en suis fier. C'est l'un de mes derniers.

Elle s'exécuta et hocha la tête avec enthousiasme. Depuis qu'elle était en France, elle commençait à savoir apprécier le vin.

Robert la prit par le coude et l'entraîna dehors, sous un auvent rayé. Après l'avoir dévisagée un long moment, il lança tout de go :

— Vous a-t-on déjà dit que vous étiez très belle ?

Allie fit remonter les larges lunettes carrées sur son nez. Elle pensa à son autre vie, quand elle était célèbre pour son physique, et sourit.

— Pas depuis longtemps, reconnut-elle.

— Dans ce cas, je dois me rappeler de vous le dire à chacune de nos rencontres... Je sais aussi que derrière ces lunettes se cachent les yeux les plus bleus que j'aie jamais vus, ajouta-t-il en essayant de transpercer les verres fumés. La couleur de la Méditerranée au tout début de l'été.

Elle s'empourpra de la nuque au sommet du crâne.

— Merci, monsieur, fit-elle poliment.

Il partit d'un éclat de rire qui résonna dans la cour pavée. La tête penchée de côté, Bravo les regarda, intrigué.

— Après ça, il me faut vous demander si vous me feriez l'honneur de déjeuner avec moi. Il y a un café juste en bas de la route. Ils y servent des omelettes et des salades, des plats simples.

Bientôt, installés à la terrasse du Café Jeannette, ils sirotaient un verre du vin régional. Après lui avoir expliqué que son propre vin était trop cher pour ce petit café, Robert annonça qu'il voulait tout savoir d'elle. Qui était-elle ? D'où venait-elle ? Que faisait-elle avant d'être serveuse au Bistro de Petra ?

— Je déteste parler de moi, répliqua-t-elle vivement, son verre à hauteur de ses lèvres. Je peux juste vous dire que je suis mariée, que mon mari est amoureux d'une autre femme et que je suis en train de divorcer.

— Quel idiot ! fit-il avec calme. Laisser partir une femme comme vous...

— Que savez-vous d'une femme comme moi ?

Elle reposa son verre, sans parvenir à détacher les yeux de son visage. Il était presque trop beau. La sublime Parisienne blonde ne devait pas être la seule de ses conquêtes. Il devait faire craquer toutes les femmes.

Il haussa les épaules avec désinvolture.

— Je ne suis pas sûr. Je devine quelque chose en vous. Ça se voit dans vos yeux... une espèce de simplicité, je pense. Et, bien sûr, il y a votre beauté.

Il étudia son visage qui s'empourprait à nouveau.

— Un genre de beauté honnête, finit-il par dire.

À son grand étonnement, il se pencha vers elle, lui prit la main et la baisa. Tout aussi brusquement, il demanda, redevenu pratique :

— Maintenant, qu'allons-nous prendre ? Je vous recommande l'omelette aux cèpes. Ils sont très bons à cette époque de l'année. Et une petite salade ?

— Ça me paraît très bien, acquiesça-t-elle. Ensuite, ce sera à votre tour de parler.

Au cours du déjeuner, qu'ils savourèrent sans se presser, Robert raconta comment il avait hérité de son grand-père et, à tout juste vingt ans, s'était retrouvé propriétaire du château Montfort.

— J'y habite depuis, précisa-t-il.

— Vous avez de la chance, répondit Allie en pensant à sa propre maison sans âme, à Bel Air. J'aimerais trouver un endroit que je pourrais appeler mon « chez-moi ».

— Une petite maison avec une glycine et des roses, au milieu d'un jardin traversé par un ruisseau ? suggéra-t-il.

Elle approuva en riant et, à sa grande surprise, l'entendit affirmer :

— Je connais cet endroit. Je vous y emmène.

La maison surgit au bout d'une allée blanche pleine d'ornières, bordée de haies verdoyantes dans lesquelles luisaient des mûres et des myrtilles. Elle penchait dangereusement d'un côté et une partie de son toit était défoncée. Un seau attendait sous une gouttière délabrée qui descendait du toit en ardoises. En la contournant, Allie découvrit la terrasse, à l'ombre d'une tonnelle croulant sous la merveilleuse glycine à fleurs pourpres qui grimpait à l'assaut des murs de pierre de la vieille bâtisse.

Le ruisseau chantant dont elle avait rêvé traversait le jardin envahi de roses et de ronces pour aller se jeter dans un étang. Une nuée de libellules multicolores aux ailes scintillantes virevoltaient au-dessus de l'eau.

À travers les carreaux crasseux des fenêtres, Allie inspecta les pièces poussiéreuses, s'imaginant déjà en train de les rénover.

Elle avait le coup de foudre : elle voulait vivre ici. Jamais elle n'avait autant désiré quelque chose – sinon devenir actrice.

Hélas, la réalité ne tarda pas à la rattraper. L'acheter lui était impossible. Elle vivait dans un mensonge et devrait bientôt reprendre sa route. Non, cette maison était faite pour quelque jeune couple heureux qui pourrait lui insuffler une nouvelle vie.

Elle remercia Robert Montfort de la lui avoir montrée, mais ajouta que cet endroit n'était pas pour elle.

Pourtant, lors de ses promenades matinales, Allie se surprit à y retourner, à regarder à l'intérieur et à s'asseoir devant l'étang aux libellules. Bravo y chassait les grosses grenouilles sans en attraper jamais, mais il se débrouillait toujours pour finir le ventre crotté de boue. Ensuite, elle le lavait au jet, il se secouait et, après l'avoir trempée à son tour, partait en courant tandis qu'elle le suivait des yeux en riant.

Un jour, enfin, elle se décida à appeler Sheila pour lui parler de la maison de ses rêves.

— Je me suis tellement inquiétée ! s'exclama son amie. Où diable es-tu passée ?

— Je suis en France, dans un village. J'habite un manoir qui fait chambres d'hôtes et je travaille comme serveuse dans un bistrot de campagne. Là, tout de suite, je me trouve avec mon nouveau chien devant une maison déla-brée, au bord d'un étang. Je la regarde et j'ai une envie folle de l'acheter, de m'y installer.

— Mon Dieu ! Te voilà française ! s'écria Sheila avec soulagement.

— Je crois bien que oui !

L'intonation enthousiaste d'Allie rappela à son amie la jeune femme optimiste et audacieuse qu'elle était quand elle l'avait rencontrée.

— Je suis si bien ici ! reprit Allie. La vie est si douce, si simple, et tout le monde se fiche de savoir qui je suis.

— Et où es-tu exactement ?

— Dans la campagne française. Je ne te dirai pas le nom exact parce que si quelqu'un comme Ron ou Mac Reilly, ou un quelconque journaliste, te le demandait, tu serais obligée de mentir.

— Entendu. Je comprends, fit Sheila avec un soupir. Donc, tu comptes acheter cette maison ?

— J'aimerais bien…, avoua Allie, qui marqua une pause avant de lancer : Tu as eu des nouvelles de Ron ?

Sheila réfléchit rapidement. Elle ne voulait pas être la personne qui apprendrait à Allie que son mari était recherché pour être interrogé dans une affaire de meurtre.

— Personne ne sait où il est, finit-elle par dire, évasive. La seule chose que je sais, c'est que Reilly est parti en France pour te chercher.

— Vraiment ? s'exclama Allie sans chercher à dissimuler sa satisfaction ; mais elle enchaîna, sur un ton confidentiel : J'ai rencontré un homme ici, le hobereau local, comme ils disent. Il possède un vignoble.

— Et il t'intéresse ? s'étonna Sheila.

Allie observa un silence. Elle avait du mal à analyser son attirance pour Robert Montfort.

— Non, pas vraiment, répondit-elle enfin. Du moins, je ne pense pas… Je dois te laisser. Il est l'heure de passer mon tablier. On m'attend au Bistro.

— Mon Dieu, je n'y crois pas ! Allie Ray de nouveau serveuse. Retour à la case départ !

— Eh, peut-être que je serai bientôt promue chef de rang, plaisanta Allie. Je t'aime, Sheila, reste toujours mon amie.

— N'en doute pas un instant ! affirma cette dernière avant de raccrocher.

43

Petra se redressa dans son immense lit de fer forgé orné de sphinx aux ailes déployées. Elle affirmait qu'il venait d'Égypte et avait appartenu au roi Farouk. Comme elle l'avait acheté pour une bouchée de pain au marché aux puces de Bergerac, c'était peu probable. Pourtant, Allie avait envie de la croire. Après tout, qui d'autre que Petra pourrait posséder un objet aussi étonnant ?

La maîtresse du manoir venait de se faire enlever une dent de sagesse qui lui causait bien des souffrances. Un bandana noué en un nœud mutin sur son crâne entourait son visage gonflé comme un ballon. Elle était appuyée contre des coussins en satin vert pâle, tandis que le couvre-lit dans le même tissu glissait obstinément par terre. C'était le problème avec le satin, mais elle aimait cette matière, avait-elle expliqué à Allie.

— Regarde mes yeux, parvint-elle à gémir à travers ses lèvres serrées.

— Ils ont disparu, répondit Allie en lui tendant un verre de jus d'orange glacé et une paille, car Petra affirmait ne rien pouvoir avaler d'autre.

Repoussant ses couvertures, la malade se leva en chancelant, mais elle se rassit tout aussi vite. Si elle l'avait pu, elle aurait froncé les sourcils de contrariété.

— Pas question que tu te lèves ! déclara Allie en lui allongeant les jambes sur le lit.

Elle tira l'irritant couvre-lit de satin, remonta les draps et la couverture. Après avoir fermé les persiennes, elle alluma la veilleuse et revint vers Petra.

— Il faut fermer le Bistro, marmonna cette dernière en fixant Allie à travers les fentes de ses paupières plissées. À moins que tu puisses me remplacer, bien sûr.

— Quoi ? Moi ? Tenir un restaurant ? s'exclama Allie, stupéfaite.

Jusque-là, elle n'avait fait que suivre des ordres pour couper, trancher, faire rissoler les ingrédients et assurer le service.

— Pourquoi pas ? Tu es ici depuis assez longtemps pour savoir comment ça marche. Si tu choisis un menu simple – poulet, côtelettes, poisson grillé, ce genre de plats –, tout ira bien. Et tu sais comment confectionner les sauces, maintenant. Tu peux charger Catherine des salades et des légumes. Quant au gaspacho, c'est un jeu d'enfant, tu le prépares au mixeur. Sinon, en entrée, tu as la salade au fromage de chèvre, les œufs de lump. Et, en dessert, une tarte aux fruits – il y en a deux au congélateur, plus des glaces. Ou alors des framboises à la crème. Les fournisseurs auront livré les produits frais.

Voyant qu'Allie ne répondait rien, elle ajouta d'un air surpris :

— Ne me dis pas que tu as peur. Une femme comme toi ?

— Une femme comme moi ? répéta-t-elle, soudain saisie d'appréhension.

— J'aurais pensé que rien n'effraierait une femme capable de quitter son mari infidèle et de venir seule en France pour démarrer une nouvelle vie... Elle arriverait sans problème à faire marcher la cuisine du petit restaurant local où elle travaille depuis plusieurs semaines.

Sa tirade finie, Petra glissa la paille entre ses lèvres enflées et avala une gorgée de jus de fruits.

247

Allie garda le silence. Tenir le Bistro était une sacrée responsabilité. Mais, d'un point de vue financier, Petra ne pouvait pas se permettre de fermer, même pour quelques soirs. Cela ferait un trou trop important dans son budget. De plus, elles étaient amies. Petra l'avait aidée en lui offrant ce poste. Aujourd'hui, est-ce que ce n'était pas à son tour de lui rendre service ?

— Je t'en prie, mon ange, insista Petra en se renfonçant dans ses oreillers vert pâle et en affichant un air fragile que contredisait sa tête de petit hippopotame, elle le savait.

— Bon, d'accord, finit par lâcher Allie d'une voix peu convaincue. Était-ce la bonne décision ?

Comme par hasard, le marmiton, un jeune Anglais, choisit ce soir-là pour leur faire faux bond. Il avait laissé un message annonçant qu'il était rentré en Angleterre pour une « raison familiale urgente ».

Lorsque Allie appela Petra pour la mettre au courant, cette dernière répondit d'un ton désolé : « Tant pis, mon chou, notre brave petite Catherine va t'aider. »

La « brave petite Catherine » était lente et méthodique. En la regardant laver paresseusement la laitue et équeuter les haricots verts, Allie fut envahie par un sentiment de découragement. Elle n'avait d'autre choix que de s'y mettre à fond.

Elle sortit les tartes aux fruits pour les faire décongeler. Puis elle disposa les fraises des bois en tas sans oublier d'en goûter une ou deux au passage. Nappées de crème fraîche, avec un soupçon de Cointreau, elles feraient un dessert divin. Elle dénicha des boîtes de glace Carte d'Or au congélateur. Crème brûlée, chocolat, café, vanille : des parfums tous plus délicieux les uns que les autres.

Il était temps de passer au gaspacho. Après avoir jeté un coup d'œil dans le livre de recettes de Petra, elle pela et épépina des tomates bien mûres ainsi que les poivrons déjà lavés par Catherine – laquelle préparait maintenant les tables à son rythme habituel. Délaissant le mixeur car les légumes devaient craquer sous la dent, Allie les fit revenir avec beaucoup d'ail et toutes les herbes du jardin qu'elle trouva : cerfeuil, persil, basilic, ciboulette, estragon. Un jus de citron, une rasade de la délicieuse huile d'olive de Petra, des petits oignons hachés menu, du concombre, une pincée de sel et de paprika... Le tour était joué.

Elle recula d'un pas et regarda son œuvre avec fierté. Puis elle appela Catherine pour lui faire goûter la soupe froide. Les yeux ronds de la jeune fille s'arrondirent encore.

— Mais c'est délicieux, murmura-t-elle avec respect. Formidable !

Avec un soupir de satisfaction, Allie lui demanda de préparer la salade, tandis qu'elle-même sortait le fromage de chèvre du réfrigérateur et le coupait en tranches nettes. Elle passa les noisettes au mixeur, y ajouta des miettes de pain, une pincée de noix de muscade et un filet d'huile d'olive, et roula les rondelles de fromage dans le mélange. Elles étaient prêtes à passer sous le gril, pour être servies sur un lit de petites feuilles de laitue, parsemées de fleurs de capucine comestibles prises dans le potager de Petra.

Contente de sa performance, Allie jeta un coup d'œil à la grosse pendule de gare placée au-dessus de la porte et poussa un cri de détresse. Il était déjà dix-sept heures et elle devait encore préparer deux plats principaux.

Petra n'ayant pas pu aller au marché, elle ne pourrait pas proposer de poisson frais. En revanche, faire cuire les fines côtes de porc à point ne serait pas un problème. Pour rehausser le beau morceau de bœuf du boucher, Allie décida de hacher des épinards et du bacon qu'elle mélangea à du roquefort. Après avoir aplati la viande à l'aide d'un battoir, elle l'enroula autour de sa farce et la coupa ensuite en tranches. Le résultat faisait venir l'eau à la bouche : des roulés de steak, farcis au roquefort. Elle devenait bonne cuisinière, se félicita-t-elle.

Catherine en avait fini avec la salle : les couverts étaient mis. Elle apporta à côté du tranchoir à pain les baguettes qui avaient été livrées à la porte de la cuisine. Le moment venu, elle les couperait et les servirait dans les corbeilles tapissées de serviettes rouges prévues à cet effet.

Avisant deux mangues dans la corbeille à fruits, Allie eut soudain l'idée de préparer un *Mango Butter*, délicieux mélange des Caraïbes. Après avoir pelé les fruits, elle les écrasa avec du beurre et répartit la mixture dans des petits pots ronds qu'elle rangea au réfrigérateur.

Jean-Philippe arriva et il s'étonna de la voir s'affairer à la cuisine. Mis au courant de la situation, il s'empressa de rassurer Allie : en plus de tenir le bar, il aiderait à servir en salle. Tout se passerait bien.

Elle coupa alors le poulet en morceaux pour la fricassée et disposa sur le plan de travail des petits tas de légumes coupés en cubes. Sa « mise en place », comme aurait dit son ami le chef Wolfgang Puck, terminée, Allie était épuisée. Et l'appréhension commençait à la gagner. S'amuser dans la cuisine était une chose, préparer les différents plats du menu à la demande en était une autre.

Elle se réprimanda : Petra lui avait fait confiance. Se montrer à la hauteur de la situation ne dépendait que d'elle-même ; or elle avait accepté cette responsabilité.

— Bon, que dois-je faire maintenant, Mary ? demanda Catherine en la fixant de ses yeux bruns, myopes et anxieux.

Allie prit une profonde inspiration pour se ressaisir et répondit :

— Occupez-vous des légumes. Vous savez combien de minutes il faut pour cuire les haricots verts et les courgettes rondes ?

— Oui ! affirma la jeune fille en se redressant, la tête haute, prête à assumer sa nouvelle charge.

— Nous devons penser à Petra et faire toutes les deux de notre mieux. D'accord ?

— D'accord, répéta Catherine.

— Premiers clients ! avertit Jean-Philippe, de derrière son bar.

Malgré ses bonnes résolutions, Allie sentit son cœur se serrer et jeta un regard paniqué à la petite cuisine. Elle était très loin des plateaux de cinéma de Hollywood, avec les tentes des traiteurs professionnels chargés de nourrir plusieurs centaines de personnes chaque jour. Très loin de son immense maison immaculée de Bel Air, où Ampara régnait sur les fourneaux. Elle était seule et bien seule.

— Voilà Robert Montfort, annonça Jean-Philippe en pénétrant en trombe dans la pièce. Et il est avec sa mère.

— Seigneur ! gémit-elle.

Robert, entre tous… Et accompagné de sa mère, en plus !

— Pour lui, ce sera le gaspacho en entrée, puis le steak farci, précisa Jean-Philippe. Pour Mme Montfort, la salade au chèvre chaud et le porc grillé sauce piquante.

Elle avait oublié de faire la sauce piquante…

Tandis que Catherine apportait le pain et le beurre de mangue à leurs premiers clients, Allie garnit le gaspacho d'une rondelle de citron et de cubes de concombre flottant à la surface. Ensuite, elle se hâta de toaster à point les rondelles de fromage, les plaça sur des tranches de pain grillé, et disposa le tout sur un lit de cresson et de laitue. Les entrées étaient prêtes. Il était temps de s'attaquer à la sauce à base de piment rouge, d'ail et d'herbes, qui devait accompagner les côtes de porc. Quelques câpres et de la crème, et c'était prêt !

— Tout le monde arrive, signala Jean-Philippe depuis l'entrée de la pièce.

Allie jeta un coup d'œil à travers le rideau de perles qui séparait la cuisine du restaurant. Les clients se pressaient dans la salle. Elle aperçut Robert sur la terrasse, en compagnie d'une belle femme, plus âgée que lui. Ils avaient entamé leur hors-d'œuvre et paraissaient contents.

Elle se remit aux fourneaux. La soirée allait être longue.

251

À vingt-deux heures, Allie était morte de fatigue. Elle avait le corps moite de transpiration et des mèches éparses autour de son visage. Mais elle était satisfaite. Elle n'avait eu aucune plainte.

Soudain, Robert écarta le rideau de perles et entra dans la cuisine.

— Jean-Philippe vient de m'apprendre que vous étiez seule ce soir. J'ignorais tout de vos talents de cuisinière.

Elle remit précipitamment ses lunettes, qu'elle avait remontées sur son front, et fit courir ses mains dans ses cheveux ébouriffés.

— Je n'ai pas été recrutée pour mes talents culinaires, précisa-t-elle. Il se trouve juste que j'étais la seule personne disponible.

— C'était exquis. Demandez à ma mère, qui est un fin palais… Tous les clients sont partis, vous avez fini pour ce soir. Venez boire un verre de vin et déguster avec nous quelques-unes de ces délicieuses fraises, poursuivit-il en lui tendant la main.

— Oh, mais…

D'un air pitoyable, elle repassa ses mains dans ses cheveux en bataille. Il se mit à rire.

— Vous êtes parfaite, la rassura-t-il d'une voix douce. Ne savez-vous pas que vous êtes toujours parfaite ?

— Oh ! fit-elle de nouveau.

Mais déjà Robert dénouait son tablier.

— Venez, répéta-t-il en l'entraînant vers la terrasse. Maman, voici Mary Raycheck. Mary, je vous présente ma mère, Céline Montfort.

Mme Montfort, encore jolie femme et aussi grande que son fils, portait courts ses cheveux bruns striés de mèches argentées aux tempes, une coiffure d'une élégance folle. Elle était vêtue d'une jupe de lin bleu et d'un chemisier de soie blanche. Un petit foulard autour du cou, de grosses perles et des ballerines Chanel crème à talons plats, d'un chic intemporel, complétaient sa tenue. Elle était superbe. Pour un peu, Allie aurait eu honte de la simplicité de son jean et de son tee-shirt noirs. Mme Montfort l'examina avec la plus grande attention.

— Je suis heureuse de rencontrer une amie de mon fils. Et une cuisinière d'aussi grand talent, déclara-t-elle.

— Je ne suis pas une experte, madame, croyez-moi. Je remplace juste une amie qui s'est fait arracher une dent de sagesse ce matin.

— Ça fait mal, compatit la mère de Robert.

Puis, tout en buvant du champagne, elle demanda à Allie si elle aimait la France, si la vie y était très différente de la Californie.

Bravo s'approcha de leur table, et comme Mme Montfort caressait son large cou poilu il la regarda avec adoration. La lune brillait, les petites lumières blanches des guirlandes électriques clignotaient dans les arbres, le vin était délicieux. Allie se tourna vers Robert et surprit son regard sur elle. Elle lui sourit. Elle se sentait bien. Elle n'aurait pu rêver une fin plus idéale à une journée aussi pleine de surprises.

44

Une demi-heure plus tard, Robert Montfort et sa mère ayant pris congé, Allie entreprit de nettoyer la cuisine en fredonnant.

Puis elle resta un moment à contempler les murs carrelés jusqu'à mi-hauteur, le plafond aux poutres noires, l'énorme cuisinière bleue – la couleur préférée de Petra – et le gril en acier. De vieilles casseroles et des poêles s'entassaient sur des étagères en bois, à côté de piles de plats et d'assiettes de couleur crème frappés de lettres bleues indiquant : « Bistro du Manoir. »

Bravo était affalé sur les marches du perron et, par la porte ouverte, une brise fraîche apportait un parfum de fraises sauvages qui se mêlait à l'odeur de la fricassée de poulet. Allie s'adossa au comptoir, les bras croisés sur la poitrine. Ce soir, elle avait transformé en triomphe ce qui avait failli être le fiasco le plus complet. Elle avait nourri trente-cinq clients et n'avait eu que des compliments. Grisée par cette nouvelle sorte de succès, elle avait l'impression que, pour la première fois de sa vie, elle était dans son élément. Elle bouillait d'impatience de tout raconter à Petra.

Elle fit la caisse avec Jean-Philippe et, après avoir mis l'argent et les tickets de cartes de crédit dans une enveloppe, elle les rangea dans son grand sac fourre-tout en tapisserie. Puis elle fit le tour du restaurant pour éteindre les lumières et, s'assurer que toutes les portes étaient bien fermées. Elle souhaita bonne nuit au barman, et quand Bravo fut monté dans la voiture elle rentra au Manoir. « Chez elle », comme elle ne se lassait pas de se le répéter.

Après un détour par la cuisine, elle gagna la chambre de Petra, avec du thé et des biscuits au chocolat sur un plateau. Le parfum des iris bleus disposés dans un vase blanc sur la table de nuit flottait dans la pièce. Le foulard rouge qui entourait l'abat-jour de la lampe de chevet créait une ambiance chaleureuse, rose et tamisée.

— Me voilà ! annonça Allie en mettant le plateau sur le lit.

— Du thé ! Génial ! s'exclama Petra qui l'attendait.

Elle essaya de sourire malgré sa bouche à moitié para-lysée.

— Tu penses avoir besoin d'une paille ? s'enquit Allie.

— Quoi ? Du thé à travers une paille ? Jamais. Tu plai-santes, j'espère !

Avec un grognement de douleur, elle dénoua le bandana. Allie lui tendit les antalgiques.

— Prends-les avec des biscuits, lui conseilla-t-elle. Il faut que tu manges un peu.

— Alors ? dit Petra. Dis-moi tout ! Comment ça s'est passé ?

Accompagnée par le pépiement d'un oiseau dans les bois, Allie lui raconta les événements de la soirée tout en prenant le thé et en grignotant les biscuits. Elle dit à quel point Catherine et Jean-Philippe s'étaient montrés effi-caces, pour compenser l'absence du marmiton. Elle décrivit les plats, et sa nouvelle recette de roulés de steak au roque-fort qui avait eu son petit succès. Elle parla des fabuleuses fraises des bois à la crème et au Cointreau. Puis elle ajouta d'un ton dégagé :

— À propos, Robert Montfort était là, ce soir.

Entre ses paupières enflées, Petra lui jeta un regard inquisiteur.

— Avec sa copine de Paris, je suppose.

— Non, avec sa mère, figure-toi.

— Ah ! sa mère !

— À la fin du service, il m'a proposé de prendre un verre avec eux.

— Et tu as accepté ?

— Bien sûr, dit Allie avec un sourire. Mme Montfort est très sympathique, et de cette élégance très simple à la française...

— Son fils tient d'elle, commenta Petra dans un bâillement. Je me demande s'il va revenir demain soir, quand il saura que c'est encore toi qui cuisines.

— Parce que c'est encore moi ?

— Voyons, mon ange, je ne peux pas sortir avec une tête pareille ! Les clients penseraient que j'ai été empoisonnée.

Ravie d'apprendre qu'elle allait de nouveau jouer au chef, Allie débarrassa le plateau et tapota les oreillers de Petra. Après avoir vérifié que son amie avait un verre d'eau sur sa table de chevet, elle l'embrassa pour lui souhaiter bonne nuit. Puis, accompagnée de Bravo, elle traversa le spacieux palier en direction de sa chambre.

Elle avait tellement été sur un petit nuage qu'elle n'avait même pas remarqué à quel point son dos était courbatu, ses pieds douloureux. Elle prit une longue douche dans le minuscule bac, laissant l'eau chaude chasser les odeurs de cuisine et détendre ses muscles.

Quand, enfin, elle s'allongea dans le grand lit moelleux et ferma les yeux, ce n'était pas Ron qui, pour une fois, occupait ses pensées. Ni Mac ni Robert Montfort. Elle réfléchissait à son entrée pour le lendemain : un gratin d'asperges au parmesan, le hors-d'œuvre idéal.

45

Mac et Sunny étaient parvenus à éviter les équipes de télévision et les paparazzi qui rôdaient devant les barrières de la Colony, surexcités par l'annonce qu'un cadavre avait été découvert chez Perrin, à Palm Springs.

Allongée sur une chaise longue de la terrasse, les mains derrière la nuque, Sunny regardait le ciel sans nuages en se laissant caresser par la brise légère de cette délicieuse fin d'après-midi typique de Malibu. Pour protéger ses yeux du soleil, elle portait de larges lunettes d'aviateur roses, une couleur qui, selon Mac, lui allait bien : elle s'accordait à la vision optimiste qu'avait la jeune femme de la vie et des gens. Dans son bikini du même orange que le vernis à ongles de scs orteils, elle était aussi séduisante qu'avec ses bottes de Vampira.

Comme s'il avait deviné ce que l'on attendait de lui, Pirate, posté en haut des marches de la plage, surveillait les alentours. Les paparazzi n'avaient qu'à bien se tenir ! Mac lui donna une petite tape amicale avant de s'étirer sur l'autre chaise longue. Pour sa part, même si l'identité du squelette devait encore être confirmée, aucun doute n'était permis : il s'agissait bien de Ruby Pearl.

— Alors, que dis-tu de tout cela ? demanda-t-il à Sunny en lui prenant la main.

Elle repensa à sa conversation avec l'homme du Bar Marinera, à Mazatlán. Elle se rappelait ses yeux bruns si

257

tristes et l'entendait dire : « C'est un chagrin d'amour. » En prononçant ces paroles, il l'avait mise immédiatement dans son camp. Elle se fichait bien qu'il lui ait fait faux bond le lendemain, elle n'aimait pas le savoir accusé de meurtre.

— Je ne pense pas que Ronald Perrin soit coupable, répondit-elle.

— Tu ne veux pas le croire, c'est différent, fit valoir le détective.

— C'est vrai, admit-elle. Mais même si Ruby Pearl le faisait chanter, je n'arrive pas à le voir en tueur assassinant une femme pour l'enterrer sous un cactus de son jardin. Ce n'est pas le genre à commettre un acte aussi horrible. Et puis, pourquoi l'aurait-il tuée ? C'est un homme puissant, avec une armée d'avocats. Il aurait suffi qu'il lui donne une grosse somme, qu'il lui fasse signer un papier, et ensuite qu'il lui dise au revoir et merci beaucoup.

Ils furent interrompus par l'interphone. Ils avaient un visiteur. Mac alla répondre et revint en annonçant :

— C'est Demarco. Il veut discuter.

— De quoi ? répliqua Sunny en se redressant vivement.

— Si je le savais, je te le dirais.

Elle passa une robe bain de soleil en coton jaune et demanda :

— Je lui offre un café ?

— S'il est venu pour parler, je suppose qu'il aura besoin de quelque chose de plus fort.

Mac ne s'était pas trompé : Demarco opta pour une vodka. Selon son habitude, il portait une tenue très décontractée : une chemise de golf blanche au col ouvert et un pantalon beige. Il inspecta longuement les lieux puis, l'air dédaigneux, suivit Mac sur la terrasse. La présence de Sunny sembla le surprendre.

— Ravi de vous revoir, affirma-t-il tout en jetant un coup d'œil interrogateur à Mac.

— Sunny est mon associée, déclara ce dernier. Je n'ai rien à lui cacher.

Demarco hocha la tête et se lança :

— Bon, il vaut mieux que je vous le dise, le FBI enquête vraiment sur l'affaire Perrin. Notre affaire…

Si cette révélation n'apprenait rien à Mac, le regard étrange de Demarco le laissa perplexe. Manquait-il d'assurance ? Avait-il peur ? Non, sûrement pas : un homme tel que lui ne connaissait pas la crainte. Mais la découverte du cadavre sous le cactus l'inquiétait peut-être.

— Vous pensez que Perrin blanchissait de l'argent ? demanda-t-il.

— J'espère bien que non, répondit Demarco en s'étranglant presque avec sa vodka. Parce que, en tant qu'associé, je risquerais de me retrouver impliqué.

— En effet, répondit Mac avec un sourire.

— Ce serait évidemment une erreur judiciaire, lui assura Demarco en le regardant droit dans les yeux. Si, en plus d'être un assassin, Ron est un escroc, vous devrez prouver que je ne suis en rien son complice.

— Et par quel moyen suis-je censé le faire ?

Demarco but une nouvelle gorgée, reposa son verre et ses yeux allèrent de Mac à Sunny pour revenir sur Mac.

— Je vous paierai cher, monsieur Reilly. Très cher. Plus que vous avez jamais gagné dans votre vie.

Un long silence s'ensuivit. À l'évidence, Demarco testait leurs réactions, songea Mac en lui montrant un visage impassible. En revanche, l'expression de Sunny trahissait sa stupéfaction devant une offre de pot-de-vin aussi flagrante.

Le téléphone portable de Mac sonna, et pendant qu'il répondait Demarco resta assis, les yeux perdus sur la mer, regardant sans les voir les pélicans marron effectuer leurs plongeons.

— Je viens d'avoir confirmation que les restes découverts chez Perrin sont bien ceux de Ruby Pearl, lança Mac en refermant son portable. La montre en diamants a permis de remonter jusqu'à un bijoutier de Beverly Hills. La facture a été établie au nom de Perrin.

— Que voulez-vous que je vous dise ? rétorqua Demarco en haussant les épaules d'un air désabusé. Maintenant, vous savez pourquoi vous n'avez pas d'autre choix que de m'aider.

Il partit après avoir obtenu de Mac la promesse de trouver le milliardaire et d'éclaircir toute l'affaire. Le détective appela alors Lipski pour lui annoncer le meurtre de Ruby Pearl. Ce dernier le remercia d'une voix étranglée, puis dit que, désormais, Ruby pourrait reposer en paix et que lui-même essaierait d'apprendre à vivre sans elle.

— Tant que vous me promettez d'attraper Perrin, cet assassin, pour moi ! ajouta-t-il d'une voix suppliante.

— On ne le désigne pas encore ainsi. Pour la police judiciaire de Palm Springs, il est un simple suspect. Ce n'est pas parce que le corps de Ruby a été enterré dans son jardin que Perrin l'a assassinée, ne l'oubliez pas.

— Vous voyez un autre coupable ? répliqua Lipski.

Mac raccrocha avec un soupir. Le privé avait marqué un point.

46

Ampara était inquiète. Depuis les effrayants événements qui s'étaient déroulés dans la maison de Bel Air, elle s'était réfugiée chez des amis en emmenant Fussy. Néanmoins, par conscience professionnelle, elle se rendait dans la propriété deux fois par semaine pour aérer, faire le ménage et s'assurer que tout allait bien.

Quand le détective lui avait téléphoné afin de l'informer sur la progression de l'enquête, il lui avait conseillé de continuer son travail. Et elle avait répondu qu'elle était payée pour cela. De plus, elle ne supportait pas cette oisiveté forcée, sa seule tâche consistant à promener la petite chienne.

En attendant, ni la police ni Reilly n'avaient le moindre suspect car le cambrioleur avait mis des gants : aucune empreinte n'avait donc été relevée en dehors de celles des familiers. Mais la gouvernante tirait une telle fierté du soin qu'elle portait à l'entretien de la maison que cette nouvelle ne l'avait guère étonnée.

Ce matin-là, elle vaquait donc à ses occupations quand la sonnerie du téléphone retentit. Elle sursauta et éteignit l'aspirateur. Depuis cette affreuse nuit, il n'y avait plus eu d'appel en sa présence. Elle décida néanmoins de surmonter sa peur. Et si Mlle Allie essayait de la joindre ? Elle devait répondre. Pleine d'appréhension, elle décrocha.

— Résidence Perrin, fit-elle d'une voix prudente.

— Ampara ?

— Mademoiselle Whitworth ! s'écria-t-elle avec soulagement en reconnaissant la voix familière. Je suis contente que ce soit vous.

— Vous attendiez un appel d'Allie ?

— Plus ou moins, vous savez ce que c'est...

— Tout à fait. C'est d'ailleurs pour ça que je téléphone. Comme tout le monde, je suis au courant de sa disparition et très inquiète à son sujet. Moi aussi, Ampara, je tiens beaucoup à elle et j'espère pouvoir l'aider. Elle a besoin de quelqu'un qui la connaît bien, n'est-ce pas ? Or, comme je suis en vacances à Cannes avec une amie, j'ai pensé que si vous saviez où elle était, si elle avait pris contact avec vous... je pourrais peut-être aller la trouver. Il faut qu'elle puisse se reposer sur une personne vraiment proche, pour qui elle compte vraiment.

— Oh oui, mademoiselle Whitworth ! approuva la gouvernante avec chaleur. Mlle Allie est si seule, et maintenant elle s'est enfuie, elle a disparu. Sans parler de ce qui s'est passé ici, chez elle...

— Que voulez-vous dire ? Que s'est-il passé ? lança Jessie d'une voix anxieuse.

Ampara se souvint juste à temps de sa promesse à Mac Reilly : elle ne devait parler du saccage des robes à personne.

— Oh, comme j'ai peur de rester seule à Bel Air, Fussy et moi nous dormons chez des amis. Mais, de toute façon, je n'ai pas la moindre idée de l'endroit où se trouve Mlle Allie. Personne ne le sait. Et M. Perrin aussi a disparu.

— Hum ! Bon, je vous rappelle bientôt. Mais si vous avez du nouveau, Ampara, promettez-moi de me tenir au courant.

— Entendu, mademoiselle Whitworth. C'est promis !

Après avoir raccroché, la gouvernante resta songeuse un instant. Par la fenêtre, elle aperçut l'employé chargé d'entretenir la piscine qui tirait son long filet sur l'eau, en faisant plisser la surface comme une soie turquoise. L'aspirateur à feuilles du jardinier mugissait et le moteur de la tondeuse tractée John Deere ronronnait. Si M. et Mme Perrin s'étaient tous deux volatilisés, à Bel Air, la vie continuait.

La sonnerie du téléphone résonna de nouveau. Serait-ce Mlle Allie, cette fois ? Ou peut-être M. Ron ? se demanda Ampara avant de décrocher :

— Résidence Perrin.

— Ampara, c'est Sheila Scott. Comment allez-vous ?

Le visage de la gouvernante se fendit d'un sourire soulagé. Sheila lui était très sympathique.

— Aussi bien que possible, mademoiselle Scott, après ce qui est arrivé ici. Oh...

Encore une fois, elle se tut juste à temps.

— Que voulez-vous dire ? Qu'est-il arrivé ? s'exclama Sheila, paniquée.

Ampara hésita un instant. Mais après tout, Mlle Scott était la meilleure amie de sa patronne, elle devait pouvoir lui faire confiance. Elle lui raconta le saccage des robes déchirées au couteau et jetées à terre.

— Je n'ose même pas imaginer ce qui aurait pu se passer si Mlle Allie avait été là, conclut-elle dans un soupir qui ressemblait à un sanglot.

Il fallut un moment à Sheila pour assimiler toute l'horreur de la situation.

— Mais la police a sûrement..., commença-t-elle enfin.

— Ni la police ni Mac Reilly, qu'elle avait chargé de sa surveillance, n'ont la moindre piste, mademoiselle Scott. Mais je peux vous garantir que Lev, le garde du corps, me manque, avoua Ampara avec un nouveau soupir.

— Je n'en doute pas. Je suppose donc que vous n'avez pas de nouvelles d'elle ?

— Rien, mademoiselle ! Mlle Allie n'a pris contact avec personne. Pas même avec M. Reilly. Je sais pourtant à quel point elle lui faisait confiance... comme à nous, mademoiselle. D'ailleurs, si j'ai du nouveau, je ne manquerai pas de vous en informer.

Sheila la remercia, et elle s'apprêtait à raccrocher quand Ampara ajouta :

— Vous êtes la deuxième personne à téléphoner aujourd'hui pour demander de ses nouvelles. Je viens d'avoir un appel de Jessie Whitworth – elle a été l'assistante de Mlle Allie, vous voyez qui je veux dire ?

— Oui, bien sûr.

— Elle s'inquiète aussi. Elle pense que Mlle Allie est quelque part toute seule, qu'elle a besoin du soutien d'une amie. Elle est en vacances à Cannes et m'a demandé si je savais où elle pouvait la joindre.

— Et qu'avez-vous répondu ?

— Que je n'en avais pas la moindre idée, bien sûr. Juste qu'elle se trouvait dans le sud de la France quand elle a disparu.

— Hum ! c'est une curieuse coïncidence, fit remarquer Sheila d'une voix soucieuse. Eh bien merci, Ampara, et n'oubliez pas de m'appeler si vous avez des nouvelles d'elle, hein ?

— Promis, mademoiselle Scott. Et merci à vous d'avoir téléphoné.

Là-dessus, un peu rassérénée de voir que les amies de la star commençaient à se manifester, Ampara reprit ses besognes habituelles comme si rien n'avait changé dans sa routine.

47

Après sa conversation avec Ampara, Sheila sortit faire des courses au supermarché de Bristol Farm. Mais elle était incapable de chasser de son esprit l'image des robes d'Allie lacérées au couteau et ne pouvait s'empêcher d'imaginer le pire des scénarios : et si le harceleur, au lieu de s'en prendre à ces vêtements, s'était attaqué à leur propriétaire et l'avait poignardée ? Dieu merci, son amie ignorait tout de l'effraction. Elle l'avait entendu à sa voix joyeuse quand elle lui avait téléphoné de France. Mais si son poursuivant la retrouvait ? Le fait qu'il soit parvenu à s'introduire à Bel Air prouvait qu'il avait plus d'un tour dans son sac. Son angoisse croissant de seconde en seconde, Sheila prit une décision : elle allait parler à Mac Reilly du coup de téléphone d'Allie.

Mac fut surpris de recevoir un appel de Sheila Scott, qui se présenta comme l'une des meilleures amies d'Allie Ray. Étrange ! La star n'avait jamais mentionné d'amis proches. Mais quand Sheila lui eut expliqué qu'elle avait appris par Ampara ce qui s'était passé à Bel Air, qu'elle s'inquiétait et devait lui parler, il lui proposa de la retrouver chez elle, à Venice Beach.

Elle habitait l'une de ces charmantes rues piétonnes du quartier des canaux appelé la « Venise de Los Angeles ». Sa maison, avec des fenêtres en losange et une solide porte en bois, était enfouie sous les roses. Pirate sur ses talons, Mac ouvrit la barrière de fer forgé en forme de roue de paon, et s'arrêta pour respirer le parfum sucré et épicé des roses couleur lavande baptisées Barbra Streisand. Il aurait aimé faire pousser des rosiers sur la plage, mais ceux-ci ne supportaient pas les embruns. Il grimpa les deux larges marches et sonna. Le carillon émit une mélodie qu'il n'arriva pas à identifier.

Sheila lui ouvrit et, après l'avoir salué, lui demanda :

— Je parie que vous aimeriez savoir de quel air il s'agit.

— Comment avez-vous deviné ? répondit-il avec un sourire.

— Tout le monde se pose la question. C'est *Nessun dorma*, de *Turandot*, l'opéra de Puccini. Il est plus difficile à reconnaître sans les paroles. Vous avez sûrement entendu la version de Pavarotti, chantée à la finale de la Coupe du Monde ; ou celle du concert télévisé à Rome avec les ténors Pavarotti, Domingo et Carreras... Mais entrez, je vous en prie et le chien aussi.

Elle caressa Pirate puis, remarquant ses cicatrices, regarda de nouveau Mac.

— Je vois que vous êtes un homme très bon. Vous l'avez recueilli, n'est-ce pas ?

— N'importe qui en aurait fait autant, déclara-t-il en haussant légèrement les épaules. Et de toute façon, je ne peux plus me passer de lui.

— Vous avez bien de la chance de l'avoir, alors.

Allie lui avait dit à peu près la même chose, se rapporta Mac. Cette Sheila Scott lui était déjà très sympathique.

Elle le précéda dans la cuisine, une charmante pièce basse de plafond. Des portes-fenêtres ouvraient sur une étroite terrasse dallée qui surplombait un jardin ombragé par de grands eucalyptus. Également rempli de roses, il descendait en pente douce jusqu'au canal. Comme à la Colony, les constructions du quartier mélangeaient les styles et étaient collées les unes aux autres. Mais ici, au lieu de la vue sur la mer, on avait vue sur d'autres maisons, avec leurs jardins et leurs pontons où étaient amarrés des petits bateaux.

— Vous avez une maison ravissante, la complimenta Mac d'un ton admiratif.

— Je l'ai achetée il y a trente ans. Comme presque tout à Venice Beach, c'était une ruine. Personne ne voulait vivre ici, à l'époque. C'était trop près du ghetto et il n'y avait ni supermarchés, ni restaurants, ni boutiques, ni cafés. Maintenant, vous ne pouvez pas faire deux pas sans en trouver un.

— Et elle doit bien valoir deux millions de dollars, aujourd'hui. Vous avez fait un investissement intelligent.

Sheila se mit à rire.

— Ce n'était pas plus une question d'intelligence que d'investissement. Je n'avais pas les moyens d'acheter autre chose. De plus, l'idée d'habiter sur un canal me plaisait. Il a un côté magique, comme vous pouvez le voir. C'est presque aussi bien que la plage, constata-t-elle en faisant un clin d'œil à Mac avant de lui proposer un café.

Deux mugs et une cafetière attendaient déjà sur un plateau d'étain. Mac accepta l'offre. Ils sortirent sur la terrasse et s'installèrent dans des fauteuils de rotin blanc. Silencieuse, Sheila regarda un instant son jardin tandis que le détective l'observait. C'était une belle femme, qui lui parut très équilibrée mais manquer cruellement de confiance en elle.

— Ainsi, vous êtes musicienne ? s'enquit-il, repensant à la sonnette.

Elle se mit à rire.

— Pas du tout. Je suis coach vocal. C'est ainsi que j'ai rencontré Allie, il y a des années, quand elle est arrivée à Los Angeles. Je l'ai aidée à se débarrasser de son accent texan. Nous sommes amies depuis longtemps. Et c'est pour ça que je suis si inquiète, ajouta-t-elle en le regardant droit dans les yeux.

Mac s'appuya au dossier de sa chaise et attendit la suite sans répondre. À sa grande stupeur, Sheila lui annonça :

— J'ai eu des nouvelles d'Allie il y a quelque temps.

— Oui ? fit-il en posant précautionneusement son mug sur la petite table carrelée entre eux.

— Elle était toujours en France, mais n'a pas voulu m'indiquer où. Elle m'a dit que cela m'éviterait d'être obligée de mentir si on me posait des questions à son sujet. Elle semblait heureuse, elle s'était fait de nouveaux amis, avait changé d'apparence, et elle était certaine que personne ne soupçonnait sa véritable identité. Elle travaillait comme serveuse et avait peut-être rencontré un homme...

— Voilà qui paraît prometteur.

— Je vais chercher un peu plus de café.

Sheila se hâta vers la cuisine et revint avec la cafetière.

— Tenez, il est encore chaud. Allie m'a promis de rappeler, continua-t-elle, mais je n'ai plus eu de ses nouvelles depuis. Comme cela me préoccupait, j'ai téléphoné à Ampara et ce qu'elle m'a raconté a redoublé mon inquiétude. Cette intrusion dans la maison, les robes déchirées...

— Nous devons nous estimer heureux qu'Allie n'ait pas été là, constata Mac en hochant la tête.

Sheila eut un frisson. Elle préférait ne pas imaginer ce qui aurait pu arriver.

— Mais il y a autre chose, déclara-t-elle. Ampara m'a raconté que Jessie Whitworth lui avait téléphoné ce matin...

— L'assistante personnelle d'Allie ? Celle qu'elle a renvoyée il y a quelques mois ?

— Oui. Elle est allée à Cannes et circule dans le sud de la France. Elle a dit à Ampara pressentir qu'Allie avait besoin d'une amie, de quelqu'un de proche. Elle voulait savoir où la trouver pour aller l'aider.

Les yeux sombres de Sheila croisèrent ceux de Mac, qui reposa son mug de café et se redressa, l'attention aiguisée.

— Vers quelle heure a-t-elle téléphoné ?

— Juste avant moi. Donc à onze heures du matin, environ.

Mac se leva. Il n'y avait pas un instant à perdre.

— Vous n'imaginez pas l'importance de cette information ! s'exclama-t-il.

Sheila, qui s'était dressée à son tour, le regardait avec anxiété.

— Vous croyez que Jessie a quelque chose à voir avec tout ça ? Bien sûr, Allie l'a licenciée et elle avait une clé de la maison, mais tout de même !

— Nous n'allons sûrement pas tarder à en avoir le cœur net.

Voyant que son hôtesse semblait au bord des larmes, Mac la serra dans ses bras.

— Vous êtes une véritable amie, Sheila, la complimenta-t-il avec un sourire réconfortant. Ne vous en faites pas, j'ai l'homme idéal pour retrouver Jessie et savoir ce qu'elle manigance.

48

Mac traversait Venice Beach. Sheila avait dit vrai : Main Street était une succession de boutiques de mode et de cafés branchés. Les trottoirs grouillaient de jeunes surfeurs trimbalant leurs planches et de belles filles promenant de magnifiques bébés dans leurs poussettes. Profitant d'un arrêt à un feu rouge, Mac téléphona à Roddy et le mit au courant des nouveaux rebondissements.

— Mlle Whitworth, la secrétaire parfaite ? Elle m'a toujours paru un peu louche. Je me demande si la reine d'Angleterre l'a accompagnée en France, railla son adjoint.

— Bonne remarque... Je suis en train de rentrer chez moi. Tu veux m'y rejoindre ?

— Entendu. Tu devrais peut-être m'envoyer à Cannes sur ses traces. Après tout, je suis le seul à savoir à quoi elle ressemble.

— Peut-être, répondit Mac, aussi évasif que quand Allie lui avait demandé de l'accompagner sur la Côte d'Azur. J'appelle Lev pour qu'il vienne aussi. Nous allons en discuter.

Lev décrocha tout de suite et, informé de la situation, annonça :

— Je suis à Hollywood, je devrais être là dans une quarantaine de minutes, selon la circulation.

Il trouva Roddy et Mac installés sur la terrasse. Un coucher de soleil pourpre faisait scintiller les flots d'une myriade de paillettes dorées. Tous trois restèrent assis un moment devant une bière bien fraîche, à savourer la vue de l'océan et des Californiennes blondes – par un fait inexplicable, elles étaient toujours blondes – caracolant sur la crête des vagues avec la même intrépidité que leurs acolytes masculins. D'après Roddy, excellent surfeur lui-même, elles prenaient même davantage de risques que beaucoup d'entre eux.

Mac résuma de nouveau la situation à ses deux collègues, qui l'écoutèrent avec attention, avant de conclure :

— Nous savons donc maintenant qu'Allie est toujours en France. Que Jessie Whitworth a quitté son appartement tôt le matin suivant l'effraction de Bel Air, en disant à la gardienne qu'elle partait en vacances à Cancún...

— Avec sa copine blonde ?

— Oui, répondit Mac. Et toujours d'après la gardienne, elle ressemblerait un peu à Allie.

— Le garde des studios Mentor m'a dit la même chose, fit remarquer Roddy.

— Il semblerait de plus que Whitworth soit en fait en France, et non au Mexique.

— À la recherche d'Allie, renchérit Lev.

— Tu connais un peu la France ? lui demanda Mac.

— J'ai travaillé à Paris. J'y ai des contacts. Whitworth aura été obligée de louer une voiture, et pour cela il faut sortir son permis de conduire et sa carte de crédit. On peut vérifier.

— D'accord. Je veux que tu t'en occupes sans perdre une seconde, même si pour le moment Whitworth ne sait pas plus que nous où Allie se cache.

— Je serai à Paris demain, déclara Lev, et fais-moi confiance, je mettrai la main dessus.

— Je peux l'accompagner ? demanda Roddy à Mac, qui eut un petit rire.

— À mon avis, Lev préfère travailler en solo. Et de toute façon tu n'as aucun contact à Paris.

— Je pourrais en prendre, répliqua Roddy d'un air frustré.

— Entendu, quand nous aurons trouvé Allie, tu iras en France.

— J'ai toujours aimé les retrouvailles, lâcha Roddy d'une voix maussade.

49

Sunny était affairée à préparer une salade à base de mini-laitues, d'herbes fraîches, d'avocat et de fraises en lamelles, le tout saupoudré de noix grillées. Pendant ce temps, Mac s'occupait de la cuisson des steaks au barbecue. Il avait ouvert une bouteille de Caymus, l'un de ses cabernets préférés. Les ronflements de Pirate faisaient concurrence aux chansons de Brian Ferry, dont Sunny avait acheté un album en pensant à Ronald Perrin. Mais, quand enfin ils s'assirent pour déjeuner, la sonnerie du téléphone les interrompit. C'était un appel de Rome.

— Bonjour, c'est moi, se présenta Marisa.

— Je sais, répondit Mac en mettant en marche le haut-parleur. J'ai reconnu votre voix.

— J'ai lu l'article sur le meurtre dans le *Herald Tribune*, dit-elle en chevrotant un peu. Je sais que Ronnie est soupçonné d'avoir tué cette femme, qu'il a disparu, et tout le reste… Depuis, quelqu'un s'est introduit dans mon appartement. Rien n'a été volé, mais tout a été laissé sens dessus dessous. À présent, j'ai peur. Je pense que le cambrioleur pourrait être Ronnie.

— C'était peut-être un paparazzi, chuchota Sunny à Mac. S'ils ont découvert qu'elle était la petite amie de Perrin…

— Les paparazzi ne s'introduisent pas chez quelqu'un par effraction, répliqua Mac en secouant la tête, avant de demander à Marisa : Que peut-on bien chercher chez vous ?

— Ce fameux soir où vous m'avez surprise à Malibu, avoua-t-elle, j'avais emporté quelques documents contenant des numéros de comptes ouverts par Ronnie dans des paradis fiscaux. Je sais qu'il veut les récupérer. Et maintenant qu'il a tué une femme, je crains d'être la suivante sur sa liste. J'ai peur, Mac. J'ai vraiment, vraiment peur. Je vous en prie, venez à mon aide ! Je vous remettrai ces documents et je vous dirai tout ce que je sais sur Ronnie.

Mac croisa le regard de Sunny.

— Je fais ma valise sur-le-champ, annonça-t-elle.

— Nous serons à Rome demain, promit Mac à Marisa.

50

Le lendemain, Sunny et Mac arrivaient à leur hôtel romain favori, l'Inghilterra. Un message de Marisa les y attendait, les invitant à la rejoindre chez elle. Mais, quand Mac lui téléphona pour annoncer qu'ils arrivaient, il n'obtint pas de réponse. Supposant qu'elle était sortie, il décida d'aller quand même au rendez-vous.

Ils prirent un taxi pour Trastevere. Comme en témoignaient les nombreux bars et leurs minuscules terrasses fleuries, ce quartier aux petites places et aux venelles pavées qui fourmillaient autrefois d'artisans s'était embourgeoisé.

L'appartement de Marisa était situé au premier étage d'un immeuble en stuc tout en hauteur. La façade était percée de fenêtres à persiennes vertes, le toit envahi par des antennes télévisées. Posté sur un affreux balcon en fer qui n'évoquait en rien les amants de Vérone, un chat noir les observait.

— Hum ! fit Sunny avec dédain. Je pensais que son célèbre producteur de films la soignait mieux que ça.

L'appartement de Marisa se trouvait sur la gauche dans le hall. Un Post-It jaune était collé sur sa porte. « Mac, retrouvons-nous Chez Gino, au bout de la rue, sur la place », disait-il simplement.

Ils gagnèrent le bar indiqué, une longue et étroite caverne sombre avec des étagères en verre garnies de bouteilles d'un vin rouge de piètre qualité. Après s'être installés à la terrasse exiguë, ils commandèrent à boire et attendirent. Un long moment passa. Mac, qui commençait à s'inquiéter, rappela Marisa sans obtenir de réponse. Puis il téléphona à leur hôtel pour demander si elle avait laissé un message. Rien. Ils décidèrent d'attendre encore et, la faim commençant à se faire sentir, de déjeuner sur place. Mac entra dans le bar et demanda une pizza sans anchois et une autre bouteille de vin.

Restée seule, Sunny finissait son verre quand, soudain, elle aperçut Marisa à l'angle de la rue.

Si en se drapant dans un châle noir elle avait tenté de passer pour une vieille paysanne italienne, c'était raté : elle était parfaitement reconnaissable. De plus, fait étrange, un prêtre de haute taille, en soutane noire et avec un chapeau plat à large bord, la tenait par le bras et semblait l'entraîner fermement hors de la place. Un peu trop fermement, songea Sunny, alarmée, en comprenant soudain qu'en fait il la tirait.

Elle se leva d'un bond, appela Mac et se mit à courir après eux, maudissant ses hauts talons qui l'handicapaient sur les pavés. Elle les perdit de vue au coin d'une ruelle sombre, mais entendit Marisa crier.

Essoufflée, Sunny poursuivit sa course jusqu'à ce que l'un de ses talons se coince entre les pavés. Elle s'étala alors de tout son long, sentit une douleur fulgurante à la cheville, et des larmes lui piquèrent les yeux. Quand elle releva la tête, Marisa et le prêtre avaient de nouveau disparu.

— Que s'est-il passé ? demanda Mac d'un ton anxieux dès qu'il l'eut rejointe.

Il l'écouta avec attention. Puis, voyant que sa cheville enflait, il l'aida à se relever et à regagner la place.

— Marisa était sans doute déguisée parce qu'elle se savait suivie, déclara-t-il ce faisant. Elle a tenté de semer son poursuivant, sans y parvenir. Il l'a coincée, même si tu as failli les rattraper.

— Je me suis dévouée, marmonna Sunny, les dents serrées, tout en claudiquant.

De retour au bar, un verre de grappa calma momentanément sa souffrance. Puis un pharmacien examina la cheville endommagée, et conseilla à Sunny des packs de glace et une chaussette de contention.

— Génial ! maugréa-t-elle en regardant celle-ci, qui était rose. Ce sera ravissant avec une petite robe noire.

Marisa Mayne ne valait vraiment pas un tel sacrifice.

Dans l'intervalle, Mac avait téléphoné à la police pour raconter ce qui venait d'arriver. Il s'était entendu répondre que, Marisa n'étant pas encore officiellement portée disparue, il était difficile d'intervenir. Et un policier lui avait de plus assuré : « Ce genre de femme finit toujours par réapparaître… »

Laissant Sunny à l'hôtel, Mac repartit pour l'appartement de la starlette. Le Post-It jaune était encore sur la porte. Il le mit dans sa poche, puis tourna la poignée qui, à sa grande surprise, s'ouvrit sans résistance.

Le petit appartement était immaculé, les vêtements de la jeune femme impeccablement rangés dans le placard, avec ses pulls en piles bien nettes et ses chaussures alignées. Mais Marisa n'était nulle part.

Dans l'évier, il trouva un mug avec un fond de café. Sur la table basse à côté du canapé étaient posés deux magazines et la télécommande du téléviseur. Rien d'autre ne traînait : ni photos, ni lettres, ni documents personnels, pas même un passeport. Et, bien sûr, aucun papier compromettant portant les numéros de comptes à l'étranger de Ronald Perrin. Juste un autre Post-It, près du téléphone, avec une adresse : Villa Appia, Sinelunga, Toscane.

Sans hésiter une seconde, Mac appela Hertz pour réserver une voiture. Puis il regagna l'hôtel pour annoncer à Sunny qu'il se rendait en Toscane. Malgré sa cheville blessée, elle déclara qu'il n'était pas question qu'elle reste à Rome à l'attendre.

51

En ce samedi soir, Robert Montfort arriva au Bistro accompagné de la Parisienne blonde. Ils s'installèrent à sa table habituelle, sous la treille. Quand Allie, son tablier blanc amidonné à en craquer, enroulé deux fois autour de sa taille fine, les vit, elle se hâta d'aller demander à Jean-Philippe de prendre leur commande.

— Robert Montfort est encore là, avec la blonde de Paris, annonça-t-elle ensuite à Petra.

Cette dernière, qui avait repris son poste en cuisine, était en train de faire revenir des morceaux de poulet avec de l'ail et des échalotes. Elle y ajouta une bonne quantité de crème bien épaisse. Le problème des calories et du cholestérol ne lui effleurait jamais l'esprit. Seule comptait la bonne chère.

— La fille de la télé ? fit-elle en haussant un sourcil étonné. Je l'aurais cru plus intelligent, maintenant qu'il a rencontré quelqu'un comme toi. Mais ne t'inquiète pas, il est en train de rompre avec elle, à coup sûr... C'est bien ce que tu veux, non ? Robert Montfort ? ajouta-t-elle en lui jetant un regard inquisiteur.

L'image de Ron passa devant les yeux d'Allie. Elle revit ses sourcils proéminents, son corps vigoureux, l'arrogance sous laquelle il dissimulait sa vulnérabilité. Il n'y avait rien de vulnérable chez le beau Robert Montfort.

— Je ne sais pas, répondit-elle avec franchise.

— Dans ce cas, ne te plains pas s'il a invité une blonde à dîner, lança son amie en remuant le poulet dans la sauce au cumin et au thym.

— Tu as raison, acquiesça Allie, avant de repartir vers le bar.

Jean-Philippe lui expliqua qu'il n'avait pas eu le temps de s'occuper de Robert Monfort, aussi s'approcha-t-elle de sa table pour prendre la commande.

— Bonsoir, déclara-t-elle avec un sourire, en repoussant des mèches fines de devant ses yeux. Contente de vous revoir. Vodka tonic, c'est bien ça ?

Robert lui rendit son sourire.

— C'est bien ça.

— Vous a-t-on jamais dit que vous devriez vous débarrasser de ces lunettes ? lança la blonde en sortant son téléphone portable. Essayez les verres de contact. Ça ferait une sacrée différence.

Sans crier gare, elle arracha d'un geste les lunettes d'Allie et leva son téléphone à hauteur de son visage. Puis elle le reposa et lui rendit les lunettes.

— Voilà, c'est mieux, non, Robert ? ajouta-t-elle. Je meurs d'envie d'un verre, maintenant.

— Te rends-tu compte de ton impolitesse, Félice ? demanda son compagnon, glacial. Comment oses-tu faire une chose pareille à Mary ?

— C'était juste par entraide féminine, répliqua-t-elle avec un haussement d'épaules désinvolte. Tu dois reconnaître qu'elle est beaucoup plus belle sans lunettes.

Furieuse, Allie s'empressa de quitter la pergola. Félice de Courcy l'avait photographiée, mais que pouvait-elle y faire ? Rien.

Elle envoya Jean-Philippe leur porter leurs verres, avant d'aller se plaindre à Petra qui sortit les servir elle-même. Quelques heures plus tard, alors qu'elles rangeaient la cuisine ensemble, cette dernière avoua à Allie :

— Quelque chose chez cette Félice ne me plaît pas. Elle est beaucoup trop curieuse, elle n'arrête pas de poser des questions sur toi. Je ne sais pas ce qu'elle manigance, mais il y a anguille sous roche, je peux te le garantir.

Allie sentit son cœur se serrer. Même au paradis, tout n'était pas si rose, en fin de compte.

52

Le trajet entre Rome et la Toscane fut long. Quand Mac trouva enfin la Villa Appia, une grande bâtisse aux murs roses derrière une grille en fer, la nuit était tombée. Une allée de gravier parfaitement entretenue menait à une imposante porte d'entrée. Tout était sombre et les lieux semblaient déserts.

— On dirait une forteresse, chuchota Sunny.

Le détective poussa le portail qui s'ouvrit.

— Peut-être pas, après tout.

Une fois devant l'entrée de la maison, il sonna. Pas de réponse. Il recommença et attendit. Toujours rien. La porte était fermée à clé. En revanche, celle de la cuisine, sur l'arrière, était ouverte.

Sunny suivit en clopinant Mac à l'intérieur. Elle ne voulait pas rester seule dans ce jardin où régnait un silence oppressant. S'introduire dans des endroits inconnus lui donnait la chair de poule et, comme à Palm Springs, elle tremblait de peur.

Une fois leurs yeux habitués à l'obscurité, les deux jeunes gens s'aperçurent qu'ils étaient dans une immense pièce où des portes en bois noir sans poignées dissimulaient les appareils ménagers. Pas une cafetière, pas une boîte métallique, pas un réfrigérateur, pas un lave-vaisselle en vue. Les murs recouverts de boiseries évoquaient une bibliothèque. Seuls le double évier, sous la fenêtre, et la cuisinière à six feux indiquaient la fonction de la pièce.

— Dis-moi, chuchota Sunny, les cuisines des villas toscanes ne sont-elles pas censées être de belles salles anciennes au dallage blanc, avec une batterie de casseroles en cuivre aux murs et un âtre immense pour rôtir des sangliers ?

À la lueur d'une mince torche électrique, Mac éclaira une enveloppe posée sur la plaque de marbre verni servant de table. Il sut alors qui était le propriétaire des lieux.

— Pas celle-ci, répondit-il. Nous sommes dans la maison de campagne d'un magnat du cinéma, Renato Manzini.

— Manzini ! souffla Sunny, sidérée. Peut-il vraiment avoir kidnappé Marisa ?

Mac ne répondit rien. Il avait déjà disparu derrière une porte qui se referma silencieusement en laissant passer un sinistre courant d'air. Sunny frissonna de nouveau et bougea péniblement son pied douloureux. Si elle détestait rester seule là, la peur de partir chercher Mac dans le noir l'emportait. Mais pourquoi se mettait-elle toujours dans ce genre de situation ? Elle devrait pourtant avoir appris la leçon, depuis le temps !

Elle s'aperçut qu'elle mourait de soif. Elle avait envie d'eau bien fraîche. Derrière quelle porte se cachait le réfrigérateur ? se demanda-t-elle. Elle en essaya une première, une autre. Sans succès. Elle tendit alors l'oreille et perçut le bourdonnement sourd qui annonçait « réfrigérateur », fit un pas vers lui et l'ouvrit.

La lumière intérieure s'alluma... et la vision d'horreur qui s'offrit à elle la laissa pétrifiée d'effroi : deux yeux verts vitreux la fixaient.

Toutes les étagères de l'appareil avaient été retirées pour faire place au corps svelte de Marisa Mayne, replié comme une marionnette de ventriloque. Un filet de sang coulait de sa bouche. La masse rousse de sa chevelure, recouverte d'une couche de givre, scintillait.

Un cri de terreur s'étrangla dans la gorge de Sunny. Puis, sortant de sa stupeur, elle fit volte-face pour prendre ses jambes à son cou.

Soudain, une main se plaqua sur sa bouche, un bras immobilisa les siens le long de son corps et elle sentit un souffle dans son cou. À moitié asphyxiée, elle réagit en enfonçant profondément ses dents dans la chair de son agresseur.

Celui-ci lui entoura le cou de ses doigts, cherchant à l'étrangler. La langue de Sunny sortit de sa bouche. Elle suffoqua.

— Sunny ? appela Mac qui revenait vers la cuisine. Sunny, où es-tu ?

Voilà donc l'effet que ça fait de mourir, songea-t-elle au moment où son agresseur la relâchait et où elle tombait comme une masse sur le sol.

— Mon Dieu ! Sunny ! s'exclama Mac, agenouillé à côté d'elle, sa bouche contre la sienne. Dis-moi que tout va bien. Je t'en prie, Sunny...

La langue de Sunny avait doublé de volume. Quand enfin elle parvint à parler, sa voix n'était plus qu'un chuchotement rauque.

— Regarde, fit-elle en pointant un doigt tremblant vers le placard renfermant le réfrigérateur.

— Qui était-ce ? demanda Mac.

— Ouvre, chuchota-t-elle. Ouvre cette porte.

Il s'exécuta et le corps gelé de Marisa bascula pour venir atterrir à ses pieds. Sunny le contempla, tétanisée. Bizarrement, la première chose qu'elle remarqua fut que le diamant canari ne brillait plus au doigt de la jeune femme.

53

Si Petra fut étonnée de voir arriver Robert Montfort à l'improviste, elle n'en montra rien. Il poussa la porte du Manoir en lançant un « Bonjour » et entra dans la cuisine. Très à l'aise, il prit place à la vaste table et, comme elle-même avait l'habitude de le faire, repoussa d'un bras les objets qui le gênaient. Elle prépara du thé dans la grande théière marron, sortit des tartes toute chaudes du four et ses biscuits au chocolat préférés.

Allie les rejoignit et s'assit à son tour, les joues roses d'embarras. Petra lui adressa un petit sourire en coin. Elle commençait à s'impatienter de voir ces deux-là tourner ainsi autour du pot.

— Vous sortez ensemble ou pas ? lança-t-elle brusquement. Sinon, Robert, il est temps que vous l'invitiez pour un vrai rendez-vous. Je lui donne sa soirée, elle la mérite. Emmenez-la à Monpazier, montrez-lui la beauté d'un village fortifié du XIIIᵉ siècle. Faites-lui visiter la place, les arcades. Allez dîner à l'Hôtel de France, on y mange si bien.

Robert partit d'un grand éclat de rire.

— Vous devriez diriger une agence de rencontres, plaisanta-t-il.

— Je pensais que c'était déjà le cas, répliqua Petra en lui servant une part de tarte.

Se tournant vers Allie, Robert demanda avec une feinte solennité :

— Voulez-vous me faire l'honneur de dîner avec moi ce soir ?

— À condition que vous me promettiez de ne pas vous y sentir obligé, répondit-elle sur le même ton, provoquant l'hilarité générale.

— Mais je t'en prie, mon ange, plaida Petra, troque ton éternel jean pour une tenue plus jolie.

Allie monta se changer. Suivant le conseil de son amie, elle passa le pantalon noir et le chemisier de taffetas blanc, qu'elle avait portés pour la Première à Cannes. Ses cheveux avaient poussé, mais ils étaient toujours colorés en brun foncé. Sa coupe à la Jean Seberg dans *À bout de souffle* était devenue un carré. Tout en sachant que ses lunettes à épaisse monture ne l'avantageaient guère, elle les conserva, craignant de sortir sans. Ainsi, malgré ses jolis vêtements et ses créoles d'or aux oreilles, elle espérait ne pas être reconnue.

— Vous êtes superbe, ce soir, Mary ! la complimenta Robert, une lueur admirative dans les yeux.

Elle le remercia d'un sourire. Vêtu de sa chemise bleue qui faisait ressortir sa beauté ténébreuse, il n'était pas mal non plus.

En voiture, il lui raconta l'histoire de la région, les guerres, l'époque où Édouard d'Angleterre, appelé le « Prince noir » en raison de la couleur de son armure et de celle de son étalon, régnait sur cette partie de la France. Monpazier était l'un de ses plus beaux villages fortifiés.

Le petit Hôtel de France, croulant sous la vigne vierge, était niché sous les arcades. Des clients dînaient dehors, le bar était animé. Robert avait réservé une table dans un coin de la salle et ils furent accueillis par le propriétaire qui, bien sûr, le connaissait. Après les avoir installés, il leur servit une bouteille de Clos d'Yvigne blanc. Un château concurrent, mais un très bon vin, expliqua le bel aristocrate.

De plus en plus détendue, Allie se surprit à lui parler de sa maison à Malibu. Elle lui raconta à quel point elle aimait les caprices du temps et le grondement constant de l'océan.

— Dites-moi la vérité, pourquoi êtes-vous ici ? lui lança Robert, à brûle-pourpoint.

Elle réfléchit un instant, puis expliqua :

— Je ne savais plus où j'en étais, qui j'étais. Peut-être que je ne l'avais jamais su. J'ai eu besoin de fuir, de tenter une nouvelle expérience, dans un endroit où personne ne me connaîtrait, où je ne devrais compter que sur moi-même. Et je l'ai fait, ajouta-t-elle avec un sourire soulagé devant l'évidence. J'ai recueilli un chien. J'ai atterri au Manoir, rencontré Petra. Et j'ai trouvé un travail au Bistro.

— Et que faisiez-vous avant de devenir serveuse, et maintenant chef ?

Elle devina qu'il espérait la vérité tout en étant conscient qu'il ne l'obtiendrait pas. Après un court silence, elle répondit :

— Je n'étais sans doute rien de plus qu'une « femme de », mariée à un homme riche, à Hollywood. J'aimais mon mari, vraiment, se surprit-elle à dire. Jamais un homme ne m'a comprise comme il me comprenait.

— Jusqu'à aujourd'hui, peut-être, avança Robert avec un regard éloquent.

Anxieuse, elle détourna les yeux. Tout cela allait un peu trop vite à son goût.

— Toute ma vie, j'ai dû planifier mon temps, satisfaire les autres en étant à l'heure à mes rendez-vous. Quand je suis arrivée ici, j'ai fait un vœu : vivre enfin pour moi, pour me faire plaisir. Je suis heureuse comme ça – pour le moment, précisa-t-elle.

— Dans ce cas, buvons à ça, répliqua-t-il en levant son verre pour porter un toast. J'admire les femmes qui savent ce qu'elles veulent.

Le dîner fini, il la raccompagna. Sur le perron, il n'essaya pas de l'embrasser, mais prit ses mains dans les siennes et lui murmura simplement :

— Dites-moi que nous pourrons recommencer, Mary.

Elle répondit que rien ne pourrait lui faire plus plaisir.

Ce fut le premier d'une longue série de dîners, tous plus agréables les uns que les autres. Robert continuait de lui raconter l'histoire de la région, ils se régalaient de plats du terroir. Au bout de quelque temps, Allie protesta qu'elle allait grossir.

— Jamais, lui affirma-t-il, en l'embrassant cette fois. Tu seras toujours belle.

Et, malgré tous les hommes qu'elle avait embrassés au cours de sa carrière, Allie trouva ce baiser divin.

54

Jessie Whitworth, au volant d'un cabriolet Peugeot gris argent décapoté, longeait la promenade des Anglais, à Nice. Elle portait de grosses lunettes noires et une robe très chère qui appartenait à Allie. Quelques mois auparavant, elle s'était servie dans la penderie de la star.

Sachant Allie accaparée par son travail et par le tourbillon de ses émotions, elle profitait de ses tenues depuis longtemps. Pourquoi s'en serait-elle privée ? Il était probable que la star ne le remarquait même pas. Malgré l'importance de sa garde-robe, Allie n'avait jamais été très portée sur les vêtements. Elle était bien trop obnubilée par les gens et par le fait de comprendre ce qui manquait à sa vie. Jessie, pour sa part, savait exactement ce qui manquait à la sienne : tout ce que possédait Allie.

La Peugeot était plus agréable à conduire que la Sebring qu'elle avait utilisée pour filer la star à Los Angeles, constata-t-elle, mais sans valoir, bien sûr, la Porsche qu'elle louait parfois. Sa propre voiture, très fonctionnelle, était une Ford Explorer achetée d'occasion. Elle n'avait jamais vraiment eu de talent pour gagner de l'argent.

Mais elle aimait que les gens la regardent, l'admirent, la croient riche. Au volant de la Porsche, elle allait faire du shopping à Beverly Hills dans les vêtements couture empruntés à Allie, auxquels elle assortissait un sac et des chaussures de marque. Elle avait un faible pour Vuitton, la marque symbole de richesse. Et quoiqu'elle ne puisse rien s'offrir, elle arpentait les rayons de Neiman, Barneys ou Saks. Elle y avait fait de multiples essayages. Les vendeuses étaient aux petits soins et, l'espace de quelques heures, elle se sentait aussi importante qu'Allie Ray.

Elle avait dit la vérité à Roddy Kruger, cet ami de Mac Reilly, si curieux : elle avait vraiment eu des ambitions en tant qu'actrice et avait désespérément souhaité percer. En dépit de son physique, ordinaire sans être déplaisant, elle n'était pas comme tout le monde : bien maquillée, bien habillée, elle pouvait faire sensation. Et pourtant, personne ne l'avait prise au sérieux – quand on ne l'avait pas rejetée. Chaque fois qu'elle décrochait une audition, elle se trouvait face à des regards absents ou dédaigneux : « Merci d'être venue, mademoiselle. » Personne ne se rappelait jamais son nom. Sa bouche crispée et son regard dur trahissaient aujourd'hui la blessure laissée par ces années de frustration.

Jessie voulait tellement être Allie que parfois elle croyait l'être vraiment. Quand elle se transformait, qu'elle prenait son apparence et portait une perruque blonde, elle devenait la star.

Pourtant, Allie aussi l'avait rejetée. Elle l'avait renvoyée. Jessie avait d'abord cru que sa patronne avait découvert ses larcins, mais non. C'était toujours la même histoire : la star ne voulait plus d'elle. Trois mois de salaire, une lettre de références et, du jour au lendemain, son contrat avait été résilié.

Jessie avait eu envie de la tuer sur-le-champ, mais le moment n'était pas propice. Et après, l'occasion ne s'était plus jamais présentée : le soir où elle était allée chez elle, un grand couteau de cuisine à la main, Allie était déjà partie pour la France. Alors, elle s'était vengée sur les robes, sans oublier d'emporter avec elle celles qui lui plaisaient et qui, maintenant, étaient dans ses bagages, prêtes pour sa prochaine apparition publique.

Elle était si obsédée par la pensée d'Allie qu'elle faillit rater l'embranchement en direction de l'autoroute. Au dernier moment, elle donna un coup de volant et, se retrouvant alors juste derrière une voiture, freina brusquement. Trop tard ! Elle la percuta, la vit faire un tonneau et retomber sur le toit. La Peugeot s'arrêta en tressautant, l'Airbag s'ouvrit sur le visage de Jessie et elle s'évanouit.

55

Lev déjeunait dans un café du Marais avec Zac Sorensen, son vieux copain de l'époque où il était dans l'armée israélienne. Zac était maintenant citoyen français, et un détective réputé. À l'instar de Lev, il était mince, nerveux, coriace, et beaucoup trop absorbé par son travail pour se marier ou même prendre des vacances.

— Il y a trop de criminalité, déclara-t-il devant un sandwich jambon-gruyère et une bière, sans perdre de vue la circulation au cas où il remarquerait un détail intéressant.

— Tu n'as pas changé, je vois, constata Lev avec un sourire.

— Toi non plus, répliqua Zac après lui avoir jeté un coup d'œil. Mais qu'est-ce que tu viens faire à Paris ? Je suis certain que tu n'es pas ici en villégiature.

Lev lui expliqua toute l'affaire, suscitant un vif intérêt chez son ami.

— Tu crois vraiment qu'Allie Ray est ici, en France ? demanda-t-il.

— D'après ce que je sais, elle est peut-être même à Paris… Nous recherchons un tueur potentiel, et j'ai de bonnes raisons de penser qu'il s'agit d'une femme s'appelant Jessie Whitworth, précisa Lev. Elle circulerait actuellement dans le Midi avec l'une de ses amies, Elizabeth Windsor, après être arrivée à Cannes.

Malgré son coup d'œil sceptique, Zac ne fit pas de commentaire.

— Si elle est ici, je suppose qu'elle a loué une voiture, remarqua-t-il.

— Exact.

— Vérifier les permis de conduire de tous les touristes arrivant en France est un sacré boulot...

— Je sais, répondit Lev en mordant dans son sandwich.

Il savait aussi que Zac allait trouver une solution.

— ... mais, bien sûr, il y a toujours l'immigration, ajouta celui-ci d'un ton pensif. Tu as dit qu'elle était d'abord allée à Cannes ?

— C'est ce qu'elle a déclaré à la gouvernante d'Allie Ray.

— Dans ce cas, c'est sans doute là qu'elle a loué une voiture. J'ai un bon copain dans le coin. Je vais lui passer un coup de fil.

— Vieille canaille ! s'exclama Lev en riant et en lui donnant une petite bourrade sur l'épaule. J'étais sûr de pouvoir compter sur toi.

Lev n'eut pas à attendre longtemps la réponse. Deux heures plus tard, Zac l'informait qu'une certaine Elizabeth Windsor avait eu un accident juste à la sortie de Nice. Elle avait percuté une voiture qui s'était retournée, tuant son conducteur sur le coup.

— Elle a été hospitalisée pour une nuit. Elle s'en sort avec à peine une égratignure – sauf au visage, à cause de l'Airbag – mais elle est couverte d'hématomes. Et, par ailleurs, elle roulait avec un faux permis.

— À quoi ressemble-t-elle ?

— La quarantaine, une perruque blonde et des vêtements de grandes marques. Mais elle est descendue dans un hôtel bon marché, près de la gare.

— Vérifie le nom Jessie Whitworth, suggéra Lev. Où est-elle maintenant ?

— Au commissariat de Nice, en garde à vue pour homicide involontaire.

— Fais en sorte qu'elle y reste. Tu ne devrais pas tarder
à apprendre qu'elle est recherchée pour bien d'autres
choses.

56

Lorsque Mac et Sunny annoncèrent aux *carabinieri* du village voisin qu'ils avaient découvert un cadavre dans le réfrigérateur de la villa d'un producteur connu, ils se heurtèrent à un scepticisme encore plus grand que celui de la police à Palm Springs et furent même pris d'abord pour des cambrioleurs. Mais lorsque les infirmiers urgentistes confirmèrent que le cou de Sunny portait les marques d'une tentative d'étranglement, ils furent plus enclins à les croire. Une fouille des abords de la villa finit par être lancée

Dans sa voiture de location, Mac suivit en se lamentant l'ambulance qui emmenait Sunny à l'hôpital Croce Rossa. Sa Sunny chérie avait failli mourir ! Mais il s'interrogeait aussi sur les meurtres de Ruby Pearl et Marisa. Les deux femmes avaient-elles essayé de faire chanter Perrin ? Et qui serait sa prochaine victime ?

C'est alors qu'un nom lui traversa l'esprit : Allie Ray ! Qui d'autre que la femme du milliardaire pouvait avoir accès à ses dossiers confidentiels ?

Le lendemain, lorsque Sunny fut autorisée à quitter l'hôpital et que Mac eut fini de répondre aux questions des *carabinieri*, ils regagnèrent leur hôtel à Rome.

Sunny avala un bol de soupe et une demi-bouteille de vin avant de s'affaler sur le lit devant le journal télévisé.

Elle était curieuse de savoir si le cadavre de la villa serait mentionné. Mais soudain le visage d'Allie s'afficha à l'écran. Abasourdie, elle appela Mac.

Le présentateur italien parlait d'un scoop. Une journaliste de la télévision française avait découvert Allie Ray, la star de cinéma disparue, travaillant comme serveuse au Bistro du Manoir, près de la ville de Bergerac. La chaîne italienne avait devancé sa concurrente française pour annoncer la nouvelle.

— Incroyable ! s'exclama Sunny, à qui sa gorge douloureuse fit immédiatement regretter son cri.

Mac composait déjà le numéro de l'aéroport pour réserver un avion privé avec pilote.

Une demi-heure plus tard, Sunny était prête. En jean et pull de cachemire vert, un foulard Hermès autour du cou pour dissimuler ses hématomes, elle avait réussi à enfiler d'adorables boots Manolo. Ainsi maintenue, sa cheville était moins douloureuse.

— Je suis une épave, n'en gémit-elle pas moins.

Mac se confondit en excuses : tout était sa faute. Il lui suggéra de rester à l'hôtel pour se reposer.

— Tu plaisantes ? répliqua-t-elle, furieuse.

— Mais tu penses être capable de me suivre, chérie ? Après hier soir ?

— Oh que oui !

Jamais elle ne laisserait Mac Reilly voler seul au secours de la superbe star...

Ils étaient sur le point de quitter la chambre quand le téléphone portable de Mac sonna. Dès qu'il eut décroché, une profonde stupéfaction se peignit sur son visage. C'était Ronald Perrin !

— Où êtes-vous ? lui demanda-t-il.

— À Rome, Reilly, et je crois que vous aussi. Nous devons parler.

— Ah ça, vous ne croyez pas si bien dire ! Et... dès que possible. Tout de suite, même.

— Retrouvez-moi au Caffè del Popolo, sur la place du même nom. J'y serai dans un quart d'heure…

— Tu vas devoir aller seule à Bergerac, annonça Mac à Sunny une fois qu'il eut raccroché. Préviens bien Allie du danger qu'elle court et tâche de la protéger. J'ai rendez-vous avec Ronald Perrin dans un quart d'heure.

Après avoir mis Sunny dans un taxi pour l'aéroport, Mac gagna à pied la Piazza del Popolo.

Il faillit ne pas reconnaître Perrin. Le milliardaire s'était rasé la tête et portait de larges lunettes de soleil, très sombres. Avec son tee-shirt rayé et son anneau d'or à l'oreille, il évoquait le cambrioleur d'autrefois tel qu'on le représentait dans les dessins animés. Il ne lui manquait que le sac sur l'épaule.

Le détective s'assit et commanda un *espresso*. Perrin buvait une grappa.

— Alors, comment allez-vous ? lança Mac en s'adossant à sa chaise.

— Pas très bien, répondit Perrin en soulevant ses lunettes de soleil pour afficher un regard empreint de tristesse. Comment voulez-vous que j'aille ? Pour commencer, ma femme disparaît. Ensuite, ma petite amie…

Il poussa un soupir à fendre l'âme.

— Marisa est morte, lui asséna Mac de but en blanc.

Perrin le fixa d'un air incrédule pendant un bon moment avant de faire signe au garçon.

— Une autre grappa. Vite !

Quand elle arriva, il la but d'un trait puis demanda :

— Comment le savez-vous ?

— Je l'ai trouvée étranglée dans la villa de Renato Manzini, en Toscane.

Perrin fixa son verre vide d'un air accablé, ses lunettes noires de nouveau devant les yeux.

— Ce n'est pas moi, je vous assure, murmura-t-il enfin.

Il commanda une troisième grappa et reprit d'une voix toujours aussi basse :

— Marisa était une réincarnation de Rita Hayworth, avec sa cascade de cheveux roux, ses yeux verts pétillants et sa bouche si sexy. Elle s'appelait en fait Debbie Settle et était du Minnesota. Je ne comprends pas comment un État aussi froid a pu produire une fille avec un tel tempérament... Mon Dieu, je suis tellement désolé pour sa famille ! Vous pourrez les prévenir ?

— J'ai une autre nouvelle pour vous, répliqua Mac. Nous avons trouvé Ruby Pearl enterrée sous un cactus dans votre jardin de Palm Springs.

— Seigneur ! s'exclama Perrin en devenant livide.

Mac songea que le milliardaire allait avoir bien besoin de l'assistance divine, en effet.

— Et maintenant, vous êtes recherché pour deux meurtres, Perrin, alors vous feriez bien de me dire la vérité. D'abord, que faites-vous à Rome ?

— À votre avis, je suis en vacances ? Pas vraiment... Je fuis le FBI, bien sûr. Et j'essaie de savoir où est passé mon argent : il m'en manque beaucoup.

Il marqua une pause et dévisagea son interlocuteur.

— Vous êtes de mon côté ?

— Donnez-moi votre version de l'histoire, je vous répondrai après.

En dépit de la grappa, Perrin demeurait lucide.

— D'accord, j'ai rencontré quelques femmes sur Internet, concéda-t-il. Mais je ne me drogue pas. Si je bois, c'est toujours modérément, à moins de circonstances particulières. Et, oui, j'ai mis un peu d'argent à l'étranger par-ci par-là, pour échapper au fisc. Nous sommes nombreux dans ce cas, croyez-moi !

299

— Le FBI soutient que vous avez fraudé à plusieurs reprises en blanchissant de l'argent.

— Qu'ils le prouvent ! s'exclama Perrin avec colère.

— Ils peuvent peut-être le faire, répliqua Mac.

Il voyait que Perrin avait peur, malgré ses fanfaronnades. Il avait retiré ses lunettes de soleil et ses yeux de chiot inquiet le trahissaient.

— L'homme qui vous a suivi n'est pas du FBI, reprit Mac. Il s'appelle Lipski, c'est un privé et l'ex-petit ami de Ruby Pearl – à qui, d'après lui, vous aviez offert une montre en diamants. Le bijoutier a confirmé l'achat. Lipski est sûr que vous l'avez tuée.

— C'est faux, rétorqua Perrin en secouant la tête. Je la connaissais à peine. Demarco me l'avait fait engager comme secrétaire, mais elle n'a travaillé pour moi que quinze jours. Ruby a volé à Malibu des documents dans mes dossiers privés, avec les numéros codés de comptes que je possède dans des paradis fiscaux. Je l'ai découvert par hasard : l'un de ces dossiers avait manqué pendant vingt-quatre heures avant d'être remis à sa place. J'en ai conclu qu'elle travaillait pour le FBI et je l'ai virée. Puis j'ai rencontré Marisa…

Ses yeux s'embuèrent et il ajouta en regardant Mac :

— Je peux avoir du chagrin sans avoir été amoureux d'elle. Je suis humain, vous savez.

— Sa bague de « fiançailles » a disparu, lui signala le détective.

— Vous voulez dire qu'on l'a assassinée pour la bague que je lui avais offerte ? s'écria-t-il avant de se prendre un moment la tête entre les mains puis de marmonner, à moitié pour lui-même : Alors je l'ai peut-être tuée, en un sens.

Perrin avait convaincu Mac : il n'avait assassiné ni Marisa ni Ruby Pearl.

— Pourquoi n'avez-vous pas rejoint Marisa à Rome ? lui demanda-t-il.

— J'ai pensé qu'il ne serait pas difficile aux agents du FBI de m'y retrouver. Et je voulais éviter que Marisa soit impliquée dans tout ça. J'ai donc chargé Demarco de faire en sorte qu'elle n'ait pas de problèmes financiers. Et puis j'avais besoin d'avoir les coudées franches pour régler mes affaires.

— Et si ce n'était pas le FBI qui était après vous ? suggéra Mac.

— Qui diable voudrait voler mes numéros de comptes secrets ? Et qui d'autre aurait pu tuer Ruby Pearl ?

— Pourquoi pas l'homme qui l'avait engagée ?

Perrin sursauta comme si on venait de lui tirer dessus.

— Demarco ? Non ! s'exclama-t-il. Vous voulez dire qu'il m'aurait volé pour blanchir l'argent lui-même ?

Après un instant de réflexion, il lâcha :

— En fait, les documents qui manquent ne portaient pas les numéros des comptes les plus importants. Seule Allie avait accès à ces derniers. Je les ai entrés codés dans son ordinateur portable. Je ne faisais confiance à personne d'autre. En revanche, j'en ai parlé à Demarco...

L'évidence les frappa à la même seconde et ils échangèrent un regard effaré.

— Dans ce cas, nous ferions bien de retrouver Allie au plus vite, lança Mac. Avant lui !

58

Demarco avait été le premier à entendre la nouvelle au sujet d'Allie, avant même Mac et Sunny...

Dans sa chambre d'un hôtel bon marché de la banlieue de Florence, il regardait sans le voir le journal télévisé débité dans un italien rapide car, plongé dans ses pensées, il revivait les événements des dernières semaines.

Jamais il n'aurait pensé qu'il lui faudrait assassiner deux femmes pour atteindre son but. Et pour un peu, il en aurait tué une troisième. Il s'était aperçu juste à temps que celle qu'il avait agressée dans la cuisine de la Villa Appia était l'assistante de Reilly et que le détective se trouvait avec elle.

Depuis des années, il escroquait Perrin : non seulement il lui volait de l'argent qu'il virait sur ses propres comptes secrets, mais il le blanchissait en faisant en sorte d'incriminer son patron. Cependant, ce qu'il voulait plus que tout, c'était l'accès aux comptes ouverts par le milliardaire dans les paradis fiscaux. Il savait que leurs numéros étaient enfermés dans le coffre de la maison de Malibu, mais ne pouvait s'en approcher. Il avait donc fait engager Ruby Pearl comme secrétaire et l'avait achetée en la couvrant de cadeaux luxueux. Leurs factures étaient toujours envoyées au bureau de la société et il s'occupait lui-même de leur règlement. Quand celle de la montre en diamants avait été expédiée à Allie par erreur, il avait eu le plus grand mal à fournir une explication plausible, mais il y était parvenu. Hélas, Ruby n'avait pas tardé à éveiller les soupçons de son patron, qui l'avait remerciée.

De plus, sa protégée avait alors décidé de le faire chanter en menaçant de raconter à Perrin qu'elle lui avait remis une copie des documents secrets enfermés dans le coffre-fort de Malibu. Il avait été obligé de la faire disparaître.

Il s'était servi de Marisa de la même manière. Il avait su trouver les arguments pour la convaincre de travailler pour lui.

Comme elle était souvent seule chez Perrin, il l'avait chargée de la même mission que Ruby. Mais elle lui avait raconté qu'un intrus l'avait interrompue alors qu'elle allait ouvrir le coffre, et qu'ensuite elle l'avait découvert vide.

En lui faisant obtenir un rôle à Rome, il avait espéré que Marisa se tiendrait tranquille. Mais, mue par la même cupidité que Ruby Pearl, elle aussi avait essayé de le faire chanter. Elle lui avait menti : elle avait bien les documents. Alors, il était allé les récupérer dans son appartement et n'avait eu d'autre choix, ensuite, que de se débarrasser d'elle. Il ne pouvait courir le risque d'être dénoncé.

Déguisé en prêtre, il avait suivi Marisa dans Trastevere et l'avait enlevée pour l'emmener dans la villa de Manzini, en Toscane, où il l'avait étranglée de ses mains vigou-reuses. Cacher le corps dans le réfrigérateur n'avait pas été une mince affaire, mais l'arrivée de Reilly et de Sunny Alvarez l'avait empêché de l'enterrer sous un marronnier de la colline voisine...

Hélas, les papiers trouvés chez Marisa étaient les mêmes que ceux que Ruby Pearl avait déjà photocopiés !

Demarco avait fini la mignonnette de vodka qu'il tenait à la main. La télévision continuait de hurler. « Nous venons d'apprendre que le corps d'une femme a été découvert dans la villa du célèbre producteur de films Renato Manzini », annonça le présentateur.

Si Demarco ne comprit pas grand-chose à ses explications, il l'entendit mentionner à plusieurs reprises le nom de Ronald Perrin.

À l'évidence, Perrin était suspecté d'avoir tué Marisa, après Ruby. Demarco s'adossa à son fauteuil avec un sourire satisfait. Voilà qui l'arrangeait bien ! Il tira de sa poche la bague au diamant canari et la fit tourner entre ses doigts pour la voir scintiller. Elle devait valoir plus de mille dollars et personne ne savait qu'elle était en sa possession. Dans quelque temps, quand Perrin serait en prison à vie pour meurtre et que toute cette agitation se serait apaisée, il la vendrait.

Il tendit l'oreille car le journaliste venait d'enchaîner sur une autre nouvelle de dernière minute : « Un scoop que nous sommes les premiers à vous dévoiler. Il n'a même pas encore été révélé par la journaliste de la télévision française qui l'a découvert. Allie Ray, la star de cinéma mariée au milliardaire Ronald Perrin et dont on était sans nouvelles depuis le Festival de Cannes, a été retrouvée travaillant comme serveuse au Bistro du Manoir, près de Bergerac, en France. »

Une carte de la région s'afficha à l'écran, indiquant la situation précise du village.

Demarco fixa l'écran, abasourdi. Perrin ayant disparu et étant désormais suspect numéro un de deux meurtres, Allie Ray devenait le seul obstacle entre lui et la fortune que représentaient les comptes secrets de son patron. Et sûrement la seule personne à connaître leurs numéros...

Il fit son sac, régla sa note et se rendit à l'aéroport où il prit un avion pour Bordeaux. De là, il serait à moins de deux heures de route du village où Allie Ray vivait.

S'il croyait être le seul sur la piste de la star, il se trompait. Néanmoins, il avait une bonne longueur d'avance sur Mac et Perrin.

Sunny échangea des textos avec Mac alors qu'elle se trouvait à bord du Cessna l'emmenant à Bergerac.

Mac à Sunny : « Demarco est l'assassin. Nous ignorons où il est. Allie a les numéros de comptes que cherche Demarco. Il est peut-être sur sa trace. Sois très prudente. En d'autres mots, Sunny, je t'en prie, ne prends aucun risque. Quand tu seras avec Allie, ne la quitte pas. Te rejoins là-bas le plus rapidement possible. Appelle-moi et attends-moi. JTM. Mac. »

Sunny à Mac : « Depuis quand ai-je pris le moindre risque idiot, à part m'introduire chez quelqu'un par effraction à ta demande (trois fois) ; me fouler la cheville en courant après un assassin ; manquer périr dans un tremblement de terre (avec toi) ; ouvrir un réfrigérateur pour y découvrir un cadavre (toujours avec toi) ; me faire presque étrangler ? Qu'attendre d'autre d'une détective privée glamour (en formation) ? Je t'appelle quand j'ai fini la mission. Et Perrin ? Et, oui, puisque tu ne me l'as pas demandé, je t'aime, bien que parfois je me demande pourquoi. Comment sais-tu que Demarco est l'assassin, et non Perrin ? »

Mac à Sunny : « Je le sais, tu peux me croire. Il faut retrouver Allie avant Demarco. Je regrette de t'avoir envoyée seule. »

Sunny à Mac : « Je ferai attention à moi, ne t'en fais pas. J'appelle le Bistro du Manoir dès que je descends de l'avion. Je pourrais vite m'habituer à voyager en jet privé. À propos, qui paie ? T'ai-je déjà dit que tu ne seras jamais riche ? »

Mac à Sunny : « Sois sérieuse, prudente, épouse-moi. »

Sunny à Mac : « Ça alors ! Je pensais que tu ne me le demanderais jamais. »

Mac à Sunny : « Je pensais que tu étais déjà ma femme. Sérieusement, Sunny, c'est dangereux. »

Sunny à Mac : « Oublie le danger. Nous allons nous expliquer sur ta demande en mariage. Je serai prudente. »

Mac à Sunny : « Tant mieux ! Appelle quand tu arrives. »

60

En ce samedi soir, Allie était invitée à dîner au château Montfort. Petra lui avait donné sa soirée pour « bonne conduite » et avait ajouté avec un clin d'œil entendu : « À mon avis, ça ne va pas durer. »

Affalé sur la banquette capitonnée de chintz devant la fenêtre, son endroit préféré pour dormir, Bravo la regardait d'un œil morne se préparer. Il semblait comprendre qu'il n'était pas inclus dans la liste des invités.

Devant le miroir à trois faces éclairé par des spots, Allie fit deux ou trois tours sur elle-même. Avec sa garde-robe limitée au strict minimum, elle n'avait pas beaucoup de choix. Elle avait opté pour une jupe crème arrivant juste au-dessus du genou et pour un pull en cachemire noir qui dénudait ses épaules. Avec ses créoles en or, son alliance était son seul bijou et, bizarrement, elle ne pouvait se résoudre à la retirer. Cela lui aurait paru trop définitif.

Elle se brossa les cheveux – sa courte frange rappelait maintenant celle d'Audrey Hepburn dans *Sabrina*. Puis elle mit ses lunettes de camouflage et se parfuma avec quelques gouttes de *Chanel n° 5*. Elle se regarda une dernière fois dans la glace. Ressemblait-elle toujours à Mary Raycheck ? Soudain, le découragement l'envahit et elle s'assit sur son lit. Elle ne savait plus très bien si elle était Allie ou Mary, et regrettait d'avoir accepté cette invitation à dîner. L'image de la femme qui avait aimé Ron lui traversa l'esprit. Elle semblait appartenir à une autre vie.

Chassant sa mélancolie, elle descendit au rez-de-chaussée qu'elle trouva désert : Petra était déjà partie au Bistro. Malgré sa réticence à quitter Bravo, elle l'embrassa sur la truffe et se dirigea vers la porte. Voyant que le chien la suivait, elle fit un détour par la cuisine pour lui donner un os.

— Je reviens tout de suite, promit-elle.

C'était sa première visite au château Montfort. La belle demeure émergea au bout d'une allée d'arbres dans la glorieuse beauté de ses pierres blanches. Le perron menait à un porche flanqué de colonnes, et de hautes portes-fenêtres éclairaient la longue façade. Plusieurs voitures étaient garées dans l'allée circulaire de gravier. Le dîner en tête à tête prédit par Petra semblait bien compromis.

Allie tira sur sa jupe, lissa ses cheveux, prit une profonde inspiration et gravit les marches à la rencontre de son destin, qui avait peut-être pour nom Robert Montfort. Elle l'ignorait encore. Son hôte vint l'accueillir.

— Bonsoir, belle dame, la salua-t-il en l'embrassant sur les joues avant de l'envelopper d'un regard admiratif. Viens, je veux te présenter mes amis – tu connais déjà Félice de Courcy, qui m'a fait la surprise d'arriver sans être annoncée…

Le cœur d'Allie se serra d'angoisse. La dernière fois qu'elles s'étaient rencontrées, la blonde Parisienne avait eu un comportement tellement étrange !

— Je serai heureuse de faire leur connaissance, répondit-elle du bout des lèvres.

Prenant sa main dans la sienne, Robert l'emmena vers le grand salon où une dizaine d'invités buvaient du champagne.

Une fois les présentations faites, il indiqua que Mary pensait acquérir une maison et un vignoble dans la région.

Les gens lui adressèrent un sourire de bienvenue et la conversation s'engagea, principalement en anglais. Allie ne tarda pas à sentir fondre son appréhension. Personne ne la regardait comme un oiseau rare. Elle était juste l'une des trois jolies femmes de l'assistance. Quatre, en comptant Félice qui, près de la cheminée, une vodka tonic à la main, l'observait d'un air narquois.

Quand arriva l'heure de passer à table, Allie fut soulagée d'être placée à côté de Robert et loin de la Parisienne. Le dîner se déroula sans anicroche, mais quand le café fut servi dans le beau salon lambrissé de bois pâle, Félice s'avança soudain pour lui annoncer d'une voix mielleuse :

— Alors, madame Raycheck, la tranquillité de la Dordogne vous plaît ? Après Hollywood, ça doit être un sacré choc de cultures.

— En fait, c'est le contraire, répondit Allie sans se démonter. C'est à Hollywood que je ressens le choc de cultures.

— Et ça ne vous manque pas ? Votre autre vie ?

— Pas spécialement.

La lueur sournoise dans le regard inquisiteur de Félice et son sourire ironique ne lui disaient rien qui vaille. La journaliste jeta un coup d'œil à sa montre et, se tournant vers le reste de l'assistance, frappa dans ses mains pour obtenir le silence.

— Mesdames et messieurs, je vous ai réservé une petite surprise. Je ne me permettrais pas d'interrompre votre soirée s'il ne s'agissait d'un événement très particulier. C'est l'heure de mon émission.

Elle pressa un bouton et un panneau glissa, révélant un poste de télévision. Après l'avoir allumé, elle alla se placer près de Robert. Il la fixa, ébahi, avant de se tourner vers Allie qui regardait le générique. Le visage figé de la journaliste apparut à l'écran, surmonté du titre « SHOW FÉLICE DE COURCY ».

Puis l'image s'anima et Félice commença à parler. Allie, fascinée, avait les yeux rivés sur elle. Avec son physique et son allure de rêve, elle faisait une présentatrice éblouissante : très élégante dans une veste de satin noir qui, largement échancrée, dévoilait la naissance de ses seins, ses cheveux blonds ondulant sur ses épaules, elle arborait son habituel air narquois.

— Ce soir, mes amis, je vais vous révéler un véritable scoop. Deux, même...

Si elle ne saisit pas tout ce que dit ensuite la journaliste, Allie en comprit l'essentiel, et son visage blêmit lorsqu'elle l'entendit déclarer :

— Le multimillionnaire disparu, Ronald Perrin, est maintenant soupçonné du meurtre de deux femmes qui seraient ses ex-maîtresses. La première s'appelait Ruby Pearl. La seconde, Marisa Mayne.

La photo d'une jolie brune apparut à l'écran, suivie d'un portrait de la bombe rousse.

Un frisson glacé traversa Allie. Ron ne pouvait pas être coupable. Il n'était même pas capable de tuer une araignée. Alors, commettre un meurtre ? C'était tout simplement impossible... Mais tandis que son esprit était déjà en ébullition, elle vit soudain son propre visage s'afficher sur l'écran !

— Vous connaissez tous la femme de Ronald Perrin, la ravissante actrice Allie Ray, qui était présente au dernier Festival de Cannes au bras de son metteur en scène, commenta Félice. C'est la dernière photo qui a été prise d'elle avant sa disparition. Selon certains, elle resterait introuvable – et, après l'accueil que son dernier film a reçu de la critique, nul ne saurait l'en blâmer. Pour d'autres, Ronald Perrin l'aurait assassinée aussi. Nous allons cependant vous démontrer que ce n'est pas le cas...

Au visage souriant de la journaliste se substitua un nouveau cliché d'Allie :

— Et voilà ! s'écria Félice, triomphante. Allie Ray travaille aujourd'hui sous le nom de Mary Raycheck comme serveuse au Bistro du Manoir, en Dordogne.

En reconnaissant la photo prise par Félice avec son téléphone portable, Allie étouffa un cri.

— Oh non ! s'exclama-t-elle en faisant un pas vers la porte.

— Attends ! lui enjoignit Robert en lui prenant la main, avec un regard furieux à l'intention de Félice.

— Or, chers téléspectateurs, poursuivait la journaliste à l'écran, si la célébrissime Allie Ray, cette star connue du monde entier, réside bien actuellement en France, elle ne peut figurer sur la liste des victimes de Ronald Perrin...

C'en était trop pour Allie. Tandis que les autres convives se tournaient vers elle d'un air abasourdi, elle sortit de la pièce en courant, poursuivie par le rire de Félice et la voix de Robert qui criait : « Attends ! Tout va bien ! »

Il se trompait. Pour elle, rien n'allait plus ! Elle était redevenue Allie Ray, tout le monde connaissait désormais sa véritable identité et Ron était recherché pour meurtre.

Son paradis était perdu !

61

Allie regagna le Manoir par les petites routes, sous un ciel envahi de gros nuages sombres. Au loin, le tonnerre grondait, et bientôt une pluie torrentielle l'obligea à rouler très lentement, alors que les éclairs perçaient l'obscurité par intermittence pour illuminer la vallée.

À travers les larmes qui lui brouillaient la vue, elle distingua enfin les lumières rassurantes du Manoir. Bravo, qui avait perçu le bruit de la voiture malgré l'orage, l'attendait sur le perron, la queue battant avec enthousiasme.

Sous les trombes d'eau, Allie gravit les marches quatre à quatre et se rua dans la cuisine. Elle pila net à la vue de deux femmes assises de dos à la grande table et plongées dans une conversation animée tout en buvant du vin. En l'entendant entrer, cependant, elles tournèrent la tête.

— Bonsoir, Allie, s'écria Sunny Alvarez d'une voix joyeuse. Je suis si heureuse de vous voir... Oh, mon Dieu ! finit-elle dans un souffle, le regard soudain attiré vers la porte, pendant que son visage se décomposait.

De plus en plus stupéfaite, Allie fit volte-face et se trouva nez à nez avec Demarco.

— Que faites-vous ici ? demanda-t-elle, ébahie.

— Ron m'a demandé de vous retrouver, Allie, répondit Demarco en avançant d'un pas. Je veux l'aider car il est mon ami et, en ce moment, il a des ennuis. Il a besoin des numéros de comptes qui sont dans votre ordinateur. Vous devez me les communiquer pour que je les lui transmette.

Les yeux de la star revinrent vers les deux autres femmes, qui n'avaient cessé de fixer Demarco, puis de nouveau vers lui, et cette fois elle remarqua la carabine qu'il portait à l'épaule. Elle recula un peu, de plus en plus perplexe.

— C'est le fusil de chasse de mon ex-mari ! s'exclama Petra, brisant le silence. Où l'avez-vous pris ?

Demarco haussa les épaules avec désinvolture.

— Vous ne devriez pas laisser votre porte ouverte, madame. Et vos fusils devraient être rangés dans des placards fermés à clé... Bon, Allie, allons chercher votre ordinateur ! poursuivit-il d'une voix pressante.

— Où est Ron ? demanda-t-elle.

— Hélas, il est recherché pour meurtre, dit-il en soupirant. Voilà pourquoi il a besoin de son argent, et pourquoi il nous faut coopérer, vous et moi. Nous allons tout régler ensemble. Mais d'abord, donnez-moi ces numéros.

Elle comprit brusquement qu'il faisait référence aux chiffres codés enregistrés par Ron dans son ordinateur il y avait bien longtemps. Si longtemps qu'elle les avait supprimés...

— Je ne les ai plus, déclara-t-elle avec honnêteté.

Au regard glacial de Demarco, elle sut qu'il ne la croyait pas.

— Comme c'est dommage ! rétorqua-t-il en la saisissant vivement par le bras. Dans ce cas, je vous suggère de les retrouver.

Bravo émit un grognement d'avertissement.

— C'est lui l'assassin, Allie ! hurla alors Sunny. Il a failli me tuer il y a quelques jours, et maintenant il nous tuera toutes si nécessaire. Il est fou.

— Ferme-la ! On ne t'a rien demandé, salope de Mexicaine ! rugit-il en s'élançant vers elle pour la frapper avec violence.

Elle se mordit la lèvre pour ne pas pleurer et, sous la table, Petra lui serra la main. Bravo grogna de nouveau et se leva d'un bond.

— Vous n'avez pas le droit ! hurla Allie.

Il la frappa à son tour et Bravo lui sauta à la gorge. Le doigt sur la détente, Demarco tira. Il n'eut même pas besoin de viser, le chien était tout près de lui. La détonation retentit à travers la pièce et il s'écroula sur le sol.

— Mon Dieu ! Oh, mon Dieu ! hurla Allie en se jetant sur Demarco. Salaud. Salaud !

Tirant profit de ses cours de self-défense, elle chercha à lui enfoncer les doigts dans les yeux. Il l'esquiva et l'agrippa par un bras, qu'il lui tint fermement derrière le dos.

Le fusil tomba alors à terre et, d'un mouvement vif, Sunny l'attrapa. Petra avait de son côté pris un gros couteau à viande.

— Un geste de plus, espèce de salaud, et je vous coupe en deux ! fit-elle d'un ton qui n'incitait pas à la plaisanterie.

Demarco lâcha Allie et commença à reculer vers la porte.

— Ne bougez pas ! l'avertit de nouveau Petra comme il mettait une main sur la poignée.

À cet instant, un hurlement de sirènes transperça le silence et il profita de l'effet de surprise pour ouvrir la porte. La pluie tombait toujours, des éclairs déchiraient le ciel. Demarco disparut tandis que les voitures de police faisaient crisser les graviers en s'arrêtant brutalement.

— La cavalerie arrive à la rescousse, constata Petra d'un ton calme.

Quelques secondes plus tard, Ronald Perrin faisait irruption dans la pièce, suivi de Mac, et serrait sa femme dans ses bras vigoureux en s'exclamant :

— Allie, Allie, tu vas bien ? Oh, Seigneur, que t'ai-je fait ! Comment avons-nous pu en arriver là ?

Mac eut un choc en regardant le visage de Sunny, mais elle s'empressa de le rassurer.

— Tout va bien... Seulement, Demarco vient de filer, ajouta-t-elle d'un ton pressant alors que la police envahissait la cuisine.

Le détective et les policiers se précipitèrent dehors, à l'exception de deux d'entre eux qui restèrent avec Perrin et les trois femmes. Une voiture démarrait au bout de l'allée : Demarco était en train de s'enfuir. Ses poursuivants sautèrent dans un véhicule de police pour le prendre en chasse. Mac avait l'impression de revivre l'une des missions de sa jeunesse, à Miami.

Allie était par terre, agenouillée près de Bravo. Il avait les yeux vitreux, mais quand elle pencha la tête vers sa truffe, elle perçut son souffle léger.

— Donnez-moi une grande serviette, demanda Ron à Petra. Et que quelqu'un parlant français dise à ce policier de nous conduire chez le vétérinaire le plus proche.

Avec mille précautions, Ron enveloppa le chien dans le linge. Puis Petra téléphona au vétérinaire, qu'elle réveilla, et lui annonça une urgence. Là-dessus, Ron et Allie montèrent en voiture, le chien étendu sur les genoux du milliardaire, et le policier prit le volant. Sunny et Petra demeurèrent sous l'œil vigilant de l'autre policier.

Remarquant un objet qui scintillait par terre, Sunny le ramassa. C'était le diamant canari ayant appartenu à Marisa et que Demarco devait avoir fait tomber. Elle le rangea dans sa poche pour le donner à Mac quand il reviendrait.

Avec un soupir à fendre l'âme, Petra mit de l'eau à bouillir. Elle avait besoin d'un Darjeeling, son thé préféré, pour se détendre.

— Et moi qui résumais cette soirée à un sympathique dîner entre Allie et Robert Montfort ! remarqua-t-elle. Quelqu'un pourrait-il m'expliquer ce qui se passe ?

— Je suis désolée, répondit Sunny. J'étais en train de tout vous raconter quand Allie est arrivée, avec Demarco sur ses talons. Il m'a presque tuée, l'autre soir... mais c'est une très longue histoire, fit-elle avec un frisson.

— Je savais, bien sûr, que c'était Allie Ray, lâcha alors Petra en versant l'eau bouillante sur les feuilles de thé. Tout le monde le savait – enfin, ceux qui comptaient. Les autres s'en fichaient. Pour eux, elle était juste Mary, la nouvelle serveuse.

— Et vous ne l'avez jamais dit à Allie ?

— Bien sûr que non. Elle était venue chercher la tranquillité ici, et jusqu'à ce que Félice et ce Demarco s'en mêlent, elle l'avait trouvée. Maintenant, elle va probablement perdre son chien et son anonymat.

— Peut-être même son mari, renchérit Sunny tout en s'inquiétant de savoir Mac à la poursuite d'un assassin : il pouvait arriver n'importe quoi.

— Que diriez-vous d'un bon thé ? proposa Petra en lui en versant une tasse.

Voyant les phares de la voiture de police derrière lui, Demarco quitta la route principale pour une voie étroite et boueuse qui longeait la rivière. La pancarte indiquait Trémolat. Si la nuit d'encre ne facilitait pas sa progression, elle jouait en sa faveur. Il éteignit ses feux et fonça. Au bout de quelques minutes, il jeta un coup d'œil dans son rétroviseur et poussa un soupir de soulagement : ses poursuivants avaient disparu, il leur avait échappé.

Mais le grondement de la Dordogne déchaînée et les craquements des branches d'arbres sous les violentes bourrasques se mêlaient aux roulements du tonnerre, et il avait peine à distinguer la route à travers le rideau de pluie..

Il jura intérieurement. Quel crétin il faisait ! Il n'aurait jamais dû prendre le risque de venir en Europe. S'il était demeuré tranquillement chez lui, Ron serait encore le coupable officiel. Il avait tout gâché…

Les sirènes de police percèrent de nouveau le silence et leur hurlement se fit de plus en plus strident. Son rétroviseur reflétait les lumières bleues qui clignotaient.

La route boueuse s'élargissait pour finir en cul-de-sac devant une centrale électrique se découpant sur le ciel sombre. Dans des tourbillons d'écume blanche, la Dordogne s'écrasait violemment contre un barrage.

Demarco ralentit un court instant. Sa fuite était coupée… Quel choix lui restait-il, désormais ?

Il donna un brusque coup de volant à gauche, appuya à fond sur l'accélérateur et fila droit vers le fleuve bouillonnant.

Entendant le bruit sourd du plongeon, Mac sauta de la voiture de police avant même qu'elle soit arrêtée et se rua vers la rive. Il s'immobilisa devant le tourbillon des eaux qui avaient englouti Demarco et hocha la tête. Cette ordure avait connu une fin digne de lui !

L'air accablée, Allie entra dans la cuisine, suivie de Ron. Petra et Sunny lui lancèrent un regard plein d'espoir.

— Bravo n'a pas survécu, annonça-t-elle d'une voix étranglée.

Elle se laissa tomber sur une chaise, se prit la tête entre les mains et se mit à sangloter.

Petra s'assit à côté d'elle et lui enlaça les épaules.

— Pauvre Bravo, murmura-t-elle avec compassion. Et pauvre Allie. Pourtant, il ne faut pas désespérer, mon ange. Voilà comment tu dois voir les choses : Bravo a croisé ta route à un moment de ton existence où tu avais besoin de lui, comme si cela avait été écrit. Il t'a apporté l'amour et la compagnie que tu cherchais, puis il a donné sa vie pour toi. C'était un chien plein de noblesse, il va nous manquer. Alors si ça te fait du bien, pleure.

Elle se leva pour attraper sa grosse théière marron et ajouta avec un regard sévère à Perrin, comme pour le défier de prononcer une parole de réconfort :

— Il paraît que rien ne vaut une tasse de thé pour chasser le spleen. Mais je ne sais pas si, cette fois, le remède sera efficace.

Elle venait de se rasseoir pour attendre que les pleurs d'Allie s'apaisent quand la porte s'ouvrit. Mac apparut dans la pièce, suivi par deux gendarmes et deux policiers en civil. Tout en passant une main dans ses cheveux mouillés, il se précipita vers Sunny qui se jeta dans ses bras. Elle aussi avait les joues baignées de larmes.

— C'est fini, Sunny chérie, affirma-t-il. Tout va bien maintenant. Demarco est mort.

Les deux policiers, eux, se dirigèrent droit vers le milliardaire, resté debout devant le grand buffet où s'entassaient une centaine d'assiettes bleues et blanches, une collection de théières et des cuillères de mariage en bois sculpté suivant la tradition galloise.

— Ronald Perrin, nous avons un mandat d'arrêt contre vous, déclara le premier policier.

C'est comme au théâtre ! songea Sunny qui avait séché ses larmes. Les deux colleys de Petra choisirent cet instant pour rentrer. Ils foncèrent vers les policiers en civil et se secouèrent, les éclaboussant de boue. Les deux hommes exprimèrent leur mécontentement.

— Ce sont juste des chiens, fit valoir Petra tandis que, les yeux bouffis et le nez rouge, Allie observait la scène.

La porte de la cuisine claqua une nouvelle fois, et ce fut au tour de Robert Montfort de se montrer. Il s'immobilisa aussitôt, stupéfié par la nombreuse assistance. Son regard alla d'Allie, visiblement bouleversée, à l'homme chauve et trapu en tee-shirt à rayures, avec un anneau à l'oreille et des menottes. Il considéra ensuite Petra, qui servait du thé à un très beau couple, et enfin les divers représentants des forces de l'ordre.

— Mais que se passe-t-il ? s'exclama-t-il, effaré.

— Vous arrivez trop tard, Montfort, répondit Petra. La cavalerie a déjà rempli sa mission. Tout est terminé.

64

Une semaine plus tard, de retour à Los Angeles, Ronald Perrin attendait en prison son procès pour évasion fiscale. Mais le FBI ne l'avait pas condamné pour fraude, car il avait été prouvé que le coupable était Demarco. Allie s'était quant à elle cloîtrée en compagnie de Sheila à Bel Air pour fuir la presse. Lev avait repris son service et veillait à sa sécurité. Mac passait ses journées dans les bureaux de la police à faire des dépositions et, tous les soirs à minuit, il promenait Pirate sur la plage. Sunny, injoignable, était partie calmer ses nerfs dans un luxueux spa, à grand renfort de massages aux pierres chaudes et de bains de boue. Elle avait prévenu Mac que, son état étant la conséquence de ce qu'il lui avait fait vivre, il paierait la note.

Un matin, Mac rendit visite au refuge pour animaux de Santa Monica, en laissant Pirate dans la voiture. Puis, après avoir expliqué ce qu'il cherchait, il longea les cages d'animaux au regard triste. Comme il aurait aimé pouvoir les ramener tous chez lui !

Au milieu de l'allée, il passa devant un chien qui le fixait de ses yeux bruns très doux. Leur expression lui rappela un peu celle de Perrin. « Sors-moi d'ici », semblait dire le chien, et c'était exactement ce que le milliardaire lui avait demandé quand il était allé le voir en prison.

L'employé fit sortir l'animal de sa cage. Il était encore jeune, mais une cicatrice rose dénuée de poils courait d'un bord à l'autre de son crâne, et il avait une oreille dressée et l'autre baissée. Son poil ras, marron, faisait penser à celui d'un weinmaraner.

— Je le prends, déclara Mac.

Il balaya du regard les lieux, comme pour s'excuser auprès des autres animaux d'être obligé de les laisser, et s'empressa de partir en tenant son nouveau copain en laisse.

Quand il l'installa sur la banquette arrière, Pirate le renifla avec méfiance. Mais il n'y n'avait pas lieu de s'inquiéter, car le chien se roula en boule, ferma les yeux et s'endormit immédiatement.

Mac reprit le chemin de Malibu. Il descendit Pacific Coast Highway sans cesser d'admirer la plage dorée sous un ciel turquoise. C'était bon d'être chez soi !

Une fois à la maison, il composa le numéro d'Allie, qui décrocha très vite.

— Tu peux t'échapper ? lui demanda-t-il. Je t'invite à déjeuner.

Depuis les péripéties qu'ils avaient traversées ensemble, Sunny et lui tutoyaient la star.

— D'accord, acquiesça-t-elle. Ça tombe à pic : Sheila est partie chez le coiffeur et je suis seule. Lev va me faire sortir au nez et à la barbe des paparazzi, j'en suis sûre.

Une heure plus tard, elle sonnait chez le détective.

— C'est bien toi, constata-t-il avec un sourire en la retrouvant blonde.

— L'original, confirma-t-elle. Redevenue elle-même, hormis pour la coupe de cheveux.

— C'est drôle, je ne sais pas pourquoi, mais j'avais l'impression que tu es toujours restée toi-même.

Pour toute réponse, elle se mit à rire. Ils sortirent sur la terrasse. Les deux chiens, côte à côte, surveillaient la plage. Ils tournèrent leurs bonnes têtes vers eux.

— Salut, Pirate ! lança Allie.

— Je te présente Frankie, déclara Mac.

En entendant son nom, le chien se précipita vers eux.

— Il est mignon, fit-elle, avant de constater d'une voix étranglée : Il a le même regard...

— Que Bravo et Pirate ?

— Oui.

Elle poussa un long soupir et caressa le poil lisse et court du chien.

— Voilà pourquoi je l'ai choisi. Il est pour toi.

Mac retenait sa respiration. Si elle ne voulait pas de Frankie, il allait devoir le garder. Pirate l'avait bien accepté, mais, avec trois chiens en comptant Tesoro, Sunny et lui seraient un peu à l'étroit, ici.

— Fussy n'est pas ton genre de chien, reprit-il en se référant au détestable bichon maltais. Tu m'as dit toi-même qu'elle était plus heureuse avec Ampara. J'ai pensé que Frankie pourrait s'occuper de toi.

Elle le regarda, surprise, et rit de nouveau.

— Toi, tu sais parler aux femmes !

Il rentra chercher des sandwichs et des bières fraîches, et ils déjeunèrent sur la terrasse.

— Où en est-on avec Jessie Whitworth ? demanda-t-elle alors.

— Elle est toujours en France, accusée d'homicide involontaire et d'avoir roulé avec un faux permis. Il paraît qu'elle aurait aussi une grosse ardoise sur sa carte de crédit.

Allie resta songeuse un instant avant de murmurer :

— Elle voulait à tout prix être moi alors que je n'aspirais qu'à une chose : ne plus être Allie Ray. La perruque blonde, le fait de porter mes vêtements. Le soir où elle a saccagé mes robes, avait-elle l'intention de...

Sa voix s'étrangla.

— De te tuer ? Oui, je le crois. Une fois que la police française en aura fini avec elle, nous prendrons le relais. Tu devras porter plainte contre elle. Sa culpabilité est indéniable. Je suis sûr qu'elle va faire de la prison à la fois en France et en Californie.

— Je suis contente que ce soit fini, avoua Allie en hochant la tête d'un air las.

— Tu vas pouvoir recommencer à vivre.

— Je suppose que oui, déclara-t-elle en souriant un peu.

— Que vas-tu faire maintenant ?

— J'ai décidé de retourner en France. Petra m'a gardé mon job et j'ai trouvé une charmante maison qui est à vendre.

— Tu ne te sentiras pas trop seule ? s'inquiéta-t-il.

— Peut-être, je ne sais pas, répondit-elle d'un ton détaché. Il y a quelqu'un avec qui je m'entends plutôt bien...

— Montfort ? devina Mac avec un sourire.

Elle haussa les épaules et lui rendit son sourire.

— Peut-être.

Il ne lui posa aucune question sur son mari, ne voulant pas se montrer indiscret. Il sortit alors de sa poche le diamant jaune et le lui tendit.

— Je pense que cette bague te revient. Elle appartenait à Marisa.

Elle la tourna et la retourna entre ses mains. Les facettes du solitaire scintillèrent au soleil.

— Pauvre Marisa, fit-elle en étouffant un soupir. Mais je ne veux pas de cette pierre. Je vais la rendre à Ron. Il pourra la vendre. Il va avoir besoin d'argent, avec tous ces avocats !

Mac approuva de la tête. Cela lui paraissait la meilleure solution.

Ils marchèrent le long de la plage avec les chiens, puis Lev revint chercher Allie pour la raccompagner à Bel Air. Sur le seuil, elle se tourna vers Mac et, les mains derrière le dos, s'appuya contre la porte.

— Je ne sais pas ce que j'aurais fait sans toi, murmura-t-elle.

Elle l'enveloppait de ce regard d'un turquoise profond qui fouillait jusqu'au tréfonds de l'âme et Mac sentit leur magnétisme. Cette femme était d'une beauté, d'une douceur incomparables.

— Tu t'en sortiras, affirma-t-il en frôlant ses lèvres d'un baiser.

Il recula d'un pas et, une dernière fois, ils se fixèrent droit dans les yeux.

— Au revoir, dit-elle en entraînant Frankie par sa laisse vers la voiture.

Ni elle ni le chien n'eurent un regard en arrière.

65

Avant de s'envoler pour la France, Allie rendit visite à Ron en prison. Ils se parlèrent de chaque côté d'une vitre. Dans son survêtement orange de prisonnier, il lui parut triste et fatigué.

— Pourquoi as-tu fait tout ça, Ron ? demanda-t-elle.

Il secoua la tête.

— Parce que je le pouvais, je suppose. Pour moi, ce n'était qu'un jeu, alors que Demarco prenait tout au sérieux. Dire qu'il est allé jusqu'à tuer... Quand je pense à ces pauvres filles ! ajouta-t-il en secouant de nouveau la tête.

Leurs regards se croisèrent.

— Tu es ravissante, la complimenta-t-il. Allie Ray telle que je l'ai connue à ses débuts...

— Je suis remontée bien plus loin, répondit-elle. Jusqu'à Mary Allison Raycheck. Fini les films ! Fini Hollywood ! J'ai mis les maisons en vente.

— Malibu aussi ?

Elle fit un signe d'assentiment. Ron parut presque soulagé.

— Garde quand même mes trains.

— Je retourne en France, annonça-t-elle alors.

— Pour combien de temps ? s'étonna-t-il.

— Je ne sais pas. Peut-être pour toujours.

Ils se dévisagèrent à travers la vitre, en quête d'une vérité perdue depuis longtemps.

— Tu m'écriras ? lança-t-il, et elle le lui promit avant de s'en aller.

Le lendemain, Allie prenait l'avion pour la France, accompagnée de son nouveau chien.

Lorsqu'elle arriva au Manoir, Petra l'accueillit avec des effusions de joie et des tasses de thé. Robert Montfort, qui l'attendait, lui ouvrit grand les bras.

Petra l'accompagna chez le notaire, à Bergerac. Mme Duplantis, la vieille dame qui avait habité la maison dont rêvait Allie, vivait à présent en ville chez sa fille. Quinze jours plus tard, Allie signait les documents faisant d'elle l'heureuse propriétaire d'un petit domaine : une maison avec une salle de séjour, deux chambres et une salle de bains, quelques dépendances délabrées et une grange croulante. Elle retrouva la forêt de ronces qu'était le jardin, le seau sous la gouttière, le ballet des libellules au-dessus de l'étang… et, malgré le luxe auquel elle avait été accoutumée, se sentit vraiment chez elle pour la première fois de sa vie. C'était grisant.

Si Petra se réjouissait d'avoir Allie comme voisine, elle était triste de la voir quitter le Manoir.

— Je m'étais habituée à ta présence dans la maison, mon ange, avoua-t-elle en se tamponnant les yeux avec un foulard de soie rose… En tout cas, ne t'en fais surtout pas pour ton jardin, poursuivit-elle en inspectant les lieux d'un regard critique. Nous allons le remettre en état en moins de deux. C'était d'ailleurs un très beau jardin, très bien entretenu. Maintenant, allons jeter un coup d'œil à l'intérieur.

Elles entrèrent dans la cuisine rudimentaire, équipée d'une gazinière à deux feux, d'un évier de pierre avec une planche à frotter en bois, et de deux placards. Au milieu trônait une table recouverte d'une toile cirée fleurie.

— Cette pièce a besoin d'être rafraîchie, fit Petra en remarquant le papier peint qui se déchirait. Mais le cellier dallé est très beau. Il te sera utile pour conserver les fromages, les œufs et les légumes frais.

Robert arriva en compagnie d'un ami architecte. Après avoir inspecté les lieux, ce dernier proposa d'abattre deux cloisons pour agrandir l'espace et de redessiner la cuisine et la salle de bains. Il suggéra aussi à Allie de transformer la grange. Elle aurait sûrement besoin de plus de place. D'après lui, les travaux de rénovation ne devraient pas demander plus de deux mois. Petra esquissa un sourire narquois.

— Il est bien optimiste, chuchota-t-elle à son amie. Je dirais plutôt six. Tu vas être coincée chez moi encore un moment.

Après avoir inspecté les trois hectares de vignoble en friche qui s'étendaient derrière la maison, Robert estima que la terre était bonne. Il s'occuperait de nettoyer et de replanter les vignes.

Allie était enchantée. Elle était désormais propriétaire d'une nouvelle maison et vigneronne. Et Robert Montfort l'enveloppait d'un regard qu'elle aimait sans aimer.

Quelques semaines plus tard, Allie et Robert pique-niquaient sur l'herbe, au bord de l'étang. Le bruit des marteaux et le crissement des tuiles que l'on coupait avaient cessé pour la journée. Le beau Français déboucha une bouteille de vin et versa un verre à Allie.

— À nous, Mary ! dit-il en souriant.

— À nous ! répéta-t-elle en détournant les yeux des siens.

— Pour moi, tu restes Mary, insista-t-il, et son obstination la fit sourire. Je n'ai jamais connu Allie Ray. Je veux que tu saches à quel point je suis heureux que tu sois là

Elle regarda Frankie qui, comme l'avait fait Bravo, barbotait au bord de l'eau à la poursuite de grenouilles et aboyait de joie devant leurs bonds.

— Je me sens vraiment chez moi ici, répondit-elle.

— Pourtant, tu retournes régulièrement en Californie. C'est comme si tu ne pouvais pas t'en passer.

— Me passer de Ron, tu veux dire ?

— Ah oui, ton mari... Promets-moi de me prévenir dès que tu auras pris une décision le concernant, la pressa-t-il en lui prenant la main.

— Je te le promets.

Mais, au fond de son cœur, elle savait déjà quelle serait sa réponse.

66

Allie fut constamment présente au procès de Ron. Dans la salle d'audience, elle était assise seule au milieu de ses avocats, sa tête blonde bien droite, toujours habillée avec un goût parfait.

Le premier jour, elle tomba sur Mac et Sunny à la sortie. Elle se blottit dans les bras du détective et se serra contre lui à l'étouffer.

— Merci d'être venus. Nos amis ne se pressent pas au portillon. Entre la disgrâce de Ron et le scandale, ils se fichent bien que le vrai coupable soit Demarco.

Quand l'audience reprit, ils regagnèrent leurs places.

Hélas, Mac ne put assister quotidiennement au procès. Son émission avait repris et il restait au studio tard le soir. Sunny et Sheila furent néanmoins fidèles au poste.

Finalement, Perrin s'en tira avec une lourde amende et une condamnation à un emprisonnement d'un an. Il devait purger sa peine dans une belle prison pour VIP, connue sous le nom de « La Ferme », un endroit où d'autres célèbres magouilleurs avaient fait leur temps sous les verrous. Mac rassura Allie : son mari sortirait bien avant un an, il obtiendrait une remise de peine pour bonne conduite et pour le temps qu'il avait déjà passé en prison.

Quelques mois plus tard, ils se recroisèrent à « La Ferme ». Allie expliqua à Mac que, tous les quinze jours, elle venait de France pour rendre visite à Ron. « Aussi régulière qu'une horloge », ajouta-t-elle avec un sourire. Il s'étonna d'apprendre qu'elle avait accepté l'offre d'un réalisateur français réputé de participer à son prochain tournage. « C'est juste un petit film, pas l'une de ces grosses productions hollywoodiennes, et c'est une actrice française qui aura le premier rôle. J'ai hâte de tourner. Après tout, je suis une bonne comédienne. »

Mac approuva chaleureusement, mais il n'était pas au bout de ses surprises :

— Ron sort dans six mois et nous allons nous remettre ensemble. Comme tous les bons criminels, il s'est repenti de ses fautes en prison et il a promis de ne plus se laisser aller à ses mauvaises habitudes. Il va venir vivre en France avec Frankie et moi – sur mon petit vignoble. Je continue à aider Petra au Bistro, et Ron et moi avons l'intention de faire nos vendanges nous-mêmes, précisa-t-elle avec un rire joyeux.

— Allie, pourquoi ? demanda Mac d'un air grave.

— Eh bien... parce que je l'aime, répondit-elle simplement. Je l'ai toujours aimé. Et maintenant, je n'ai plus aucun doute sur son amour pour moi.

Elle lui adressa un sourire radieux et se mit à tourner sur elle-même.

— Que penses-tu de ma nouvelle tenue ? Ça me va bien ?

Désormais, elle s'habillait d'une simple chemise de coton et d'un jean, et ne se maquillait plus. Au naturel, elle ressemblait à la jolie fille de province qu'au fond de son cœur elle n'avait cessé d'être.

— Tu es superbe ! affirma-t-il en plongeant son regard dans ces grands yeux turquoise qui faisaient toujours fondre les hommes.

Épilogue

En hiver, les maisons de la Colony sont presque toutes désertées par leurs propriétaires, amateurs du climat plus tempéré de Beverly Hills, à quinze kilomètres, dans les terres. Mac, pour sa part, y préférait cette saison à l'été. Il aimait le ciel gris, les tempêtes, la plage désertée, les vagues qui venaient s'écraser au pied de sa petite maison comme si elles cherchaient à la submerger, le vent qui faisait s'entrechoquer les volets et refluer par la cheminée la fumée des flambées.

Ce soir, dans la chambre, dans la lumière tamisée des flammes tremblotantes des bougies, Sunny et lui se sentaient bien à l'abri des bourrasques et du mugissement de l'océan. La musique de Bach les berçait en fond sonore et les bûches crépitaient dans l'âtre. Blottie contre Mac dans le lit, vêtue du vieux pull en cachemire vert de son amant, des chaussettes blanches aux pieds, la jeune femme surveillait Tesoro d'un œil. Malgré leurs réticences, Pirate et Mac avaient accordé un droit de visite à la petite chienne.

Depuis une heure, celle-ci tournicotait dans la pièce. Parfois, elle s'arrêtait pour tirer sur les rideaux avec ses pattes et regardait dehors d'un air morne, la queue entre les jambes, les oreilles baissées, l'image même d'une exilée malheureuse. Pirate, assis sur son arrière-train, suivait chacun de ses mouvements, et Mac trouvait que son chien était la patience incarnée.

— Fais-moi confiance, je connais Pirate, dit-il à Sunny. Il prend son temps. Comme tous les hommes, il attend le bon moment pour passer à l'acte.

Puis il la dévisagea, pensif. Pourquoi les femmes voulaient-elles toujours se marier ? N'étaient-ils pas parfaitement heureux ainsi ? Et puis, franchement, il n'était pas sûr d'être capable d'adopter Tesoro. Pirate aurait du mal à supporter une femelle autoritaire à demeure, prête à envahir son territoire. Comme lui, le corniaud s'était fait sur le tas. Tesoro, en revanche, ne manquait jamais une occasion de vous rappeler que, à l'instar de sa maîtresse, elle était une princesse. Comment imaginer deux membres de la gent féminine dans sa petite maison de Malibu ? Il poussa un soupir accablé. Ça ne marcherait jamais !

Tesoro finit par se coucher au bout du lit, ses moustaches frémissantes, ses oreilles en arrière indiquant clairement qu'elle ne bougerait plus d'un millimètre.

Pirate se glissa alors en catimini vers elle, tout en reniflant. Puis, l'air nonchalant, il s'allongea très près, mais sans paraître l'avoir remarquée.

Mac et Sunny échangèrent un regard intrigué avant de reporter leur attention sur leurs chiens, étendus côte à côte. Vingt… trente longues secondes s'écoulèrent. Ils retenaient leur souffle.

Pirate jeta un coup d'œil prudent à Tesoro avant de poser délicatement sa tête de bâtard entre les pattes aristocratiques, la fixant d'un air plein d'espoir. Dix secondes passèrent encore. Tesoro le regarda en coin, puis enfonça sa tête dans la couette, se roula en boule, redressa les oreilles et ferma les yeux. Une paix absolue régnait à Malibu.

— Et voilà ! fit Sunny avec un soupir de soulagement tout en se pelotonnant sous la couette.

— Voilà quoi ? demanda Mac tandis qu'il nichait son visage dans son cou à la peau parfumée, prêt à la dévorer.

— Tesoro et Pirate sont les meilleurs amis du monde. Ils dorment ensemble sur notre lit et personne ne se tue.

— Et alors ?

— Alors tu n'as plus d'excuse pour ne pas m'épouser, insista-t-elle.

Pour toute réponse, Mac embrassa sa bouche à la moue adorable, puis suggéra :

— Nous pourrions nous marier sur la plage. Un mariage au clair de lune, avec juste quelques bons amis. Et les chiens, bien sûr.

Il la serra si fort qu'elle sentit les battements de son cœur, les pulsations de son pouls, de son désir.

— Pardon ?

— Sunny, chuchota-t-il entre deux baisers.

— Hum ?

— Veux-tu m'épouser ? répéta-t-il d'un ton plus ferme.

— Oui ! s'écria-t-elle.

Ils roulèrent ensemble, enchevêtrés dans les draps, riant et pleurant à la fois. Dehors, la lune brillait dans un ciel de tempête et les vagues venaient s'écraser sur la plage.

Ce soir-là, à Malibu...

Mais n'est-ce pas ainsi que notre histoire a commencé ?

Cet ouvrage a été imprimé en France par

à Saint-Amand-Montrond (Cher)
en mai 2010

Composition et mise en pages : Facompo, Lisieux

N° d'édition : 4640 – N° d'impression : 101467/1
Dépôt légal : juin 2010